좁은 문

좁은 문

La Porte étroite

앙드레 지드 장편소설 김화영 옮김

LA PORTE ÉTROITE
by ANDRÉ GIDE (1909)

이 책은 실로 꿰매어 제본하는 정통적인 사철 방식으로 만들어졌습니다.
사철 방식으로 제본된 책은 오랫동안 보관해도 손상되지 않습니다.

M. A. G.에게

좁은 문으로 들어가기를 힘쓰라.
— 「누가복음」 13장 24절

제1장

    다른 사람들이라면 이것으로 책을 한 권 쓸 수도 있었을 것이다. 그러나 내가 여기서 들려주는 내용은, 내가 있는 힘을 다하여 그것을 살아 내다 보니 그만 정신적으로 진이 다 빠져 버린 그런 이야기다. 그래서 나는 나의 추억들을 아주 간단하게 적어 보려고 하는데, 그 추억들이 군데군데 너덜너덜해져 있더라도 결코 거기에 손을 대서 꿰매거나 주워 맞춰 보려고 하지는 않을 것이다. 그렇게 마무리를 지어 보려고 애쓰다가 그 추억들을 이야기하며 맛보고자 하는 마지막 즐거움이 손상될지도 모르기 때문이다.

    내 나이 열두 살도 채 되지 않았을 때 아버지가 돌아가셨다. 아버지가 의사로 일하던 르아브르에 더 이상 눌러살 아무런 이유가 없게 되자, 어머니는 파리로 가 살기로 결심했다. 거기서 내가 더 낫게 학업을 마칠 수 있을 것이라고 생각했던 것이다. 어머니는 뤽상부르 공원 근처에 조그만 아파트를 하나 세내었고, 미스 애시버턴이 그곳에 와서 우리와 함께 지냈다. 혈혈단신이 된 미스 플로라 애시버턴은 원래 어머니의 가정 교사였었는데 나중에는 말벗이 되고 이내 친구가 되었다. 나는 둘 다 부드럽고 쓸쓸한 표정에 언제나 상복 차림으로만 기억되는 이 두 여자들 곁에서 살았다. 어느 날, 그러니까 아버지가 돌아가신 지 꽤 오래 지난 뒤라고 생각되는데, 어머니가 아침에 쓰는 보닛 모자에 검은색 리본 대신 연보라색 리본을 단 것을 보고 나는 놀라 소리쳤다.

「아, 엄마! 그 색깔은 엄마한테 너무 안 어울려!」

그다음 날 어머니는 다시 검은 리본을 달았다.

나는 몸이 허약한 편이었다. 내가 피로해지는 일이 없도록 하려고 온통 신경을 곤두세우고 지내는 어머니와 미스 애시버턴의 마음 씀씀이가 나를 게으름뱅이로 만들어 놓지 않은 것은, 내가 진정으로 공부를 좋아했기 때문이다. 날씨가 화창해지기 시작하는 철이 되면 곧 그들 두 사람은 내가 도시를 떠날 때가 되었다고, 도시에 머물면 창백해진다고 굳게 믿는다. 6월 중순경 우리는 매년 여름이면 뷔콜랭 외삼촌이 우리를 맞아 주는 르아브르 근방의 퐁괴즈마르로 떠난다.

아주 크지도 않고 대단히 아름답지도 않은 정원, 노르망디의 다른 정원들과 구별될 만한 독특한 점이라곤 아무것도 없는 정원 안의 뷔콜랭 댁 하얀 3층집은 지지난 세기의 수많은 다른 집들과 비슷하다. 그 집은 20여 개의 창문들이 정원 앞쪽 동향으로 나 있다. 뒤쪽에도 그만큼의 창문들이 있다. 건물의 양 측면에는 창문이 없다. 창에는 작은 창유리들이 끼워져 있다. 최근에 갈아 끼운 몇 개의 창유리들은 그 옆의 오래된 녹색의 흐릿한 유리들 사이에서 너무도 깨끗해 보인다. 어떤 창유리에는 우리 집안 식구들이 〈기포〉라고 부르는 흠들이 있다. 그것들을 통해서 내다보면 나무는 휘청거리고, 그 앞으로 지나가는 우편배달부는 갑자기 혹이 생긴다.

긴 네모꼴인 정원에는 담이 둘러져 있다. 집 앞은 상당히 넓고 그늘이 진 잔디밭으로 되어 있고, 그 둘레로는 모래와 자갈을 깐 소로가 나 있다. 그쪽으로는 담이 낮아지면서 정원을 싸고 있는 농가의 뜰이 보이는데, 이 고장에서 흔히 볼 수 있는 너도밤나무가 늘어선 가로수 길이 그 뜰의 경계가 되고 있다.

집 뒤의 서쪽으로는 정원이 더 시원하게 펼쳐진다. 꽃들이 화사하게 피어 있는 소로가 남쪽의 과수장(果樹墻)들 앞으로 나 있고, 포르투갈 월계수들의 두꺼운 장막과 다른 몇몇 나무들이 바닷바람을 막아 주고 있다. 북쪽의 담을 따라 뻗어 간 또 다른 소로는 나뭇가지들 밑으로 사라진다. 내 외사촌 누이들은 그 길을 〈검은 오솔길〉이라 불렀는데, 저녁노을이 사라지고 나면 좀처럼 그쪽으로 발걸음을 하려 들지 않았다. 그 두 개의 소로는 채소밭으로 가 닿고, 채소밭은 계단 몇 개를 밟고 내려가면 아래쪽 정원으로 이어진다. 그리고 채소밭 저 안쪽, 조그만 비밀의 문이 하나 뚫려 있는 담의 저 뒤쪽에는 잡목림이 나타나는데, 너도밤나무가 늘어선 가로수 길이 좌우에서 그리로 와 닿는다. 서쪽의 현관 앞 층계에서 눈길을 던지면 그 작은 숲 저 너머로 고원이 보이고, 그

고원을 뒤덮고 있는 수확물들을 감상할 수 있다. 지평선 저쪽 그리 멀지 않은 곳에는 작은 마을의 교회당이 있고, 저녁에 대기가 고즈넉해질 때면 몇몇 집들에서 연기가 피어오른다.

날씨가 좋은 여름날 저녁이면, 식사를 마치고 우리는 〈아래 정원〉으로 내려가곤 했다. 그러고는 작은 비밀의 문을 빠져나가서 그 고장을 어느 정도 내려다볼 수 있는 큰길가의 벤치로 가는 것이었다. 거기, 버려진 이회암 채석장의 이엉지붕 옆에 외삼촌, 어머니, 미스 애시버턴이 가 앉았다. 우리들 앞 작은 계곡에는 안개가 가득 차올랐고, 더 멀리 숲 위의 하늘은 금빛으로 물들어 갔다. 그러고 나서도 우리는 이미 어두워진 정원 그 안쪽에 그대로 눌러앉아 있었다. 우리가 집으로 돌아오면, 우리와 같이 밖에 나가는 법이라곤 거의 없는 외숙모가 거실에 있었다. 아이들인 우리에게는 그것으로 저녁 시간이 끝이었다. 그러나 흔히 우리는 나중에 부모님들이 올라오는 발소리가 들릴 때까지 우리들의 방에서 책을 읽곤 했다.

정원에서 지내지 않는 날은 대부분의 시간을 우리는 학생용 책상들을 비치해 놓은 외삼촌의 서재, 〈공부방〉에서 보냈다. 외사촌인 로베르와 나는 나란히 앉아서 공부했다. 우리 뒤에는 쥘리에트와 알리사가 있었다. 알리사는 나보다 두 살 위였고 쥘리에트는 한 살 아래였다. 로베르는 우리 넷 중에서 가장 어렸다.

내가 여기에 쓰려는 것은 나의 어린 시절의 추억들이 아니라, 이 이야기와 관련이 있는 추억들만이다. 이 이야기가 시작된다고 할 수 있는 것은 사실상 아버지가 돌아가신 바로 그해부터다. 아마도 우리가 상을 당했기 때문에, 나 자신의 슬픔 때문은 아니더라도 적어도 어머니가 슬퍼하는 것을 보았기 때문에, 감수성이 극도로 예민해진 나머지 나는 여러 가지 새로운 감정들에 노출되었다. 나는 조숙한 편이었다. 그해 우리가 퐁괴즈마르에 다시 돌아왔을 때 쥘리에트와 로베르는 그런 만큼 내 눈에 더 어리게 보였고, 반면에 알리사를 다시 대하자 나는 문득 우리가 둘 다 더 이상 어린애들이 아니라는 것을 깨달았다.

그렇다, 그건 분명 아버지가 돌아가신 해다. 내 기억을 확인해 주는 것은 바로 우리가 도착하자마자 어머니가 미스 애시버턴과 주고받은 대화다. 나는 어머니가 친구와 이야기를 나누고 있는 방에 불쑥 들어갔던 것이다. 외숙모에 관한 이야기였다. 어머니는 외숙모가 상복을 입지 않았다든가 아니면 벌써부터 상복을 벗어 버렸다든가 하는 것 때문에 화를 내고 있었다. (나로서는 솔직히 상복 차림의 뷔콜랭 외숙모를 상상한다는 건 밝은색의 옷을 입은 어머니를 상상하는 것만큼이나 불가능한 일이었다.) 내가 기억하기에, 우리가 도착하던 날 뤼실 뷔콜랭은 모슬린 옷을 입고 있었다. 언제나 그렇듯 타협적인 미스 애시버턴은 어머니를 진정시키려고 애쓰면서 조심스럽게 설득했다.

「따지고 보면 흰색도 상복이긴 하지요.」

「아니, 그 여자가 어깨에 걸친 그 빨간 숄도 〈상복〉이라는 거예요? 플로라, 정말, 어처구니없군요!」어머니가 소리쳤다.

내가 외숙모를 본 것은 오직 방학 동안뿐이었는데, 내가 보기에 그녀가 언제나 그 가볍고 앞이 훤하게 터진 윗옷 차림이었던 것은 아마도 여름날의 더위 때문이었을 것이다. 그러나 드러낸 어깨 위에 걸친 숄의 타는 듯한 색깔보다 그렇게 가슴을 드러낸 모습이 더욱 어머니의 눈에 거슬렸던 것이다.

뤼실 뷔콜랭은 매우 아름다웠다. 내가 아직도 지니고 있는 조그마한 그녀의 초상화는 당시 그녀의 모습을 그대로 담고 있다. 그녀의 딸들의 큰언니로 오해될 만큼 앳된 모습에, 평소에 늘 취하는 자세 그대로 비스듬히 앉아서, 새끼손가락을 아양 부려 입술 쪽으로 접은 왼손에 얼굴을 살짝 기울여 고이고 있다. 눈이 성긴 헤어네트가 목덜미 위로 반쯤 흘러내린 곱슬곱슬한 머리채를 지탱하고 있다. 윗옷의 앞이 파인 부분에는 늘어진 검은 비로드 목걸이에 이탈리아식 모자이크 메달이 달려 있다. 큼직한 매듭이 흔들리는 검은색 비로드 허리띠, 그녀가 턱에 거는 끈으로 의자 등받이에 매달아 놓은, 챙이 넓고 질감이 부드러운 밀짚모자, 이 모두가 다 그녀의 모습을 더욱 앳되어 보이도록 만든다. 아래로 늘어뜨린 오른손에는 책을 한 권 접어서 들고 있다.

뤼실 뷔콜랭은 식민지 태생이었다. 그녀는 부모가 누군지 몰랐거나 아니면 일찍 여의었던 것 같다. 나중에 어머니가 내게 들려준 이야기에 따르면, 버려졌거나 아니면 고아였던 그녀를 보티에 목사 부부가 거두었다가 그 뒤 곧 마르티니

크[1]를 떠나게 되자 뷔콜랭 집안이 정착해 살고 있던 르아브르로 그녀를 데리고 왔다. 보티에 집안과 뷔콜랭 집안은 서로 친해졌다. 외삼촌은 당시 외국에서 어떤 은행에 다니고 있었어서 3년 뒤 가족들 곁으로 돌아와서야 비로소 어린 뤼실을 보게 되었다. 그는 그녀에게 홀딱 반해서 즉시 청혼을 했고, 그로 인해 그의 부모와 우리 어머니는 크게 상심했다. 당시 뤼실은 열여섯 살이었다. 그사이에 보티에 부인은 아이를 둘이나 낳았다. 그녀는 날이 갈수록 성격이 점점 이상하게 변해 가는 양녀가 그 아이들에게 끼치게 될 영향을 두려워하기 시작했다. 그런 데다가 집안의 경제력도 보잘것없었으니…… 이런 모든 것은 어머니가 나에게, 왜 보티에 부부가 당신 동생의 청혼을 기꺼이 받아들였는지를 설명하기 위하여 들려준 것이다. 더군다나 내가 짐작키로는 젊은 뤼실이 끔찍할 정도로 그들을 난처한 입장에 몰아넣기 시작한 것 같다. 나는 르아브르 사회를 알 만큼 알기에 너무나도 매력적인 그 여자아이를 그곳 사람들이 어떻게 대접했을지 쉽사리 상상할 수 있다. 내가 나중에 알게 된 바로는 부드럽고 신중하면서도 동시에 고지식한 데다가 모략에는 속수무책이고 악의와 마주치면 완전히 무장 해제 상태가 되는 보티에목사 — 이 사람 좋은 인물이 궁지에 몰릴 수밖에 없었을 것이다. 한편 보티에 부인에 대해선 나는 아무것도 아는 것이 없다. 그녀는 넷째 아이를 낳자 곧 세상을 떠났다. 그 아이는

1 중앙아메리카 서인도 제도 중 하나인 프랑스 식민지. 이하 모든 주는 옮긴이의 주이다.

나와 비슷한 또래로, 훗날 내 친구가 되었다.

뤼실 뷔콜랭은 우리의 생활에 거의 함께하는 법이 없었다.
그녀는 점심 식사가 끝난 뒤에야 겨우 방에서 내려오곤 했
다. 그러고는 이내 소파나 해먹 위에 가 누웠고 저녁까지 그
렇게 길게 누워 있다가 다시 일어날 때는 영 기운이 없어 보
였다. 그녀는 윤기라곤 전혀 없는 이마에 마치 땀이라도 닦
으려는 듯 가끔씩 손수건을 갖다 댔다. 그것은 그 섬세함, 그
리고 꽃향기라기보다는 과일 향이 나는 냄새 때문에 내게는
아주 신기하게 느껴지는 손수건이었다. 때로 그녀는 은제 뚜
껑을 밀어서 여닫는 아주 자그마한 거울을 허리띠에서 꺼내
곤 했는데, 거기에는 시곗줄 끝에 여러 가지 노리개들이 매
달려 있었다. 그녀는 자기 얼굴을 들여다보면서 손가락을
입술에 가져가서 침을 조금 묻혀 가지고 눈 가장자리를 축
였다. 흔히 그녀는 책을 한 권 들고 있었지만 거의 언제나 책
은 덮인 채였다. 책장들 사이에는 거북 등껍질로 된 페이퍼
나이프가 끼워져 있었다. 누가 가까이 다가가도 여전히 공
상에 잠긴 채 누군지 보려고 시선을 돌리려 하지 않았다. 흔
히 그녀의 부주의하거나 피곤해진 손에서, 소파의 팔걸이에
서, 혹은 치마의 주름에서 손수건이나 책이나 혹은 무슨 꽃
이나 서표가 바닥으로 떨어지곤 했다. 어느 날, 그 책을 주워
들었다가 — 이건 어릴 때의 한 가지 추억이지만 — 그것이
시집이라는 것을 알자 나는 얼굴이 빨개졌다.

저녁에 식사가 끝나면 뤼실 뷔콜랭은 우리 가족 테이블로

오는 것이 아니라 피아노 앞에 가 앉아서 스스로 만족한 듯 쇼팽의 느린 마주르카를 치곤 했다. 이따금 박자가 틀릴 때면 한 가지 음에서 멈춘 채 가만히 누르고 있었다.

외숙모의 곁에 가면 나는 어떤 야릇한 거북함을, 혼란과 일종의 감탄과 두려움이 뒤섞인 감정을 느끼곤 했다. 아마도 어떤 알 수 없는 본능이 그녀를 경계하게 했는지도 모른다. 그리고 또 나는 그녀가 플로라 애시버턴과 어머니를 무시하고 있다는 것, 미스 애시버턴은 그녀를 두려워하고 있으며 어머니는 그녀를 탐탁지 않게 여긴다는 것을 느끼고 있었다.

뤼실 뷔콜랭 외숙모님, 나는 이제 더 이상 당신을 원망하고 싶지 않으며 당신이 그토록 몹쓸 짓을 했다는 것을 잊어버리고 싶습니다……. 아니, 적어도 노여움 없이 당신에 대하여 이야기하도록 노력하겠습니다.

그해 여름 어느 날, 혹은 그 이듬해 여름날 — 언제나 비슷비슷한 그 배경이고 보니 가끔 내 기억들이 서로 겹쳐져 뒤섞인다 — 나는 무슨 책인가를 찾으러 거실로 들어간다. 그녀가 거기 있었다. 나는 얼른 되돌아 나오려고 했다. 평소에는 나를 본척만척하는 그녀가 나를 부른다.

「왜 그렇게 급히 나가는 거야? 제롬! 내가 무서워?」

가슴이 두근두근하는 것을 느끼며 나는 그녀에게 다가간다. 나는 애써 그녀에게 미소를 지으며 손을 내민다. 그녀는

한 손으로 내 손을 잡은 채 다른 한 손으로 내 뺨을 어루만
진다.

「네 어머니는 어쩌면 애 옷을 이따위로 입힌다니, 가엾은
것……!」

그때 나는 칼라가 넓적한 세일러복을 입고 있었는데, 그
녀는 그것을 구기적거리며 만져 댔다.

「세일러복의 칼라는 훨씬 더 크게 벌려서 입는 거야.」그
녀는 내 저고리 단추 하나를 확 풀면서 말했다. 「자! 봐라,
이러니까 한결 낫잖아!」그러고 나서 조그만 거울을 꺼내더
니 자기 얼굴 쪽으로 내 얼굴을 끌어당기고는, 드러낸 팔로
내 목을 휘감아 반쯤 벌어진 내 저고리 속으로 손을 쑥 집어
넣고, 웃으면서 간지러우냐고 물으며 손을 더 깊이 밀어 넣
는데…… 놀란 내가 너무나 갑자기 펄쩍 뛰는 바람에 그만
세일러복이 찢어졌다.

나는 얼굴이 벌겋게 달아올랐고, 그녀가 〈아유, 이런 바
보!〉하고 소리치는 동안 재빨리 도망쳤다. 나는 정원 저 안
쪽까지 달려갔다. 거기 채소밭의 조그만 저수통 속에 손수
건을 담가 추겨서 두 뺨과 목 할 것 없이 그녀가 손을 댄 곳
은 모조리 문질러 닦았다.

어떤 날에는 뤼실 뷔콜랭이 〈그녀의 발작〉을 일으키곤 했
다. 그건 불시에 일어나 집 안을 발칵 뒤집어 놓는 것이었다.
미스 애시버턴은 부랴부랴 아이들을 데리고 나가서 보살폈
다. 그러나 침실이나 거실에서 들려오는 끔찍한 고함이 아이

들에게 들리지 않도록 막을 수는 없었다. 몹시 당황한 외삼촌이 수건이나 오드콜로뉴나 에테르를 찾느라고 복도를 뛰어가는 소리가 들렸다. 저녁에 아직도 외숙모가 나타나지 않고 있는 식탁에서 외삼촌은 줄곧 근심 어린 늙은 모습을 보이고 있었다.

발작이 대충 지나가고 나면 뤼실 뷔콜랭은 자기 아이들을 곁으로 불렀다. 적어도 로베르와 쥘리에트를. 알리사는 절대로 부르지 않았다. 그런 슬픈 날들엔 알리사는 자기 방에 틀어박혀 있었고, 그녀의 아버지가 이따금 그녀를 보러 방으로 찾아오곤 했다. 그는 그녀와 곧잘 이야기를 나누곤 했으니까.

외숙모의 발작은 하인들에게 큰 충격을 주었다. 발작이 유난히 심했던 어느 날 저녁, 거실에서 벌어지는 사달이 좀 덜 실감되는 어머니 방에서 내가 어머니와 함께 꼼짝 못하고 있는데, 식모가 뛰어가면서 외쳐 대는 소리가 들렸다.

「주인님, 어서 내려와 보셔요, 마님이 지금 돌아가시겠어요!」

외삼촌은 알리사의 방에 올라가 있었다. 어머니가 그를 부르러 나갔다. 한 15분쯤 지나서 내가 있던 방의 열린 창문 앞으로 두 분이 무심코 지나가고 있었는데, 어머니의 목소리가 내게까지 들렸다.

「이 사람아, 내가 똑바로 말해 줘? 이건 다 연극이야!」 그러고는 음절을 똑똑 끊어 가며 여러 번 말하는 소리가 들렸다. 「연-극-이야.」

이것은 방학이 끝날 무렵, 그리고 우리가 상을 당한 지 2년 뒤에 있었던 일이다. 나는 외숙모를 오랫동안 더는 만나지 못하게 되었다. 그러나 우리 집안을 발칵 뒤집어 놓은 그 슬픈 사건, 그리고 그 사건의 결말에 조금 앞서 내가 뤼실 뷔콜랭에 대해 느끼고 있었던 복잡하고도 아직은 막연하던 감정을 본격적인 증오심으로 바꾸어 놓은 어떤 소소한 정황을 말하기 전에, 내 외사촌 누이에 대하여 이야기할 때가 된 것 같다.

알리사 뷔콜랭이 예쁘다는 것, 그걸 나는 아직 알아차리지 못하고 있었다. 내가 그녀에게 이끌리고 그녀 곁을 맴돌게 된 것은 단순한 미의 그것과는 다른 어떤 매력 때문이었다. 물론 그녀는 자기 어머니를 많이 닮았다. 그러나 그녀의 눈매가 주는 인상이 너무나 달랐기 때문에, 나는 서로가 닮았다는 사실은 나중에서야 비로소 깨달았다. 나는 어떤 얼굴을 묘사하지는 못하겠다. 그 특징들이, 눈동자의 색깔까지도, 잘 생각나지 않는다. 지금 눈앞에 떠오르는 것은 오직 그녀의 미소 속에 깃든, 그때 벌써 거의 슬픔에 가깝던 표정, 커다란 곡선을 그리며 두 눈과는 멀리 떨어져 눈 위로 몹시 쳐들려 있는 눈썹 선뿐이다. 나는 그런 눈썹 선은 어디서도 본 적이 없는데…… 아니, 있긴 하다. 단테 시대의 어떤 피렌체 조각상에서였다. 그리고 나는 어렸을 때의 베아트리체[2]도 그처럼 아주 넓은 곡선을 그리는 눈썹을 지녔을 것이라

2 Beatrice Portinari(1265~1290). 단테에게 플라토닉한 사랑을 느끼게 한 구원의 연인.

고 기꺼이 상상해 본다. 그 눈썹은 눈길과 인물 전체에 불안과 믿음이 동시에 깃든 질문의 표정을, 그러니까 곧 열정에 찬 질문의 표정을 부여했다. 그녀의 내면에서는 모든 것이 오로지 질문이고 기다림이었다. 그 질문이 어떻게 나를 사로잡았는지, 어떻게 내 삶을 결정 짓게 되었는지를 이야기하겠다.

그렇지만 어떤 사람에게는 쥘리에트가 더 예쁘게 보였을 수도 있다. 기쁨과 건강이 그녀에게서 광채를 발했다. 그러나 그녀의 아름다움은 언니의 우아함에 비하면 외면적이고 누구의 눈에나 단번에 드러나 보이는 것 같았다. 한편 외사촌 동생 로베르는 특별한 점이 아무것도 없었다. 그저 내 나이 또래의 사내아이였을 뿐이다. 나는 쥘리에트와 로베르와 같이 놀았다. 알리사와는 이야기를 나누었다. 그녀는 우리들의 놀이에 끼어드는 법이 없었다. 아무리 먼 과거로 되돌아가서 생각해 보아도 내 눈에 그려지는 알리사는 진지하고 부드럽게 미소 지으며 깊은 생각에 잠긴 모습뿐이다. 우리는 무슨 이야기를 했던가? 어린아이 둘이서 무슨 이야기를 할 수 있었을까? 이제 곧 그 이야기를 해보도록 하겠지만, 그보다 먼저, 나중에 또다시 외숙모 이야기를 반복하지 않도록, 그녀와 관련된 이야기를 마저 다 하고자 한다.

아버지가 돌아가신 지 2년 뒤, 어머니와 나는 부활절 방학을 보내려고 르아브르로 갔다. 우리는 시내에서 아주 비좁은 집에 살고 있는 뷔콜랭 외삼촌 댁이 아니라 집이 더 넓은 큰 이모 댁에 가서 지냈다. 내가 아주 가끔씩밖에 볼 기회가 없었던 플랑티에 이모는 오래전부터 과부였다. 나보다 나이도 훨씬 많고 성격도 나와는 아주 다른 이모의 아이들과 나는 얼굴이나 알고 지내는 정도였다. 르아브르에서는 〈플랑티에 집〉이라고 부르는 이모님 댁은 시내에 있지 않고, 시가지가 내려다보이는, 〈산마루턱〉이라고들 하는 그 언덕배기 중턱에 있었다. 뷔콜랭 외삼촌네는 상업 지역 근처에 살고 있었다. 가파른 언덕길로 해서 이 두 집을 빠르게 왕래할 수 있었다. 나는 하루에도 몇 번씩이나 이 길을 구르듯 달려 내려갔다가 다시 올라가곤 했다.

그날 나는 외삼촌 댁에서 점심을 먹었다. 식사 후 얼마 안 되어 외삼촌은 외출했다. 나는 외삼촌을 따라 사무실까지 갔다가 다시 어머니를 찾아 집으로 돌아왔다. 그런데 돌아와 보니 어머니는 이모와 함께 외출했고 저녁 식사 때나 돌아온다는 것이었다. 나는 즉시 시내로 다시 내려왔다. 내가 시내에서 내 마음대로 돌아다닐 수 있는 기회는 드물었다. 나는 부두로 갔다. 바다 안개로 뒤덮여 부두는 음울했다. 나는 한두 시간 동안 부둣가를 이리저리 돌아다녔다. 갑자기 알리사를 찾아가서 놀라게 해주고 싶은 욕망이 솟는다. 사실은 이제 방금 헤어진 터이긴 하지만……. 나는 한달음에 시내를 통과하여 뷔콜랭 댁 초인종을 누른다. 어느새 나는 층계로 몸을 날리고 있었다. 문을 열어 준 하녀가 나를 막는다.

「올라가지 마세요, 제롬 도련님! 올라가지 마세요! 마님께서 발작이 나셨다고요.」

하지만 나는 내쳐 올라간다. 「외숙모를 보러 온 게 아니거든…….」 알리사의 방은 4층에 있다. 2층은 거실과 식당이다. 3층은 외숙모의 방인데 거기서 말소리가 튀어나온다. 방문이 열려 있는데 그 앞으로 지나가야 한다. 한 줄기 빛이 방에서 흘러나와서 층계참을 절단하듯 비춘다. 눈에 띄면 어쩌나 싶은 걱정에 잠시 주저하다가 몸을 숨긴 순간, 이게 대체 웬일인가, 나는 눈앞에 벌어진 광경에 아연실색한다. 커튼이 쳐 있지만 두 개의 큰 촛대에 꽂힌 촛불이 환하게 불빛을 퍼뜨리고 있는 방 한가운데 외숙모가 긴 의자에 누워 있다. 그 발치에는 로베르와 쥘리에트. 그녀의 뒤에는 중위 군복 차림의 어떤 낯선 젊은이. 그 두 아이들이 거기에 있었다는 것은 지금 생각해 보면 망측한 일로 여겨지지만, 당시의 나의 순진한 생각으로는 오히려 그것이 안심이 되었다.

그 아이들은 그 낯선 사람을 웃으며 쳐다보고 있고, 낯선 사람은 고음의 맑은 목소리로 되풀이해서 말한다.

「뷔콜랭! 뷔콜랭……! 내게 양 한 마리가 있다면 틀림없이 이름을 뷔콜랭이라고 붙일 거야.」

외숙모 자신도 깔깔대고 웃는다. 그녀가 젊은이에게 담배를 한 개비 내미는 것이 보인다. 그 젊은이가 담뱃불을 붙여 주자 그녀가 몇 모금 빨아들인다. 담배가 바닥에 떨어진다. 그러자 그가 담배를 주우려고 달려들다가 숄에 발이 걸린 척하면서 외숙모 앞에 무릎을 꿇고 주저앉는데……. 이 우스꽝스러운 장면이 벌어지는 순간을 틈타서 나는 들키지 않고 그곳을 빠져나온다.

나는 마침내 알리사의 방문 앞에 이른다. 잠시 기다린다. 웃음소리와 떠드는 소리가 아래층에서 들려온다. 아마도 그들이 내는 소리가 내가 문에 노크하는 소리를 덮어 버렸는지 아무런 대답도 들리지 않는다. 문을 밀어 보니 조용히 열린다. 방 안은 벌써 어둑어둑해져서 알리사의 모습을 이내 알아볼 수가 없다. 그녀는 저무는 저녁 빛이 비쳐 드는 창문을 등진 채 침대 머리에 무릎을 꿇고 있다. 내가 다가가도 그녀는 자리에서 일어나지 않고 돌아본다. 그녀가 속삭이듯 말한다.

　「오! 제롬, 왜 또 왔어?」

　나는 그녀에게 키스하려고 몸을 굽힌다. 그녀의 얼굴이 온통 눈물에 젖어 있다……

　이 순간이 내 삶을 결정지었다. 나는 지금도 그 순간을 다시 기억하면 마음이 아프다. 물론 나로서는 알리사가 비통해하는 까닭을 어렴풋하게밖에 짐작할 수 없었다. 그러나 나는 그 비통함이 그 팔딱거리는 작은 영혼, 흐느낌으로 온통 흔들리는 그 연약한 육신이 감당하기에는 너무나 벅찬 것임을 뼈저리게 느꼈다.

　나는 여전히 무릎을 꿇고 있는 그녀 곁에 가만히 서 있었다. 내 마음속에 솟구치는 새로운 격정을 어떻게 표현해야 할지 도무지 알 수가 없었다. 그러나 나는 그녀의 머리를 내 가슴에 꽉 끌어당기면서 내 영혼이 흘러드는 통로가 되도록 내 입술을 그녀의 이마에 대고 있었다. 사랑과 연민, 그리고 열광, 자기희생, 정절이 분간할 수 없도록 뒤얽힌 감정에 도취되어 나는 있는 힘을 다하여 하느님을 불렀고, 이제 내 삶의 목표는 오직 이 어린 존재를 공포와 악과 삶으로부터 보호하는 것일 뿐이라 여기며 내 몸을 바치기로 했다. 나는 기도로 가득 찬 마음으로 마침내 무릎 꿇어앉는다. 어렴풋하게 그녀의 말이 들린다.

「제롬! 들키지 않았지, 그렇지? 아! 빨리 가! 들키면 안 돼.」

그러고는 목소리를 더 낮춘다.

「제롬, 아무에게도 말하지 마……. 불쌍한 아빠는 아무것도 몰라…….」

그래서 나는 어머니에게 아무 말도 하지 않았다. 그러나 플랑티에 이모가 어머니와 주고받는 끊임없는 귀엣말들, 그 두 여자의 뭔가 숨기는 듯하고 부산하면서도 걱정 어린 표정, 그들이 밀담할 때 내가 가까이 가기만 하면 〈얘야, 저리 가서 놀아라〉라고 하면서 나를 멀리하던 일, 그 모든 것은 그들이 뷔콜랭 집안의 비밀을 아주 모르고 있는 것은 아님을 말해 주고 있었다.

우리가 파리로 돌아오자마자 전보 한 통이 어머니를 다시 르아브르로 불렀다. 외숙모가 도망쳐 버렸다는 것이다.

「어떤 남자하고요?」 어머니가 나를 맡겨 두고 간, 미스 애시버턴에게 내가 물었다.

「얘야, 그건 어머께 여쭤 보렴. 나는 도무지 대답할 말이 없구나.」 그 사건으로 아연실색한 노부인이 말했다.

이틀 뒤, 그녀와 나는 어머니가 있는 곳으로 떠났다. 그날은 토요일이었다. 나는 그다음 날 교회에서 외사촌 누이들을 만나기로 되어 있었으므로 오직 그 생각만이 내 마음을 사로잡고 있었다. 어린 내 마음에는 우리들의 재회가 이런 식으로 신성화된다는 사실이 매우 중요하게 여겨졌던 것이다. 어쨌든 나는 외숙모에 대해서 별로 신경 쓰지 않았기에 어머니에게 캐묻지 않는 편이 도리라고 생각했다.

그날 아침 작은 교회에는 사람들이 별로 많지 않았다. 보티에 목사는 아마도 의도적으로 〈**좁은 문으로 들어가기를 힘쓰라**〉라는 그리스도의 말씀을 묵도의 인용문으로 택했다.

알리사는 나보다 몇 줄 앞자리에 앉아 있었다. 나에게는 그녀의 옆모습이 보였다. 나는 그녀를 뚫어지게 바라보며 나 자신을 어찌나 까맣게 잊고 있었던지, 온 정신을 다 쏟으며 귀를 기울이고 있던 그 말씀도 그녀를 통해서 듣고 있는 것 같았다. 외삼촌은 어머니 옆에 앉아서 눈물을 흘리고 있었다.

목사는 우선 전체 구절을 읽었다. **좁은 문으로 들어가기를 힘쓰라. 멸망으로 인도하는 문은 크고 그 길이 넓어 그리로 들어가는 자가 많고, 생명으로 인도하는 문은 좁고 길이 협착하여 찾는 자가 적음이라.**[3] 그러고 나서 주제를 분명하게 나누면서 그는 먼저 넓은 길에 대하여 말했다. 나는 멍하니 꿈속에서인 양 외숙모의 방을 떠올렸다. 누워서 웃고 있는 외숙모가 선히 보였다. 활력이 넘치는 장교가 웃는 모습도 보였고…… 그러자 웃음이나 즐거움에 대한 생각 자체가 불쾌하고 모욕적

3 「마태복음」 7장 13~14절.

인 것으로 여겨지면서 죄악의 가증스러운 과장으로 변해 갔다⋯⋯!

그리로 들어가는 자가 많고⋯⋯. 보티에 목사는 설교를 계속 했다. 그가 생생한 묘사를 통해 설명해 나가자, 시시덕거리 고 까불어 대며 행렬을 이루어 앞으로 나아가는 화려한 차 림새의 군중이 눈앞에 보였다. 나는 그런 행렬에 낄 수도 없 고 또 끼고 싶은 생각도 없다고 느꼈다. 왜냐하면 그들과 발 맞추어 떼어 놓는 한 걸음 한 걸음은 나를 알리사에게서 떨 어지게 할 것이기 때문이었다. 그리고 목사는 성경 구절의 처음으로 되돌아갔다. 내 눈에, 힘써 들어가야 할 그 좁은 문 이 보였다. 꿈속에 잠겨 있던 나는 그 문을 일종의 압연기(壓 延機) 같은 것으로 그려 보면서 나 자신이 그 사이로 힘들게, 형언할 수 없는 고통을 느끼면서, 그러나 하늘나라의 지복의 예감이 섞여 있는 고통을 느끼면서 그리로 들어간다고 상상 했다. 그러자 이번에는 그 문이 바로 알리사의 방문으로 변 하는 것이었다. 그리로 들어가려고 나는 내 몸을 줄이고 내 속에 이기심으로 남아 있는 모든 것을 비워 버렸다. **생명으로 인도하는 길은 좁으니**⋯⋯. 보티에 목사는 계속했다. 그리고 모 든 고행, 모든 슬픔 저 너머에 있는 또 다른 하나의 맑고 신 비롭고 천사 같은 기쁨, 벌써부터 내 영혼이 이미 갈망하는 기쁨을 나는 상상하고 느꼈다. 나는 그 기쁨을 날카로우면 서도 부드러운 바이올린 소리 같은 것으로, 알리사의 마음 과 나의 마음이 녹아 없어져 버리는 맹렬한 불꽃 같은 것으 로 상상했다. 우리는 다 같이 묵시록에서 말하는 그 흰 옷을 입고 손에 손을 잡고 똑같은 목표를 바라보며 앞으로 나아가고 있었다……. 이런 어린애 같은 꿈들이 웃음을 자아낸들 어떠랴! 나는 그 꿈들을 조금도 고치지 않고 그대로 이야기할 뿐이다. 그 속에 혹시 애매한 면들도 있겠지만, 그건 단지 아주 정확한 어떤 감정을 표현하기 위해 사용한 말들과 불완전한 이미지들로 말미암은 것이다.

찾는 자가 적음이라. 보티에 목사는 끝을 맺었다. **찾는 자가 적음이라**……. 나는 그 얼마 안 되는 이들 중의 한 사람이 되리라…….

설교가 끝날 무렵, 긴장 상태가 극도에 달한 나머지 나는 예배가 끝나는 즉시 외사촌 누이를 찾아볼 생각도 하지 않은 채 뛰쳐나왔다. 자랑스러운 느낌에, 벌써부터 나의 결심들을(나는 이미 결심을 한 것이다) 시험해 보고 싶었고, 즉시 그녀에게서 멀어짐으로써 더욱 그녀에게 적합한 자격을 갖추게 된다고 생각한 것이었다.

제2장

　이 엄격한 가르침은 천성적으로 의무를 다하도록 타고난, 이미 준비된 하나의 영혼을 발견했다. 또한 나의 부모님이 보여 주신 모범은, 그분들이 내 마음속에 싹트기 시작한 초년기의 충동들을 다스려 따르도록 가르친 청교도적 규율과 결합되어, 이 영혼을 내가 〈덕행〉이라 부르고자 하는 것 쪽으로 기울어지게 하고 말았다. 내게는 자신을 억제하는 것이 남들이 방종에 빠져드는 것만큼이나 자연스러웠고, 내가 따르도록 강요받았던 이 엄격한 규율이 혐오감을 주기는커녕 오히려 나를 우쭐하게 했다. 나는 미래로부터 행복 그 자체보다도 행복에 이르기 위해 바치는 무한한 노력을 열심히 찾으려 들었고, 또 벌써부터 행복과 덕행을 혼동하고 있었다. 물론 열네 살 먹은 아이로서, 나는 아직 마음을 정하지 못한 채 막연한 대기 상태에 머물러 있었다. 그러나 곧 알리사에 대한 나의 사랑이 결연히 그 방향으로 나를 이끌어 갔다. 그것은 돌연한 내면의 계시였는데, 그 덕분에 나는 나 자신을 의식하게 되었다. 즉 나 자신이 내성적이고, 제대로 기를 펴지 못한 채, 늘 기다림에 차 있고, 남에게는 별로 관심이 없으며, 대담함도 없다 보니 오직 자신과 싸워 이겨 내겠다는 것 외의 다른 승리는 꿈도 꾸지 못하는 인간으로 여겨졌다. 나는 공부하기를 좋아했다. 놀이들 가운데서도 정신의 집중이나 노력을 요구하는 것들에만 매달렸다. 내 나이 또래 친구들과는 별로 어울리지 않았고 단지 우정이나 친절의 의도로만 그들의 놀이에 관심을 보였다. 그러나 그 이듬해 파리에 와서 내 동급생이 된 아벨 보티에와는 잘 어울렸다. 그는 상냥하고 무사태평한 아이여서 나는 그에 대해 존경심보다는 애정을 더 느끼는 편이었다. 적어도 그와 어울리고 있으면 끊임없이 내 마음이 달려가는 르아브르와 퐁괴즈마르에 대한 이야기를 할 수가 있었던 것이다.

우리와 같은 중학교의 기숙생으로 들어왔지만 두 학년 아래였던, 내 외사촌 로베르 뷔콜랭은 일요일에나 만날 뿐이었다. 그가 내 외사촌 누이들의 동생이 아니었다면 ― 게다가 그는 누이들과 별로 닮은 데가 없었다 ― 그를 만나는 것이 내겐 별로 즐겁지 않았을 것이다.

당시 나는 내 사랑에 열중해 있었기 때문에, 그들 두 사람과의 우정도 그 사랑의 빛을 받아서 어떤 의미를 가질 수 있었다. 알리사는 복음서에서 말하는 그 값진 진주와 같았고, 나는 그 진주를 얻기 위해 자신이 가진 모든 것을 팔아 버리는 그 사람이었다.[4] 비록 내가 아직 어린애였긴 하지만, 지금 내가 사랑을 말하는 것이, 또 내가 외사촌 누이에 대하여 느

4 「마태복음」 13장 45~46절 참조.

졌던 감정을 사랑이라는 이름으로 말하는 것이 잘못된 일일까? 그 후 내가 경험한 그 어떤 것도 이보다 더 사랑이라는 이름에 합당하게 여겨지는 것은 없다. 뿐만 아니라 내가 육체적인 면에서 가장 뚜렷한 고민들로 괴로워할 나이가 되었을 때도, 나의 감정은 질적으로 그다지 변하지 않았다. 즉 어렸을 때 나는 그녀에게 어울리는 자격의 인간이 되려고 노력은 했어도 그녀를 보다 직접적으로 내 것으로 만들려는 생각은 없었다. 공부, 노력, 경건한 행위 등 모든 것을 나는 신비주의적 태도로 알리사에게 바치고 있었고, 내가 오로지 그녀만을 위해서 하는 일조차 그녀가 모르게 함으로써 한층 더한 덕행을 실천하고자 했다. 나는 이렇게 독한 술 같은 겸양에 도취해 있었다. 딱하게도! 나 자신의 즐거움은 거의 염두에 두지 않은 채…… 나는 습관적으로 어떤 노력이 요구되는 일에만 만족했다.

덕의 실천을 향한 경쟁심에 불타고 있는 쪽은 오직 나뿐이었던가? 나는 오직 그녀를 위해서만 노심초사하고 있는데 반해, 알리사는 그걸 느끼는 것 같지도 않았고 나 때문에 혹은 나를 위해 무언가를 하는 것 같지도 않았다. 그녀의 꾸밈 없는 영혼 속에서는 모든 것이 다 아주 자연스러운 아름다움이었다. 그녀의 덕은 너무나도 넉넉하고 우아했기 때문에 그 자체가 방임 상태 같아 보였다. 그녀의 어린애 같은 미소로 인해 그녀의 눈길에 서린 심각함이 오히려 더 매력적이었다. 그녀가 너무나도 부드럽고 다정하게, 무엇인가를 묻고 있는 듯 올려다보던 그 시선이 지금도 내 눈에 선하다. 그렇

33

기에 마음이 착잡해질 때마다 외삼촌이 그의 맏딸에게서 의
지할 곳이나 충고와 위안을 구했던 것이 이해된다. 그 이듬
해 여름, 나는 외삼촌이 그녀와 이야기하는 것을 종종 볼 수
있었다. 슬픔 때문에 외삼촌은 많이 늙어 버렸다. 식사 때도
외삼촌은 통 말이 없었다. 그러다가 가끔, 갑작스럽게 쾌활
한 표정을 애써 내비치곤 했는데, 그것이 오히려 침묵보다
더 마음을 아프게 했다. 알리사가 부르러 찾아오는 저녁 시
간까지 외삼촌은 서재에서 담배만 피우고 있었다. 그러다가
알리사가 빌다시피 해야 겨우 방에서 나왔다. 그녀는 외삼
촌을 마치 어린애 다루듯 정원으로 모시고 나왔다. 두 사람
은 함께 꽃 핀 오솔길을 따라 내려가서 채소밭 계단 근처, 우
리가 의자를 몇 개를 가져다 놓아 둔 원형 교차로에 가 앉는
것이었다.

어느 날 저녁때, 나는 주홍빛의 우람한 너도밤나무 그늘
밑 잔디밭에 누워서 늦게까지 책을 읽고 있었다. 꽃핀 그 오
솔길과 나 사이에 있는 것은 월계수 울타리뿐이어서, 시선은
막혔어도 목소리는 차단되지 않았으므로 알리사와 외삼촌
이 주고받는 말소리가 내 귀에 들렸다. 아마도 그때 막 로베
르 이야기를 하고 난 것 같았다. 그때 알리사가 내 이름을 입
에 올렸다. 그래서 그들이 주고받는 말이 뚜렷이 들리기 시
작했을 때, 외삼촌이 큰 소리로 말했다.

「음! 그래, 그 애는 언제까지나 공부를 좋아할 거야.」

본의 아니게 엿듣는 처지로 곤란해진 나는 자리를 떠나거
나 그렇지 않으면 적어도 내가 여기 있다는 것을 알리는 무

슨 기척이라도 내고 싶었다. 하지만 어떻게……? 기침을 한다? 〈나 여기 있어요! 말하는 소리가 들려요!〉라고 소리친다? 그런데 내가 잠자코 있었던 것은 이야기를 더 들어 보고 싶은 호기심 때문이라기보다는 오히려 난처한 입장과 수줍음 때문이었다. 더구나 둘은 그냥 지나가고 있을 뿐이었고, 그들의 이야기는 아주 희미하게 들릴 뿐이었으니……. 그러나 두 사람은 천천히 걸어가고 있었다. 아마도 알리사는 여느 때와 마찬가지로 팔에 바구니를 걸쳐 들고, 시든 꽃을 따거나 자주 끼는 바다 안개 때문에 울타리 밑으로 떨어진 아직 푸릇푸릇한 열매들을 줍고 있었을 것이다. 그녀의 맑은 목소리가 들려왔다.

「아빠, 팔리시에 고모부는 훌륭한 분이셨어요?」

외삼촌의 목소리는 낮고 희미했다. 나는 그의 대답을 알아들을 수가 없었다. 알리사가 재차 물었다.

「아주 훌륭한 분이셨죠, 그렇죠?」

여전히 대답은 너무 흐리게 들렸다. 그러자 알리사가 다시 말했다.

「제롬은 머리가 좋지요, 안 그래요?」

내가 어떻게 귀를 곤두세우지 않을 수 있었겠는가……? 그러나 한마디도 알아들을 수가 없었다. 그녀는 말을 이었다.

「훌륭한 사람이 될 거라고 생각하세요?」

여기서 삼촌의 목소리가 높아졌다.

「하지만, 얘야, 우선 네가 어떤 뜻으로 〈훌륭하다〉고 하는

지 그것부터 알고 싶구나! 겉으로는, 아니 적어도 사람들의 눈에는 그렇게 보이지 않으면서도 아주 훌륭한 인물, 적어도 하느님의 눈으로 보면 아주 훌륭한 사람이 있을 수 있지.」

「저도 그런 뜻으로 말한 거예요.」 알리사가 말했다.

「그리고 또…… 누가 알 수 있겠니? 그 애는 아직 너무 어리니까……. 그래, 분명히 유망한 애야. 하지만 그것만으로 성공할 수 있는 것은 아니야…….」

「또 뭐가 필요하죠?」

「글쎄, 애야, 뭐라고 말하면 좋을까? 신뢰라든가, 뒷받침이라든가, 사랑이라든가 그런 것들이…….」

「뒷받침이라니 무얼 말하는 거죠?」 알리사가 말을 잘랐다.

「내가 받아 보지 못한 애정과 존중 말이다.」 외삼촌은 쓸쓸하게 대답했다. 그러고 나서 두 사람의 말이 아예 들리지 않았다.

저녁 기도를 드릴 때, 나는 본의 아니게 저지른 나의 조심성 없는 행동이 마음에 걸렸고, 그래서 외사촌 누이에게 잘못을 고백하기로 마음먹었다. 아마도 이번에는 좀 더 자세히 알아보고 싶다는 호기심도 거기에 약간 섞여 있었을 것이다.

그 이튿날 내가 그녀에게 첫마디 말을 꺼내자마자 알리사가 말했다.

「아니 제롬, 그렇게 엿듣는 건 아주 나쁜 짓이야. 기척을 내든가 자리를 떠나든가 했어야지.」

「정말이지 난 엿들은 게 아니라고……. 본의 아니게 들렸

36

던 거야…… . 그리고 그쪽도 그냥 지나가고 있었을 뿐이고.」

「우리는 천천히 걷고 있었어.」

「그래, 그렇지만 내게는 겨우 들릴까 말까였어. 그러고는 곧 들리지 않게 되었어…… . 그런데 참, 성공하려면 무엇이 필요한지 네가 물었을 때 삼촌이 뭐라 대답하셨어?」

「제롬,」 그녀는 웃으며 말했다. 「완전히 다 듣고 나서 뭘 그래. 재미로 내게 한번 되풀이시키고 싶은 거잖아.」

「아냐, 정말 첫머리밖에 듣지 못했다고…… . 신뢰와 사랑에 대해서 말씀하셨을 때 말이야.」

「그러고 나서 다른 많은 것들이 필요하다고 하셨어.」

「그래서 넌 뭐라고 대답했어?」

그녀는 갑자기 정색을 했다.

「인생을 살아가는 데 필요한 뒷받침을 말씀하시기에 너한테는 너희 어머니가 계시다고 했어.」

「아! 알리사, 어머니가 언제까지나 나와 함께 계실 수 없다는 걸 너도 잘 알잖아…… . 그리고 그건 다른 문제잖아…… .」

그녀는 고개를 숙이며 말했다.

「아버지도 그렇게 말씀하셨어.」

나는 떨면서 그녀의 손을 잡았다.

「내가 장차 어떤 사람이 되건 간에, 그것은 모두 다 너를 위해서야.」

「그렇지만 제롬, 나 역시 너를 떠날지도 모르잖아.」

그에 대한 내 대답 속에는 내 영혼이 스며들어 있었다.

「나는 절대로 너를 떠나지 않을 거야.」

그녀는 어깨를 약간 으쓱했다.

「넌 혼자서 걸어갈 만큼 충분히 강하잖아? 우리들 각자는 혼자서 하느님께 도달해야 돼.」

「그렇지만 내게 길을 가르쳐 줄 사람은 너야.」

「왜 그리스도가 아닌 다른 인도자를 찾으려는 거야……? 우리가 서로 가장 가까이 있을 수 있는 것은 우리 두 사람 각자가 서로를 잊고 하느님께 기도드리는 때라고 생각하지 않아?」

「그래, 우리 두 사람이 하나가 되게 해주십사고,」 나는 말을 가로챘다. 「나는 밤낮으로 기도하고 있어.」

「넌 하느님 품 안에서 결합한다는 게 무슨 뜻인지도 모르니?」

「너무나도 잘 알고 있어. 그것은 둘이서 함께 찬양하는 동일한 것 안에서 서로가 상대방을 열심히 찾는 거야. 네가 한 대상을 찬양한다는 것을 알고 나 역시 그 대상을 찬양하는 것은, 바로 너를 찾기 위해서라는 생각이 들어.」

「너의 찬양은 순수하지 않구나.」

「내게 너무 많은 걸 요구하지 마. 내가 널 찾지 못할 곳이라면 그곳이 천국이라 해도 내겐 하찮게 보일 거야.」

그녀는 손가락을 입술에 갖다 대고는 약간 엄숙하게 말했다.

「너희는 먼저 하느님의 나라와 그의 의를 구하라.」[5]

우리가 나누었던 대화를 여기에 옮겨 적으면서, 어떤 아이

5 「마태복음」 6장 33절.

들은 곧잘 놀라울 정도로 심각한 말들을 나누기도 한다는 사실을 알지 못하는 이들에게는, 우리의 대화가 별로 어린애들 대화 같지 않게 느껴지리라는 것을 나도 잘 안다. 그러나 어쩔 것인가? 그것에 대해 변명이라도 할 것인가? 나는 우리의 대화가 좀 더 자연스럽게 보이도록 위장하고 싶지 않은 것과 마찬가지로 그런 변명도 하고 싶지 않다.

우리는 라틴어판 복음서를 구해서 긴 구절들을 외우곤 했다. 동생 로베르를 도와준다는 구실로 알리사는 나와 함께 라틴어를 배웠다. 그러나 지금 생각해 보면, 그건 오히려 계속 내 뒤를 따라오면서 독서를 하기 위한 것이었다. 그리고 나도 물론 그녀가 나와 함께 하지 않을 것 같아 보이는 공부에는 별로 마음이 끌리지 않았다. 그렇게 하는 것이 내게 방해가 되는 경우가 종종 있긴 했어도, 남들이 생각하듯이 내 정신의 충동을 가로막을 정도는 아니었다. 오히려 그 반대로 그녀는 어디서나 자유롭게 나보다 앞서가고 있는 것 같았다. 나의 정신은 그녀를 따라 방향을 정했으며, 그 당시 우리의 마음을 사로잡고 있었던 것, 우리가 〈사색〉이라 부르던 것은 흔히 보다 더 현학적인 결합을 위한 구실, 감정의 가장, 사랑의 겉치레에 지나지 않았다.

어머니는 나의 그러한 감정의 깊이를 헤아릴 수 없어서 처음에는 염려했을 것이다. 그러나 차츰 자신의 기력이 약해짐을 느낌에 따라 우리 둘을 같은 어머니의 품속에 안아서 맺어 주고 싶어 했다. 어머니는 오래전부터 고통받아 온 심장병이 점점 더 자주 재발하여 힘들어했다. 언젠가 유난히도 발작이 심해졌을 때 어머니는 나를 곁으로 불렀다.

「애야, 보다시피 나도 이제 많이 늙었다.」 어머니는 말했다. 「어느 날 갑자기 너를 두고 떠날지도 몰라.」

어머니는 숨이 가빠져서 말을 멈췄다. 나는 더 참을 수가 없었다. 그래서 내가 먼저 꺼내기를 기다리는 것 같은 그 말을 입 밖에 내고 말았다.

「엄마…… 내가 알리사하고 결혼하고 싶어 하는 거, 알잖아.」 그러자 이러한 내 말이 아마도 어머니의 가장 깊은 속마음에 있던 생각에 바로 가닿은 것인지, 어머니는 곧 이렇게 받았다.

「그래, 네게 바로 그 말을 하고 싶었단다, 제롬.」

「엄마!」 나는 흐느끼면서 말했다. 「엄마도 알리사가 날 사랑한다고 생각하지?」

「그럼, 애야.」 어머니는 몇 번이나 정답게 〈그럼 애야〉 하고 되풀이했다. 어머니는 힘들게 말하고 있었다. 그리고 덧붙였다. 「하느님의 뜻에 맡겨 드려야지.」 그러고는 곁에서 고개를 숙이고 있던 내 머리에 손을 얹으며 다시 말했다.

「하느님께서 너희를 보호하여 주시옵기를! 하느님께서 너희 두 사람을 보호하여 주시옵기를!」 그리고 잠 속에 빠져드는 것 같아서 나는 구태여 깨우려고 하지 않았다.

이 이야기는 두 번 다시 되풀이되지 않았다. 그다음 날은 어머니의 상태가 좀 나아졌다. 나는 또다시 학교 수업으로 되돌아갔고, 절반밖에 못한 이 속내 이야기는 또다시 침묵에 싸였다. 게다가 그 이상 내가 무엇을 더 알 수 있었을 것인가? 알리사가 나를 사랑한다는 사실에는 한순간도 의심의 여지가 없었다. 설혹 그때까지는 내가 그 점에 대해 다소 의심쩍어했다 하더라도, 뒤이어 슬픈 사건이 일어나게 되면서부터 그러한 의심은 영원히 내 마음에서 지워졌을 것이다.

어느 날 저녁 어머니는 미스 애시버턴과 내가 지켜보는 가운데 아주 조용히 숨을 거두었다. 어머니의 생명을 앗아 간 마지막 발작은 처음에는 그 이전의 발작에 비해 그다지 심한 것 같지 않았다. 마지막이 가까워서야 비로소 위험한 증세가 나타났기 때문에 친척들 가운데 누구도 달려올 시간이 없었다. 나는 첫날 밤은 어머니의 오랜 친구 곁에서 이 그리운 분의 주검을 지키면서 새웠다. 나는 어머니를 생전에 깊이 사랑했다. 그러나 눈물이 흘러내리는데도 마음속으로 슬픔을 느끼지 못하는 데 놀랐다. 정작 내가 눈물을 흘린 것은 자기보다 훨씬 나이가 아래인 친구가 이렇게 먼저 하느님 앞으로 가는 것을 보고 있는 미스 애시버턴이 가엾어서였다. 그러나 어머니가 돌아가심으로써 외사촌 누이가 황급히 내 곁으로 달려오리라는 은밀한 계산이 나의 슬픔을 크게 억눌러 주고 있었다.

다음 날 외삼촌이 도착했다. 외삼촌은 당신 딸의 편지를 내게 전했다. 그녀는 그다음 날에야 플랑티에 이모와 같이 왔다. 그녀의 편지에는 이렇게 적혀 있었다.

……제롬, 나의 벗, 나의 동생. 기대하고 계셨던 그 큰 만족을 드릴 수 있었을 몇 마디 말을, 돌아가시기 전에 해드

리지 못한 것이 얼마나 마음 아픈지 몰라. 이제 고인께서 나를 용서해 주셨으면 해! 이제부터는 하느님만이 우리 두 사람을 인도해 주시길 빌 뿐이야. 그럼 안녕히. 내 가엾은 벗! 어느 때보다도 더욱 다정한 너의 알리사.

이 편지는 무엇을 뜻하는 것이었을까? 여쭙지 못해 마음 아프다는 그 몇 마디 말이란 바로 우리 두 사람의 앞날을 기약하는 말이 아니고 무엇이겠는가! 그러나 나는 아직 너무 어렸기 때문에 곧바로 구혼할 엄두를 내지 못했다. 더군다나 그녀와 약속이 왜 필요했겠는가? 우리는 이미 약혼한 사이나 다름없지 않았던가? 우리의 사랑은 이미 친척들에게 비밀이 아니었다. 어머니와 마찬가지로 외삼촌도 거기에 아무런 의의가 없었다. 오히려 외삼촌은 벌써부터 나를 자식처럼 대해 주고 있었다.

그로부터 며칠 후에 시작된 부활절 방학을 나는 르아브르에서 지냈다. 플랑티에 이모 댁에서 묵었지만 거의 매 끼니의 식사는 뷔콜랭 외삼촌 댁에서 했다.

펠리시 플랑티에 이모는 더할 나위 없이 좋은 분이었지만 내 사촌 누이들도 나도 그분과 아주 허물없이 지내는 편은 아니었다. 그분은 늘 숨이 턱끝에 닿도록 분주했다. 몸가짐이 부드럽지 못했고 음성은 거칠었다. 아무 때나 우리들이 귀여워 죽겠다는 듯 애무를 퍼부어 우리를 귀찮게 하는 것이었다. 뷔콜랭 외삼촌도 이모를 퍽 좋아했지만, 이모와 이야기할 때 보면 그 목소리만으로도 얼마나 어머니를 더 좋아했던가를 넉넉히 짐작할 수가 있었다.

「얘야.」 어느 날 저녁 이모가 말했다. 「네가 이번 여름에 뭘 할 작정인지 모르겠다만, 내가 할 것을 결정하기 전에 네 계획을 좀 알았으면 좋겠구나. 혹 네게 도움이 될지도 몰라서…….」

「아직 별로 생각해 보지 못했어요.」 나는 대답했다. 「어쩌면 여행이나 해볼까 하는데요.」

이모가 말을 이었다.

「알다시피, 퐁괴즈마르와 마찬가지로 우리 집에서도 네가 오는 것은 언제나 환영이다. 하긴 그쪽으로 가면 네 외삼촌이랑 쥘리에트가 반가워하겠지만…….」

「알리사 말씀이죠?」

「참, 그렇구나! 미안하다……. 네가 좋아하는 게 쥘리에트라고 생각했지 뭐냐! 네 외삼촌이 이야기해 주기 전까지는……. 그게 아직 한 달도 못 됐어……. 사실 난 너희들을 사랑하지만 속마음을 잘 알지는 못하는구나. 너희들을 만나 볼 기회가 별로 없으니까……! 게다가 난 또 주위를 살피는 성격이 못 되거든. 나와 상관없는 일은 별로 살펴볼 겨를이 없단다. 네가 항상 쥘리에트하고 노는 걸 보았기에…… 난 생각하길……. 그 애는 참 예쁘고 명랑하잖아.」

「네, 지금도 전 그 애하고 잘 놀아요. 하지만 제가 사랑하는 건 알리사예요.」

「아무렴! 아무렴, 너 좋을 대로 해야지……. 나야 뭐……

알리사를 통 모른다 해도 과언이 아니지. 그 애는 동생보다 말수가 적어서. 어쨌든 네가 그 애를 택했을 때야 그만한 이유가 있었겠지.」

「하지만 이모, 제가 알리사를 일부러 선택한 게 아녜요. 그리고 또 이유 같은 건 한 번도 생각해 본 적이 없어서…….」

「화낼 건 없다, 제롬. 나쁜 뜻으로 한 말은 아니니까……. 너 때문에 내가 무슨 말을 하려고 했는지 깜빡 잊어버렸구나……. 아, 그래, 맞아! 결국 이 일은 결혼으로 매듭지어질 거라고 보는데, 하지만 네가 상중이라 아직은 약혼을 할 수 없잖아……. 예법상으로 보면 말이다. 그리고 또 넌 아직 너무 어리고……. 이젠 어머니 없이 혼자서 네가 퐁괴즈마르에 가서 지내는 게 남들 눈에 좀 안 좋게 비칠 수도 있다는 생각이 들어서…….」

「아니, 이모, 제가 여행 이야기를 한 건 바로 그 때문이에요.」

「그래, 그러니 말이다, 애야, 내가 있게 되면 일이 수월해지지 않을까 해서, 이번 여름 한동안 내가 시간을 내도록 해두었다.」

「제가 부탁하면 미스 애시버턴이 와줄 텐데요, 뭘.」

「그녀가 와주리라는 건 나도 안다. 하지만 그것만 가지곤 안 되지! 나도 가봐야 해……. 아, 내가 가엾은 너희 어머니를 대신하겠다는 건 아니야.」 이모는 갑자기 흐느끼면서 덧붙였다. 「난 그저 집안일이나 좀 살펴봐 줄 생각이지 뭐……. 그러면 너도 외삼촌도 알리사도 거북해하지 않을 테니까.」

펠리시 이모는 당신이 와 있음으로 해서 생기는 효과에 대해 착각하고 있었다. 사실 우리가 거북해진 것은 오직 이모 때문이었다. 이모는 예고한 대로 7월부터 퐁괴즈마르에 와서 자리를 잡았고, 미스 애시버턴과 나도 곧 뒤따라왔다. 집 안일을 하는 데 알리사를 거들어 준다는 구실로 그녀는 그처럼 조용하던 이 집 안을 계속 시끄럽게 했다. 우리에게 잘해 주려는, 아니 이모의 표현처럼 〈일을 수월하게〉 하려는 그녀의 열성이 너무나 극성스러워서, 알리사와 나는 이모 앞에서 늘 속수무책으로 반벙어리가 되는 것이었다. 이모는 우리가 퍽 쌀쌀하다고 생각했을 것이다. 그러나 우리가 설사 잠자코 있지 않았다 하더라도, 이모는 과연 우리의 사랑이 어떤 성질의 것인지 이해할 수 있었을까? 반면에 쥘리에트의 성격은 극성스러운 이모의 성격과 잘 어울리는 편이었다. 그리고 이모가 작은 조카딸을 눈에 띄게 편애하는 것을 보면서 느낀 어떤 반감이 아마도 이모에 대하여 내가 정을 덜 느끼게 만들었을지도 모른다.

어느 날 아침 우편물을 받고 나서 이모가 나를 불렀다.
「제롬, 정말 미안하구나. 내 딸아이가 몸이 아프다고 나보고 오란다. 아무래도 네 곁을 떠나야 할까 보다…….」
공연한 걱정으로 마음이 바빠진 나는 외삼촌을 찾아갔다. 이모가 떠난 뒤에도 그대로 퐁괴즈마르에 남아 있어도 되는 것인지 알 수가 없어서였다. 그러나 말을 꺼내자마자 외삼촌은 소리쳤다.

「누이는 대체 왜 당연한 일들을 복잡하게 만들고 그러는 걸까? 그래, 넌 무엇 때문에 우리 곁을 떠나겠다는 거냐, 제롬? 너는 이미 내 자식이나 다름없지 않으냐?」

이모는 단지 두 주일을 퐁괴즈마르에 머물렀을 뿐이다. 이모가 떠나자 집 안은 다시 잠잠해졌다. 행복과 아주 닮은 평온함이 다시 집 안에 깃들었다. 내가 상중이라는 사실이 우리의 사랑을 어둡게 하기는커녕 오히려 그 깊이를 더하게 했다. 단조롭게 흐르는 생활이 시작되었다. 거기에서는 마치 소리가 잘 울려 퍼지는 공간 안에서처럼 우리 마음속 가장 작은 움직임의 소리까지도 귀에 들리는 것이었다.

이모가 떠나고 며칠 뒤 어느 날 저녁, 우리는 식탁에 둘러앉아서 이모 이야기를 했다. 지금도 그때가 기억난다.

「그 무슨 법석이람!」 우리는 말하곤 했다. 「삶의 파도가 그분의 마음속에서는 잠시도 휴식을 주지 않으니, 그게 있을 수 있는 일이야? 아름다운 사랑의 얼굴이여, 거기서는 그대가 어떤 모습으로 비치는가?」 이건 괴테가 슈타인 부인을 두고 〈그이의 마음속에 비치는 세계는 보기에도 아름다울지니〉라고 했던 말이 생각나서 우리가 읊조린 것이다. 그러고 난 다음 곧 우리는 무슨 서열 같은 것을 설정하고, 그 가장 높은 자리에는 명상의 자질을 놓는 것이 좋겠다고 판단했다. 그때까지 잠자코 있던 외삼촌이 서글픈 미소를 지으면서 말을 건넸다.

「얘들아, 비록 부서진 상태라 해도 하느님께서는 거기서 당신의 모습을 알아보실 거다. 사람의 일생 중에서 어느 한 시기만을 보고 그 사람을 판단하는 것은 삼가야지. 내 가엾은 누이에게서 너희들 마음에 별로 들지 않는 점은 다 여러 가지 사건들을 겪다 보니 생기게 된 것이고, 그런 사건들을 너무나 잘 알고 있는 나로서는 너희들처럼 가혹하게 이모를 비판할 수가 없단다. 젊은 시절에 그토록 호감 가던 성격도 늙어 가면서 점차 변질되고 마는 거야. 지금 너희들이 요란스럽다고 하는 펠리시의 성격도 처음에는 생기발랄해서 귀엽게 튀는 면, 즉흥성, 소탈함, 애교로 여겨졌을 뿐이지…….우리도, 정말이지, 지금의 너희들의 모습과 별로 다르지 않았단다. 나는 너와 아주 비슷했지, 제롬. 아마 지금 내가 생각하는 것보다도 훨씬 더 비슷했을 거야. 펠리시는 또 지금의 쥘리에트와 아주 비슷했었지……. 그래, 몸매까지도. 지금도 문득.」 그리고 외삼촌은 자신의 딸을 돌아보면서 말했다. 「어떤 억양의 네 목소리를 들으면 펠리시가 말하는 것만 같단다. 미소 지을 때도 너와 똑같았어. 그리고 곧 없어지고 말았지만, 가끔 너처럼, 팔꿈치를 앞으로 내밀고 깍지 낀 두 손으로 이마를 받친 채 아무것도 안 하고 가만히 의자에 앉아 있는 모습까지도 그렇고.」

미스 애시버턴이 나를 돌아보며 속삭이듯이 말했다.

「네 어머니를 생각나게 하는 건 알리사지.」

그해 여름은 찬란했다. 만물에 푸른 하늘이 배어 있는 것 같았다. 우리의 열정은 불행도 죽음도 다 이겨 내고 있었고,

어둠은 우리 앞에서 뒷걸음질 쳤다. 아침마다 나는 기쁨으로 잠을 깼다. 동틀 무렵이면 벌써 일어나서 해를 맞으려 내닫는 것이었다……. 지금도 그 시간을 그려 보면, 이슬로 함빡 젖은 모습으로 눈앞에 떠오른다. 늦도록 자지 않는 습관이 있었던 알리사에 비해 아침 일찍 일어나는 쥘리에트는 나와 함께 정원으로 내려가곤 했다. 자기 언니와 나 사이에서 그녀는 메신저 역할을 했다. 나는 그녀에게 우리의 사랑을 끝없이 이야기했고, 그녀는 내 이야기를 듣는 것에 싫증을 내는 것 같지 않았다. 알리사 앞에서는 감당 못하게 벅차오르는 사랑 때문에 걱정과 압박감에 사로잡혀 감히 하지 못하던 이야기도 쥘리에트에게는 털어놓았다. 알리사도 나의 이런 장난에 응해 주는 것 같았다. 우리가 온통 자기 이야기만 하고 있다는 사실을 모르는지 혹은 모르는 척하는 것인지, 자기 동생 앞에서 내가 아주 신나게 이야기하는 것이 재미있는 모양이었다.

아! 사랑의 미묘한 가장이여, 사랑의 과도함 그 자체인 가장이여! 그 무슨 비밀스러운 길을 통해서 너는 우리를 웃음에서 눈물로, 가장 순진한 기쁨에서 덕행의 삶으로 인도했는가!

그 여름은 너무나 맑게, 너무도 매끄럽게 달아나 버렸기 때문에, 그 자취 없이 흘러간 날들로부터 나의 기억은 이제 거의 아무것도 남겨 가진 것이 없다. 유일한 사건들이라곤 오직 대화와 독서뿐…….

「슬픈 꿈을 꾸었어.」 방학이 끝날 무렵의 어느 날 아침 알리사가 내게 말했다. 「나는 살아 있는데 너는 죽고 없었어. 아니, 네가 죽는 것을 본 건 아니고 단지 네가 죽어 버렸다는 사실뿐이었어. 끔찍했어. 그건 너무나 터무니없는 일이라서 네가 그냥 눈앞에 없을 뿐이라고 마음먹기로 했어. 우리가 헤어져 있기는 했지만 꼭 다시 만날 길이 있을 것 같았어. 어떻게 하면 되나 하고 그 길을 찾으려고 너무나 애를 쓰는 바람에 잠이 깼어.

오늘 아침까지 그 꿈의 여운이 지워지지 않았어. 꼭 그 꿈을 계속 꾸는 것 같았어. 여전히 너와 떨어져 있고, 앞으로도 또 오래오래……」 그리고 그녀는 나지막하게 덧붙였다. 「일생 동안 너와 떨어져 있게 될 것 같았어. 그리고 일생 동안 몹시 애를 써야 될 것 같았어……」

「왜?」

「각자가, 서로 만나기 위해서 엄청나게 애를 써야 될 것 같았어.」

나는 그녀의 이야기를 심각하게 받아들이지 않았다. 아니 어쩌면 심각하게 받아들이는 것이 두려웠는지도 모른다. 나는 그녀의 말에 반박이라도 하려는 듯 두근거리는 가슴을 억누르며, 갑자기 용기를 내어 이렇게 말했다.

「그런데 난 말이지, 오늘 아침 꿈에 어찌나 열렬하게 너와 결혼하고 싶어 했던지, 죽음밖에 아무것도, 정말 아무것도 우리를 떼어 놓지 못할 것 같았어.」

「너는 죽음이 우리를 떼어 놓을 수 있다고 생각해?」 그녀가 말을 받았다.

「내 말은……」

「내 생각엔, 반대로 죽음이 더 가깝게 해줄 것 같은데…….
그래, 살아 있는 동안에는 떨어져 있던 것을 더 가깝게 해준
다고 말이야.」

이 모든 이야기는 너무나도 우리의 마음에 깊이 파고들었
기에, 지금도 주고받은 말의 억양까지 귓전에 들리는 것만
같다. 그러나 나는 나중에서야 비로소 그 말들의 중대한 뜻
을 깨달았다.

여름은 사라져 가고 있었다. 벌써 들판은 대부분 텅 비어
있었고, 눈앞의 풍경은 생각했던 것 이상으로 넓어졌다. 떠
나기 전날, 아니 그 전전날, 나는 쥘리에트와 함께 아래 정원
숲 쪽으로 내려가고 있었다.

「어제 알리사에게 읊어 준 게 뭐지?」 쥘리에트가 물었다.

「언제 말이야?」

「그 폐광 벤치에서 말이야. 둘만 남겨 놓고 우리가 먼저
와버렸을 때…….」

「아……! 보들레르의 시 구절이었을 거야, 아마…….」

「어느 시? 나한테 좀 말해 주지 않을 거야?」

「이제 곧 우리는 차가운 어둠 속에 잠기리니,」 나는 별로 내키
지 않는 기분으로 시작했다. 그러나 그녀가 대뜸 내 말을 자
르면서 떨리는, 그리고 달라진 목소리로 받아 읊었다.

「잘 가라, 우리의 너무나도 짧았던 여름날의 생생한 광채여!」[6]

6 보들레르의 시 「가을의 노래」 중 일부분.

「아니, 너 그걸 알고 있었구나?」 나는 너무나 놀라 소리쳤다. 「넌 시를 좋아하지 않는 줄 알았는데……」

「아니, 왜? 오빠가 내게 읊어 준 적이 없어서?」 그녀는 웃으면서, 그러나 좀 어색해져서 말했다. 「오빠는 가끔 날 아주 바보로 아는 것 같아.」

「아주 명석하면서도 시를 좋아하지 않는 사람도 있거든. 난 한 번도 네가 시 이야기 하는 걸 들어 보지 못했고. 또 너도 나한테 시를 읊어 달라고 해본 적이 없잖아.」

「그야 알리사가 도맡고 있으니까……」 그녀는 잠시 말이 없더니, 불쑥 이렇게 물었다.

「오빠 떠나는 게 모레지?」

「그래야 할 것 같아.」

「올겨울에는 뭘 할 거야?」

「고등 사범 학교 1학년 되는 거지 뭐.」

「알리사와는 언제 결혼할 거야?」

「병역을 마치기 전에는 못해. 그리고 그다음에 내가 뭘 하고 싶은지 더 잘 알기 전에는 못해.」

「그럼 그걸 아직 모르는 거야?」

「아직 알고 싶지 않아. 관심 가는 일이 너무 많거든. 무언가를 선택해서 그것에만 몰두해야 되는 시점을 최대한 미루는 거야.」

「약혼을 미루는 것도 한군데에 고정되는 게 두려워서야?」

나는 대답 없이 어깨만 으쓱했다. 그녀는 다그쳐 물었다.

「그럼 두 사람은 왜 약혼을 미루고 있는 거지? 왜 당장 약혼하지 않는 거야?」

「아니, 뭣하러 약혼을 해? 세상 사람들에게 알리지 않더라
도 지금도, 또 앞으로도 우린 서로의 것이니, 그걸 알고 있으
면 충분하잖아? 나는 내 삶을 송두리째 그녀에게 기꺼이 바
치려는 거야. 그런데 굳이 무슨 약속 따위로 나의 사랑을 붙
들어 매어 놓는 것이 더 좋을 것 같니? 난 그렇게 생각하지
않아. 맹세 같은 건 사랑에 대한 모독이라고 생각해……. 알
리사를 믿지 못한다면야 그녀와 약혼을 하고 싶어지겠지.」

「내가 믿지 못하는 건 알리사가 아니라…….」

우리는 천천히 걸었다. 우리는 내가 전에 본의 아니게 알리
사와 외삼촌의 대화를 엿듣게 되었던 정원의 그 지점에 이르
렀다. 그러자 갑자기 좀 전에 정원 쪽으로 나가던 알리사가
어쩌면 지금쯤 그 원형 교차로에 앉아 있다가 그녀도 마찬가
지로 우리가 하는 이야기를 들을지도 모른다는 생각이 들었
다. 내가 직접 대놓고는 감히 못했던 이야기를 그녀가 듣도
록 할 수 있을지도 모른다는 생각이 내 마음을 유혹했다.

스스로 생각해 낸 책략에 재미를 느낀 나는 소리를 높여
〈아아〉 하고 내 나이 또래들이 흔히 그러듯 좀 과장된 감격
을 드러낸 어조로 외쳤다. 그런데 나 자신이 하는 말에만 너
무 주의를 기울인 바람에 나는 쥘리에트가 하는 말 속에 그
녀가 입에 올리지 않고 있는 말의 속뜻은 알아차릴 겨를이
없었다……. 「아! 사랑하는 이의 영혼 위로 몸을 굽혀, 우리
가 그 영혼에 비치는 모습이 어떤 것인지, 마치 거울 속처럼
환히 들여다볼 수만 있다면……! 상대방 마음속을 자기 자

신의 마음속처럼, 아니, 자기 자신의 마음속보다 더 뚜렷하게 헤아려 볼 수 있다면! 애정은 얼마나 부드러워질까! 사랑의 그 속은 얼마나 해맑을까……!」

자기만족에 빠진 나머지 나는 쥘리에트의 혼란스러운 표정을 보고 그것을 내가 떠벌린 그 값싼 시정의 효과라고 여겼다. 그녀는 갑자기 내 어깨에 얼굴을 파묻었다.

「제롬! 제롬! 오빠가 꼭 알리사를 행복하게 해줄 거라고 믿고 싶어! 만일 또 오빠 때문에 언니까지 고통받게 된다면 난 오빠가 미워질 것 같아.」

「아니, 쥘리에트,」나는 쥘리에트를 끌어안고 그녀의 이마를 들어 올리며 말했다.「그렇게 되면 나 자신부터 나를 미워하게 될 거야. 넌 모를 거야……! 내가 아직 앞길을 결정하지 않고 있는 것은 오직 알리사와 함께 좀 더 훌륭한 삶을 시작하고 싶어서야! 난 내 모든 앞날을 알리사에게 걸어 놓고 있는 거야! 알리사 없이도 될 수 있는 것이라면 어떤 것도 난 하고 싶지 않아…….」

「오빠가 그런 이야기를 하면 알리사는 뭐라고 해?」

「아니, 난 그런 얘길 알리사에게는 절대로 안 해. 우리가 아직 약혼을 하지 않은 건 그 때문이기도 해. 우리들 사이에선 결혼은 문제 밖이야. 또 결혼한 뒤에는 무엇을 할 건가 하는 것도 문제 밖이야. 아, 쥘리에트! 알리사와 함께하는 삶이 내겐 너무나 아름답게 보여서, 감히 나로서는…… 내 말 알겠어? 감히 그녀에게 그런 이야긴 하지 못해.」

「행복이 알리사에게 느닷없이 들이닥치게 되길 바라는

거야?」

「아니, 그게 아니야. 다만, 난 두려워……. 알리사를 겁내게 할까 봐, 알겠어……? 내 눈에 어른거리는 그 엄청난 행복에 알리사가 덜컥 겁을 먹지나 않을까 두려워! 언젠가 알리사에게 여행을 하고 싶지 않으냐고 물어본 적이 있었어. 자기는 아무것도 바라지 않는다면서, 단지 그러한 나라들이 있고, 그 나라들이 아름답고, 다른 사람들이 그런 곳에 가볼 수있다는 것을 알면, 그것으로 충분하다는 거야…….」

「그럼, 오빠는 여행하고 싶어?」

「어디든지 다 가보고 싶어! 삶 자체가 송두리째 다 내게는 긴 여행 같아. 알리사와 함께 여러 가지 책들과 사람들과 나라들을 거쳐 가는 긴 여행……. 〈닻을 올린다〉라는 말이 무엇을 뜻하는지 생각해 봤어?」

「그럼, 자주 생각해.」 그녀는 중얼거렸다.

그러나 나는 그녀의 말에 귀를 기울이는 둥 마는 둥, 그녀의 말이 상처받은 새처럼 가엾게 땅바닥에 떨어져도 모른 척하며 말을 계속했다.

「밤에 떠난다. 여명의 눈부신 빛 속에서 잠을 깬다. 넘실대는 파도 위에 오직 둘뿐임을 느낀다…….」

「그러고는 아주 어렸을 때 이미 지도에서 보았던 어느 항구에 도착. 거기서는 모든 것이 다 낯설고……. 오빠가 선교에서 오빠의 팔에 기댄 알리사와 함께 배를 내려오는 모습이 눈에 보이는 것 같아.」

「우리는 바로 우체국으로 가서,」 하고 내가 웃으며 덧붙였다. 「쥘리에트가 우리에게 보낸 편지를 찾고……」

「……퐁괴즈마르에서 부친 편지를? 쥘리에트 혼자 남아 있는 그곳이 오빠, 언니에게는 아마도 아주 작고 아주 쓸쓸하고 아주 멀게만 보일 테지……」

그녀의 말이 정확히 이것이었던가? 나는 그렇다고 단정할 수가 없다. 다시 말하지만, 내 마음은 너무나 사랑으로 가득 차 있었으므로 사랑의 표현 이외에는 그 언저리의 어떤 것도 내 귀에 들어오지 않았던 것이다.

우리는 원형 교차로 가까이에 이르렀다. 막 발길을 돌려 되돌아오려는 순간, 그늘을 벗어난 알리사가 돌연 모습을 드러냈다. 그녀의 안색이 어찌나 창백했던지 쥘리에트가 기겁하며 소리를 질렀다.

「사실, 몸이 좀 안 좋은 것 같아.」 알리사가 허둥대며 중얼거렸다. 「바람이 차. 들어가는 게 좋을 것 같아.」 그러고는 곧 우리 곁을 떠나 빠른 걸음으로 집을 향해 돌아가 버렸다.

「우리가 하는 이야기를 다 들었어.」 알리사가 좀 멀어지자 즉시 쥘리에트가 소리쳤다.

「하지만 알리사가 기분 상할 이야기는 아무것도 한 게 없어. 오히려……」

「그만 갈래.」 언니 뒤를 쫓아가면서 그녀가 말했다.

그날 밤 나는 잠을 이룰 수가 없었다. 알리사는 저녁 식사 때 나타났지만 골치가 아프다면서 곧 물러났다. 그녀는 우리의 대화에서 무엇을 들은 것일까? 그래서 나는 걱정스러운 마음으로 우리가 했던 말을 되짚어 보았다. 그리고 내가 쥘리에트의 허리에 팔을 감고 그녀에게 너무 바짝 붙어서 걷고 있었던 것이 어쩌면 잘못이었는지 모른다는 생각을 해보았다. 그러나 그건 어릴 때부터의 버릇이었다. 그리고 이미 여러 번 알리사는 우리가 그렇게 하고 걷는 것을 보았다. 아! 나는 자신의 잘못이 무엇이었는지 더듬어 찾고 있으면서도, 내가 귀담아듣지 않아서 별로 기억나지 않는 쥘리에트의 말을 어쩌면 알리사는 한결 더 잘 알아들었을지도 모른다는 생각은 한 번도 해보지 못했으니, 나는 얼마나 한심한 장님이었던가. 할 수 없지! 불안감 때문에 마음의 갈피를 잡을 수 없고, 알리사가 나를 의심할지 모른다는 생각에 겁이 나서, 나는 또 다른 위험들에 대해선 아예 상상도 하지 못한 채, 쥘리에트에게 내가 했던 말에도 불구하고, 어쩌면 그녀가 내게 한 말에 자극받아서, 내 근심과 걱정들을 다 물리치고 그다음 날 바로 약혼을 하기로 결심했다.

그것은 내가 떠나기 전날이었다. 나는 알리사의 슬픈 표정이 그 때문이라고 여겼다. 그녀는 나를 피하는 것 같았다. 단둘이 따로 만날 기회도 가져 보지 못한 채 하루가 지나가 버렸다. 그녀에게 이야기도 해보지 못한 채 떠나게 되지 않을까 하는 걱정에 나는 저녁 식사 조금 전에 그녀의 방으로 찾아갔다. 그녀는 산호 목걸이를 거는 중이었는데, 그것을 잡아매려고 두 팔을 쳐들고 몸을 굽힌 채, 문을 등지고 불 켜진 두 개의 촛대 사이의 거울을 자기 어깨 너머로 들여다보고 있었다. 그녀가 처음 나를 본 것은 거울 속에서였다. 그녀는 돌아보지 않은 채 얼마 동안 그대로 나를 응시했다.

「아니! 방문이 닫혀져 있지 않았나 보지?」 그녀가 말했다.

「노크를 했는데 대답이 없었어, 알리사. 나 내일 떠난다는 거 알고 있어?」

그녀는 아무 대답도 하지 않았고, 끝내 고리를 채우지 못한 목걸이를 벽난로 위에 내려놓았다. 약혼이란 말이 너무나 노골적이고 거칠게 여겨져서 그 말 대신 나는 생각나는 대로 둘러말했다. 나의 말뜻을 알아듣자 그녀는 금방 휘청거리는 것 같더니 벽난로에 몸을 기댔다……. 그러나 나 자신도 너무 떨리고 마음이 불안스러워 그녀 쪽을 바라보는 것을 피했다.

나는 그녀 곁에 서 있었다. 그래서 눈을 들지 않은 채 그녀의 손을 잡았다. 그녀는 손을 뿌리치지 않았다. 얼굴을 약간 숙이면서 내 손을 살짝 들어 올려 거기에 입술에 갖다 대고 내게 몸을 반쯤 기댄 채 중얼거리듯 말했다.

「아냐! 제롬, 아냐! 약혼하지 말자, 제발…….」

내 심장이 어찌나 세차게 뛰는지 그녀도 그것을 느낀 것 같았다. 그녀는 더 다정하게 말을 이었다. 「아냐! 아직은…….」

그래서 나는 그녀에게 물었다.

「왜?」

「아니, 묻고 싶은 건 나야. 왜, 대체 왜 이 상태를 바꾸려는 거야?」

나는 감히 그 전날의 대화에 대한 얘기를 꺼낼 수가 없었다. 하지만 그녀는 분명히 내가 그 생각을 하고 있다고 느꼈던지 내 생각에 응답하는 듯 나를 빤히 쳐다보며 말했다.

「뭔가 잘못 생각하고 있는 것 같아, 제롬. 내겐 그렇게까지 많은 행복이 필요하지 않아. 우린 이대로 행복하잖아?」

그녀는 애써 미소를 지으려고 했다.

「아니, 행복하지 않아. 너와 헤어져야 하니까.」

「이봐, 제롬, 오늘 저녁엔 너와 이야기를 못하겠어⋯⋯. 우리의 마지막 순간을 엉망으로 만들지 말자⋯⋯. 아냐, 아냐. 난 그 어느 때 못지않게 널 사랑해, 안심해. 내가 편지 쓸게, 까닭을 설명할게. 꼭 편지하겠다고 약속해, 당장 내일이라도⋯⋯. 네가 떠나자마자, 곧. 자, 이제 가줘! 이런, 나 우는 것 좀 봐⋯⋯. 이제 가줘.」

그녀는 나를 밀치면서 부드럽게 몸을 빼냈다. 그것이 우리의 작별이었다. 그날 저녁 나는 그녀에게 더 이상 아무 말도 하지 못했고, 다음 날 내가 떠날 때 그녀는 자기 방에 틀어박혀 나오지 않았다. 나를 태운 마차가 멀어져 가는 것을 창가에 서서 바라보며 내게 작별의 손짓을 하고 있는 그녀를 나는 보았다.

제3장

나는 그해 들어 아벨 보티에를 거의 만나지 못했다. 그는 징집영장이 나오기 전에 자원입대를 했고, 한편 나는 수사학 반[7]에 유급해서 학사 시험 준비를 하고 있었다. 아벨보다 두 살 아래인 나는 우리 두 사람이 다 그해에 입학할 예정이었 던 고등 사범 학교를 졸업할 때까지 병역을 연기해 둔 상태 였다.

우리는 반갑게 다시 만났다. 군에서 제대하자 그는 한 달 이상 여행을 했다. 나는 그가 변하지나 않았을까 걱정했지 만, 그는 전보다 더 자신만만해졌을 뿐 그의 매력을 조금도 잃지 않았다. 개학하기 전날, 뤽상부르 공원에서 그와 함께 보낸 오후에 나는 숨겨 둔 비밀을 마음에만 담고 있을 수 없 어, 그에게 내 사랑 이야기를 자세히 이야기해 주었다. 하긴 그도 이미 알고 있는 이야기였다. 그해 몇몇 여자들과 모종 의 경험을 얻은 바 있는 그는 약간 거들먹거리며 선배 행세 를 하려 들었지만 나로서는 그것 때문에 기분이 상하지는 않

7 고등 사범 학교 입학시험을 준비하는 학년의 반.

앉다. 그는 내가 그의 표현을 빌리자면, 이른바 〈결정적인 말〉을 내던지지 못했다고 놀려 대면서, 여자 쪽에서 냉정을 찾도록 내버려 뒤서는 절대 안 된다는 것을 원칙으로 제시했다. 나는 그가 떠들어 대는 대로 내버려 두면서도 속으로는 그의 훌륭한 이론이 나와 알리사에게는 전혀 들어맞지 않고, 다만 그가 우리를 제대로 이해하지 못하고 있다는 것을 드러낼 뿐이라고 생각했다.

우리가 도착한 다음 날 나는 다음과 같은 편지를 받았다.

그리운 제롬.

네가 제의한 것을 곰곰이 생각해 보았어. (내가 제의한 것이라! 우리의 약혼을 이렇게 부르다니!) 내가 네게는 너무 나이가 많은 게 아닐까 싶어 두려워. 너는 아직 다른 여자들을 만날 기회가 없었기 때문에 어쩌면 아직은 그렇게 보이지 않을 거야. 그렇지만 내가 너의 것이 되고 나서 만약 내가 너의 마음에 더 들지 못한다는 사실을 알게 된다면, 뒤늦게 내가 괴로워질 것 같다는 생각을 하게 돼. 이 글을 읽으면서 너는 아마도 무척 화를 내겠지. 네가 항변하는 소리가 들리는 듯해. 그러나 나는 네가 좀 더 인생 경험을 쌓을 때까지 기다려 달라고 부탁하는 거야.

이런 말을 하는 것도 오직 너를 위해서라는 걸 이해해 줘. 나로선, 내가 너를 사랑하지 않게 될 수는 결코 없으리라고 믿으니까.

알리사

사랑하지 않게 된다! 아니, 새삼스레 그런 걸 문제 삼다니! 나는 슬프다기보다는 어이가 없었고, 또 너무나 기가 막혀서, 곧장 이 편지를 보여 주려고 아벨에게 달려갔다.

「그래, 넌 어떻게 할 작정이야?」 편지를 읽고 나서 입술을 꼭 다문 채 머리를 흔들며 아벨이 말했다. 불안과 슬픔에 차 나는 두 팔을 쳐들었다. 「적어도 답장은 하지 않았으면 해! 여자한테 따지고 덤비면 지는 법이야……. 이봐, 토요일에 르아브르에 가서 자면, 일요일 아침엔 퐁괴즈마르에 도착할 수 있고, 월요일 첫째 강의 시간까지는 여기로 돌아올 수 있어. 나는 군에 입대한 뒤로 여태 네 친척들을 만나지 못했으니 이것으로 핑계는 충분히 되고 또 나로선 체면을 차리는 셈이지. 혹시 알리사가 그게 핑계에 불과하다는 걸 눈치챈다면 오히려 잘된 일이지! 네가 알리사하고 이야기하는 동안 나는 쥘리에트를 맡을게. 아무튼 어린애 같은 짓은 하지 않도록 해……. 솔직히 말해서, 네 이야기 속에는 뭔가 잘 이해가 안 되는 점이 있어. 네가 나한테 다 털어놓지 않았던 것 같아……. 뭐, 상관없어! 내가 밝혀내고 말 테니까……. 무엇보다, 우리가 간다는 걸 미리 알리지 말아야 해. 네 외사촌 누이를 불시에 찾아가서, 무장할 틈을 주지 말아야 하니까.」

정원의 사립문을 밀 때, 내 가슴은 사뭇 두근거렸다. 쥘리에트가 금방 우리를 맞으려 뛰어나왔다. 알리사는 속옷들을 손질하는 데 골몰해서 얼른 내려오지 않았다. 우리가 외삼촌과 미스 애시버턴과 이야기를 나누고 있을 때에야 비로소 그녀가 응접실로 들어왔다. 느닷없이 우리가 들이닥쳐서 그녀가 좀 당황했을지 모르겠지만, 적어도 그녀는 조금도 그런 내색을 하지 않았다. 나는 아벨의 말을 머리에 떠올리면서 그녀가 그토록 한참 동안 나타나지 않고 있었던 것은 바로 나에게 대비할 무장을 갖추기 위해서라는 생각을 했다. 쥘리에트의 놀랍도록 쾌활한 태도와 대조되어서 알리사의 새침한 모습이 더욱 차갑게 느껴졌다. 그녀는 내가 돌아온 것을 못마땅하게 여기는 것 같았다. 적어도 못마땅하게 여긴다는 것을 표정으로 나타내 보이려는 것 같았는데, 나는 못마땅해하는 마음의 이면에 숨어 있는 더욱 강렬한 감정을 찾아내 볼 용기가 없었다. 그녀는 우리에게서 꽤 떨어진 창가의 한 구석에 앉아서 수를 놓는 데만 온통 열중한 듯 입술을 움직이며 바늘 코를 세우고 있었다. 나는 이야기를 할 기력도 없었는데, 다행스럽게도 아벨이 이야기를 하고 있었다. 그가 군대 생활과 여행에 관한 이야기를 하지 않았더라면 이 재회의 처음 한동안은 우울했을 것이다. 외삼촌 자신도 유난히 근심스러운 기색이었다.

점심 식사가 끝나자 곧 쥘리에트가 나를 따로 불러 정원으로 데리고 나갔다.

「글쎄 말이지, 나한테 청혼을 하는 사람이 다 있어!」 단둘이 있게 되자 그녀가 소리쳤다. 「펠리시 고모가 어제 아버지한테 편지를 했는데, 님에 사는 어떤 포도밭 주인이 청혼을 한다고 알려 왔어. 뭐 아주 괜찮은 사람이라면서, 고모가 장담하는 말로는. 올봄에 사교 모임에서 나를 몇 번 보고선 홀딱 반했다나.」

「너도 그 사람을 눈여겨보았었니?」 본의 아니게 그 청혼자에 대한 반감이 섞인 어조로 내가 물었다.

「그럼, 누군지 알지, 뭐. 사람 좋은 돈키호테 타입이야. 교양 없고 아주 못생기고 아주 천박하고 엄청 웃기는 사람인데, 그 앞에서는 고모도 여느 때처럼 점잔만 빼고 있질 못하는 거야.」

「그래, 그 사람…… 가망 있는 건가?」 나는 놀리는 것 같은 어조로 말했다.

「이것 보세요, 제롬! 무슨 농담을! 장사치야……! 오빠가 그 사람을 보았다면 그렇게 묻지는 않았을 거야.」

「그래서…… 삼촌은 뭐라고 대답하셨어?」

「내가 대답한 그대로지, 뭐. 결혼하기엔 나이가 너무 어리다고……. 그런데 일이 어렵게 된 건,」 그녀가 웃으며 덧붙였다. 「반대할 걸 예상한 고모가 말이지, 편지 추신에 이렇게 달아 놓은 거야. 에두아르 테시에르 씨 쪽에서는, 이게 그 사람 이름이야, 시기를 기다리는 건 문제될 게 없다, 이렇게 미리 신청을 해두는 것은 그저 〈입후보〉를 위한 것뿐이다……. 말도 안 돼. 하지만 어쩌겠어? 그렇다고 해서 그 사람 너무 못생겼다고 전해 달랄 수는 없잖아?」

「그럴 순 없지. 하지만 포도밭 주인과 결혼하고 싶지 않다고는 할 수 있잖아.」

그녀는 어깨를 으쓱해 보였다.

「고모 머릿속에서는 통하지 않는 이유들이야……. 그 이야긴 그만하자. 알리사가 편지했어?」

그녀는 쉴 새 없이 말을 했고, 무척 흥분되어 있는 것 같았다. 내가 알리사의 편지를 내밀자 그녀는 얼굴이 온통 빨개지면서 읽었다.

「그래, 어떻게 할 생각이야?」 그녀가 내게 물었을 때, 나는 그녀의 말소리에 노여움이 서려 있는 것 같다고 느꼈다.

「이젠 나도 모르겠어.」 나는 대답했다. 「막상 여기 와서 보니 차라리 편지를 쓰는 편이 훨씬 쉬웠을 거라는 느낌이라, 여기 온 것이 벌써부터 후회가 돼. 알리사가 뭘 말하려고 했는지 넌 알겠니?」

「알리사는 오빠를 자유롭게 해주려고 그러는 것 같아.」

「하지만 내가 뭐 그런 걸 바라나? 내 자유를? 그럼 넌 알리사가 왜 그런 얘기를 편지에 썼는지 알겠어?」

「몰라.」 이렇게 대답하는 투가 너무도 매몰찼기 때문에, 나는 비록 진상은 전혀 알 수 없었지만 적어도 그녀가 이 일에 대해서 완전히 모르고 있지는 않다는 것을 그 순간부터 확신할 수 있었다. 이윽고 그녀는 우리가 따라 걷고 있던 오솔길 모퉁이에서 갑작스럽게 발길을 돌리며 말했다.

「자, 이제 그만 가봐야겠어. 오빠는 나하고 이야기하려고 온 게 아니잖아. 너무 오래 같이 있었어.」

그녀는 집 쪽으로 뛰어가 버렸다. 그리고 잠시 후 그녀가 피아노를 치는 소리가 들렸다.

응접실에 돌아와 보니 그녀는 쉬지 않고, 그러나 지금은 좀 무기력하게, 별생각 없이 즉흥적으로 피아노를 치면서,

거기에 와 있던 아벨과 이야기를 나누고 있었다. 나는 두 사람을 남겨 두고 나왔다. 그리고 알리사를 찾아 꽤 오랫동안 정원을 헤매고 다녔다.

그녀는 과수원 안쪽 담장 밑에서 너도밤나무 숲의 낙엽 냄새에 그 향기가 뒤섞여 풍기는 철 이른 국화를 꺾고 있었다. 대기에는 가을 기운이 담뿍 배어 있었다. 햇살이 이제는 나무 울타리에 겨우 온기를 보태 줄 뿐이었지만, 하늘은 동방의 하늘처럼 맑았다. 커다란 네덜란드식 모자에 거의 다 가려진 그녀의 얼굴은 틀에나 끼인 듯 네모난 모습이었다. 아벨이 여행에서 선물로 사다 준 그 모자를 당장에 쓰고 나온 것이었다. 내가 다가가도 처음엔 돌아보지 않았지만, 억제하지 못하고 가볍게 몸을 떠는 것으로 보아 분명 내 발자국 소리를 알아들었다는 것을 짐작할 수 있었다. 그래서 나는 그녀의 책망, 그리고 내 위에 내려앉을 그녀의 준엄한 눈길을 감당해야 한다는 생각에 벌써부터 잔뜩 긴장이 되어 용기를 가다듬고 있었다. 그러나 아주 가까이 다가가자 나는 벌써부터 겁이 나 걸음이 느려졌는데, 그녀는 처음엔 내쪽으로 얼굴을 돌리지 않은 채, 마치 토라진 어린애처럼 고개를 수그린 채 꽃을 잔뜩 꺾어 쥔 손을 거의 등 뒤로 나를 향해 내밀면서 오라는 시늉을 해보였다. 그런 손짓을 보고 내가 오히려 장난삼아 걸음을 멈추어 서자, 그녀는 드디어 몸을 돌려 내게로 몇 걸음 걸어오더니 고개를 들었다. 그때 나는 그 얼굴이 미소로 가득 찬 것을 보았다. 그녀의 눈길이

던지는 빛을 받자, 돌연 모든 것이 다시금 단순하고 쉬워 보였다. 그리하여 나는 아무 힘 들이지 않고, 평소와 같은 목소리로 말문을 열었다.

「네 편지를 받고 다시 오게 되었어.」

「그럴 줄 알았어.」 그녀가 말을 하더니 이내 목소리의 억양을 바꾸어 책망의 바늘 끝을 누그러뜨렸다. 「그래, 내가 언짢게 생각하는 것도 그거야. 왜 너는 내가 하는 말을 안 좋게 받아들였어? 아주 단순한 이야기였는데……. (그러자 어느새 슬픔과 번민은 정말로 나 혼자만의 상상, 오직 내 마음속에만 존재할 뿐인 것으로 생각되었다.) 우리는 이대로 행복했잖아, 전에도 말했지만. 그러니 지금 상태를 바꾸자는 네 제의를 내가 거절했대서 놀랄 게 뭐야?」

과연 그녀의 곁에 있으면 나는 행복했다. 너무나도 완벽하게 행복해서, 다시는 어떤 점에서든 그녀와 다른 생각은 하지 않을 것 같았다. 그리하여 나는 벌써부터 그녀의 미소 그 이상의 어떤 것도 바라지 않고, 그저 이렇게 꽃들이 만발한 다사로운 오솔길을 둘이서 손잡고 걷는 것 말고는 아무것도 원하지 않았다.

「그러는 편이 더 좋다면,」 나는 단번에 모든 다른 희망을 포기하고 그 순간의 완전한 행복에 몸을 맡기며 엄숙하게 말했다. 「그러는 편이 더 좋다면 약혼은 하지 않기로 해. 네 편지를 받았을 때 나는 내가 정말 행복하다는 것과 동시에 이제부터는 더 이상 행복할 수 없으리라는 것을 분명히 깨달았어. 아아! 내가 누리던 그 행복을 돌려줘. 나는 그 행복 없이는 살 수 없어. 난 평생 동안 기다릴 수 있을 만큼 너를 사랑해. 하지만 알리사, 네가 나를 사랑하지 않게 된다거나 네가 내 사랑을 의심한다거나 하는 그런 생각은 나로서는 견딜 수가 없어.」

「어머나! 제롬, 난 너의 사랑을 의심할 수 없어.」

그 말을 할 때 그녀의 목소리는 차분하고도 슬펐다. 그러나 그녀를 환하게 비추는 미소가 너무나도 평온하고 아름다운 그대로 변함이 없어서, 내가 의구심을 품고 항변했던 것이 부끄럽게 느껴졌다. 그러자 그녀의 목소리 저 깊은 곳에서 느껴졌던 그 서글픔의 여운도 단지 나의 의구심과 항변에서 나오는 것 같았다. 밑도 끝도 없이 나는 내 계획들, 공부, 그리고 큰 보람이 기대되는 내 새로운 생활에 대하여 이야기하기 시작했다. 당시의 고등 사범 학교는 요즘에 와서 달라진 그런 학교가 아니었다. 매우 엄격한 규율은 게으르거나 다루기 힘든 학생들에게나 부담이 되었을 뿐 열심히 공부하려는 의지를 가진 학생들에게는 노력하라는 격려가 되었다. 나는 거의 수도사의 생활과도 같은 이 습관이 세상으로부터 나를 지켜 주는 것이 마음에 들었다. 게다가 바깥세상이란 것은 별로 내 흥미를 끌지도 않았고, 알리사가 그 세상을 두려워한다는 이유만으로도 대번에 내게 혐오스러운 것으로 느껴지기에 충분했다. 미스 애시버턴은 전에 파리에서 어머니와 함께 살던 아파트에 그대로 지내고 있었다. 파리에서 아는 사람이라곤 그분뿐이었으므로 아벨과 나는 일요일마다 몇 시간을 그분 곁에서 보낼 생각이었다. 그리고 일요일마다 알리사에게 편지를 써서 나의 생활을 낱낱이 알려 주리라.

우리는 그때 온실의 열려 있는 창틀에 걸터앉아 있었다. 거기에는 마지막 열매마저 따버린 굵직한 오이 덩굴들이 아무렇게나 뻗쳐 나와 있었다. 알리사는 내 이야기에 귀를 기울이며 연방 이것저것 물었다. 여태까지 나는 이처럼 관심을 기울이는 그녀의 정다움, 이처럼 절실한 그녀의 애정을 느껴 본 적이 한 번도 없었다. 걱정과 근심, 그리고 가장 가벼운 혼란까지도 마치 한 점 티끌도 없는 창공 속으로 안개가 사라지듯 그녀의 미소 속으로 증발하고, 그 애틋한 친밀감 속으로 서서히 녹아 들어갔다.

이윽고 쥘리에트와 아벨이 우리를 찾아왔다. 우리는 다 같이 너도밤나무 숲의 벤치에 앉아서 스윈번의 「시대의 개가」[8]를 다시 읽으며 그날의 마지막 시간을 보냈다. 각자 한 구절씩 돌려 가며 읽었다. 저녁이 왔다.

「자!」 우리가 떠날 무렵, 알리사는 나에게 입 맞추며 말했다. 반은 농담조였지만 그러면서도 누님 같은 태도였다. 그건 아마도 그녀가 분별없는 내 행동을 보다 못해 취하게 된 태도 같았다. 「자! 그럼 앞으로는 그렇게 혼자 공상에 빠져 고민하지 않겠다고 약속해…….」

「그래! 약혼했니?」 우리가 다시 둘만 남게 되자마자 아벨

8 앨저넌 스윈번Algernon Swinburne의 시집 『시편과 발라드』에서 발췌한 장시로, 인간에 대한 시간의 승리가 그 중심 주제다.

이 물었다.

「이봐, 이제 그런 것은 문제가 아냐.」 나는 대답하고서 더 이상의 다른 모든 질문을 딱 잘라 버리는 듯한 어조로 덧붙여 말했다. 「그리고 그냥 이대로가 훨씬 좋아. 여태껏 한 번도 오늘 저녁만큼 행복했던 적이 없었어.」

「나도 그래.」 그가 소리쳤다. 그러고는 느닷없이 내 목에 매달렸다. 「기막히고 희한한 이야기를 하나 해줄까! 제롬, 난 쥘리에트한테 홀딱 반했어! 이미 작년에 그런 게 아닐까 하는 생각이 좀 들기는 했지. 하지만 그 뒤 나도 세상맛을 보았고, 또 네 외사촌 누이들을 다시 만나기까지는 네게 아무말도 하지 않으려고 했던 거야. 이젠 됐어. 내 인생이 결정된 거야.

   나는 사랑하노라, 아니, 사랑하다니 무슨 말씀 —— 나는 쥘리에트를 숭배하노라![9]

오래전부터 어쩐지 난 너에게서 일종의 동서 비슷한 정을 느꼈던 것 같아…….」

그러곤 웃고 장난치면서 그는 있는 힘을 다해 나를 꽉 끌어안고는 우리를 파리로 싣고 가는 열차의 좌석 위를 어린애같이 뒹구는 것이었다. 나는 그의 고백을 듣고 나자 온통 숨이 막혔고, 거기에 섞여서 느껴지는 문학적 뒷맛 때문에 좀 언짢았다. 그렇지만 그토록 벅찬 감격과 희열을 무슨 수로

---

9 라신의 희곡 「브리타니쿠스」 제2막의 한 구절을 패러디하여 인용했다.

막겠는가……?

「그래서 어떻게 됐어! 고백을 했어?」 홍수처럼 쏟아 놓는 그의 사설들 틈을 타서 내가 간신히 물어보았다.

「천만에! 아니, 천만에!」 그가 소리쳤다. 「이야기의 가장 멋진 대목을 건너뛰면 쓰나.

사랑의 가장 아름다운 순간은
그대를 사랑하노라 하고 말해 버린 때가 아니라네…….[10]

이봐! 그걸 가지고 나를 책망하려는 건 아니겠지, 느림보 대장이신 네가 말이야.」

「하지만 아무튼,」 약간 거슬린 기분이 된 내가 말을 이었다. 「네 생각엔 그녀가, 그녀 쪽에서도…….」

「아니, 나를 다시 만나면서 쥘리에트가 어쩔 줄 몰라 허둥 대는 거 못 봤어? 우리가 방문해 있는 동안 줄곧 흥분해서 얼굴이 새빨개지고 쉬지 않고 떠들어 대는 걸 말이야……! 그렇지, 너는 아무것도 보지 못했겠지. 당연해, 알리사에게 만 온통 정신이 쏠려 있었으니까……. 쥘리에트가 내게 어찌 나 이것저것 캐묻는지! 또 얼마나 내 말을 들이마시듯 듣는 지! 1년 사이에 굉장히 똑똑해졌어! 도대체 뭘 보고 네가 쥘 리에트는 독서를 좋아하지 않는다고 생각할 수 있었는지 모 르겠어. 너는 늘 책이라는 게 알리사를 위해서만 존재하는 것이라고 생각해……. 하지만 이봐, 쥘리에트는 놀라울 만큼

10 쉴리 프뤼돔Sully Prudhomme의 「스탠자와 시편」에서 인용했다.

많이 알고 있어! 저녁 먹기 전에 우리 둘이서 뭘 하며 놀았는지 알아? 단테의 칸초네[11]를 암송하며 놀았어. 둘이서 번갈아 가며 한 행씩 읊었는데, 내가 틀리면 그녀가 척척 고쳐 주는 거야. 너도 알지.

Amor che nella mente mi ragiona(내 마음 언제나 가득 채워 주는 사랑이여).[12]

그녀가 이탈리아어를 배웠다는 걸 너는 내게 말해 주지도 않았잖아.」

「나도 몰랐는데.」 나는 놀라며 말했다.

「아니! 칸초네를 시작할 때 그걸 가르쳐 준 게 바로 너라고 그러던데.」

「아마 내가 제 언니한테 읽어 주는 것을 들었던 모양이야. 그녀가 곧잘 그랬듯이, 언젠가 우리 곁에서 바느질을 하거나 수를 놓고 있었으니까. 그렇지만 자기도 알아들었다는 걸 전혀 내색하지 않았는데, 거참.」

「그랬을 거야! 알리사와 너는 말이야, 아무튼 지독한 이기주의자들이거든. 자기네 사랑에만 흠뻑 취해 있어서 쥘리에트의 지성과 영혼이 놀랍게 꽃피는 건 거들떠볼 겨를이 없으니! 내가 나 자신을 추켜세우려는 건 아니지만, 그래도 내가 때맞춰 나타났으니⋯⋯. 천만에, 천만에, 너를 탓하는 건 아

11 이탈리아에서 14~18세기 유행한 서정시 장르.
12 단테의 「연회」 III, 2.

니야. 너도 잘 알다시피.」 그는 또 나를 끌어안으며 말했다……. 「단지 이것만은 약속해 줘. 이 모든 것에 대해서 알리사에게는 한마디도 하지 않겠다고 말이야. 내 일은 내가 알아서 할 테니. 쥘리에트는 내 손 안에 있어. 이건 틀림없어. 다음 방학 때까지 그냥 놔둬도 문제없을 정도야. 지금부터 그때까진 그녀에게 편지도 쓰지 않을 생각이야. 그렇지만 신년 휴가엔 너하고 나, 우리는 르아브르에 가서 지낼 것이고, 그때 가서는…….」

「그때 가서는……?」

「뭐겠어? 알리사가 문득 우리의 약혼을 알게 되는 거야. 난 이 일을 전격적으로 해치울 작정이야. 그러면 어떻게 되는지 알아? 네가 얻어 내지 못하고 있는 알리사의 그 승낙을 말이지, 내가 우리 본보기의 위력을 빌려 얻어 주겠다 이거야. 너희들이 결혼하기 전에는 우리도 결혼식을 올릴 수 없다는 점을 우리가 알리사에게 설득시키겠어…….」

그는 계속 떠들어 대며 그칠 줄 모르는 말의 홍수 속에 나를 빠져들게 했다. 그것은 기차가 파리에 도착해도, 고등 사범 학교에 돌아와서도 그치지 않았다. 그리고 우리가 역에서 학교까지 걸어왔는데도 불구하고, 그리고 밤이 이미 깊었는데도 불구하고, 아벨이 내 방까지 따라와서 아침이 다 되도록 대화를 계속했던 것이다.

흥분한 아벨은 현재와 미래를 멋대로 요리하고 있었다. 그는 벌써부터 우리 두 쌍의 결혼식을 눈앞에 보듯 이야기했고, 저마다 맛볼 뜻밖의 놀라움과 기쁨을 상상하여 그려 보였으며, 우리 이야기의 아름다움, 우리의 우정, 그리고 내 사랑에 있어서 자기가 맡는 역할에 취했다. 나는 이토록 솔깃한 열정에 제대로 저항하지도 못한 채 마침내는 나 자신도 그런 기분에 빠져들면서 터무니없는 그의 제안들의 매력에 슬그머니 넘어가고 말았다. 우리의 사랑 덕분에 우리의 야망과 용기는 부풀어 올랐다. 학교를 졸업하자마자 보티에 목사의 주례로 우리 두 쌍은 결혼식을 올리고, 우리 네 사람은 여행을 떠날 것이다. 그런 다음 우리가 곧 거창한 일에 착수하면 아내들은 기꺼이 우리의 협력자가 되어 줄 것이다. 교수직엔 별로 매력을 느끼지 못하고 글을 쓰기 위하여 태어났다고 믿는 아벨은 몇 편의 성공적인 극작품들을 통하여 지금까지 갖지 못했던 재산을 삽시간에 끌어모을 것이다. 학문에서 얻는 이익보다 학문 자체에 마음이 끌리는 나는 종교 철학 연구에 몰두하여 종교 철학사를 집필해 볼 계획을 세웠고……. 그러나 이제 와서 그 많은 희망들을 회상해 본들 무슨 소용이 있겠는가?

그 이튿날 우리는 공부에 열중했다.

제4장

신년 방학 때까지는 시간이 얼마 남지 않았기 때문에, 지난번 알리사와 만나 나눈 대화로 잔뜩 고조된 나의 믿음은 한시도 흔들림이 없었다. 마음먹었던 대로 나는 일요일마다 그녀에게 긴 편지를 썼다. 그 외의 날에도 학교 친구들과 떨어져서 아벨 이외에는 아무도 만나지 않고 알리사 생각을 하며 지냈고, 내가 좋아하는 책에는 나 자신이 거기서 찾는 흥미보다 알리사가 맛볼 수 있을 재미를 먼저 고려하여 그녀에게 도움이 될 만한 여러 가지 표시들을 잔뜩 해놓았다. 그녀에게서 오는 편지들은 여전히 나를 불안하게 했다. 비록 내 편지에 대해 꽤 규칙적으로 답을 해주기는 했지만, 나를 따라오는 그녀의 열성에는 정신적인 이끌림보다는 오히려 내 공부를 격려해 주려는 배려가 더 많이 엿보이는 듯했다. 심지어 감상이나 토론, 비평 등이 내게는 단지 내 생각을 표현하는 방법일 뿐인 데 비해, 반대로 그녀는 내게 자기의 생각을 숨기기 위해 이런 모든 것을 이용한다는 느낌마저 들었다. 때로 나는 그녀가 장난으로 그러는 게 아닌가 하는 의심이 들었다……. 아무러면 어떤가! 아무 불평도 하지 않기로 굳게 결심한 나는 편지에 내 불안을 조금도 드러내지 않았다.

12월 말경, 그리하여 아벨과 나는 르아브르로 떠났다.

나는 플랑티에 이모 댁에 머물렀다. 내가 도착했을 때 이모는 집에 없었다. 그러나 내 방에 들어가 자리를 잡자 곧 하인이 와서 이모가 응접실에서 나를 기다린다고 전해 주었다.

내 건강, 숙소, 공부 등에 관해서 대충 듣고 나자 이모는 곧 그 정이 넘치는 호기심을 참지 못하고 아무 조심성 없이 말했다.

「넌 내게 아직 말하지 않았지? 퐁괴즈마르에서 지낸 생활이 만족스러웠는지 어떤지 말이야. 일은 좀 진전이 있었니?」

나는 이모의 그 서투른 우직함을 견뎌야 했다. 아무리 순수하고 부드러운 말로 표현한다 해도 내겐 여전히 함부로 말한다고 여겨질 감정들을 그처럼 간단하게 다루는 이모의 말을 듣는 건 괴로운 일이었지만, 말하는 어조가 너무나도 소박하고 정다웠기 때문에 화를 내는 것도 어리석은 일일 것 같았다. 하지만 나는 우선 말대꾸를 좀 했다.

「지난봄엔 약혼이 시기 상조라고 말씀하시지 않았어요?」

「그래, 나도 안다. 처음에는 그렇게 말하는 거지.」 이모는 나의 한 손을 끌어당겨 자기의 두 손 안에 비장하게 꼭 쥐면서 말을 이었다. 「게다가 네 공부라든가 병역 때문에 여러 해를 더 기다려야 결혼을 할 수 있다는 것도 잘 안다. 사실 내 생각으론 약혼 기간을 오래 끄는 건 찬성하지 않는단다. 그건 처녀들을 지치게 하거든……. 하지만 때때로 그게 아주 감동적이기도 하지……. 그런데, 약혼을 반드시 공표해 둘 필요는 없어. 단지, 공표해 두면 남들에게 — 아! 물론 은근하게 말이지만 — 이제는 그 처녀에게 손을 내밀 필요가 없다는 걸 알릴 수 있게 되거든. 그리고 또 그렇게 해두면 너희들도 편지나 교제를 떳떳이 할 수 있지. 그리고 다른 쪽에서 청혼이 오면…… 물론 그런 일은 있을 수 있지.」이모는 그럴 듯한 미소를 띠면서 암시조로 말했다. 「그런 경우…… 아닙니다, 그러실 필요가 없게 됐습니다, 하고 은근히 거절할 수도 있단 말이다. 쥘리에트한테 청혼이 들어왔다는 건 너도 알지! 올겨울에 그 애가 남들 눈에 무척 띄었거든. 그 앤 아직 좀 어려. 그래, 그 애 대답도 그거였어. 그런데 그 청년은 기다리겠다는 거야. 정확히 말하면 그 사람은 이미 청년이 아니지만……. 아무튼 아주 좋은 자리야. 아주 틀림없는 사람이지. 사실 너도 내일 보게 될 거다. 우리 집 크리스마스트리를 보러 오기로 했으니까. 네가 받은 인상이 어떤지 좀 말해 주렴.」

「이모, 그 사람 괜히 헛수고하는 게 아닐까 싶네요. 쥘리에트 마음속에 다른 사람이 있을지도 모르니 말이에요.」나는 아벨의 이름을 바로 대지 않으려고 무척 조심하면서 말했다.

「응?」설마 하는 표정으로 이모는 입을 뾰족 내밀고 머리를 갸우뚱하면서 의심쩍다는 듯이 말했다. 「놀라운 얘기구나. 그렇다면 왜 그 애가 내게 아무 말도 하지 않았을까?」

나는 더 말하지 않으려고 입술을 깨물었다.

「체! 두고 보면 알겠지. 쥘리에트, 그 앤 요즘 몸이 좀 안 좋아…….」 이모는 다시 계속했다. 「그건 그렇고, 우린 지금 그 애 이야기를 하고 있는 게 아니잖아……. 그래, 알리사도 사랑스러운 아이지. 그런데 그 애에게 했어, 안 했어? 고백 말이야.」

이 〈고백〉이란 말이 너무나 어울리지 않는 거친 느낌이어서 나는 마음속 깊이 거부감이 일었지만, 대놓고 질문을 받은 데다 거짓말을 못하는 성미라 그만 우물쭈물 대답했다.

「네.」 그러자 얼굴이 화끈 달아오르는 것을 느꼈다.

「그러니까 뭐라고 하든?」

나는 고개를 숙였다. 대답하고 싶지 않았다. 더욱 막연하게, 그리고 내키지 않는 어조로 말했다.

「약혼을 거절했어요.」

「그래! 옳게 생각한 거야, 고것이!」 이모가 소리쳤다. 「너희들에겐 시간이야 얼마든지 있으니까, 아무렴…….」

「제발 그 이야긴 그만해요, 이모.」 나는 말을 막으려 했으나 소용이 없었다.

「사실, 그 애로선 놀랍지 않은 일이야. 언제나 너보다는 분별이 있어 보였거든, 네 외사촌 누이가.」

그때 무엇 때문이었는지 잘 모르겠으나, 아마도 그렇게 따져 묻는 바람에 신경이 날카로워진 것인지, 갑자기 가슴이 무너져 내리는 것만 같았다. 나는 마치 어린애처럼 마음씨 좋은 이모의 무릎에 이마를 파묻고 흐느끼면서 소리쳤다.

「이모. 그게 아녜요, 이모는 몰라요. 기다려 달라고 하지도 않았어요…….」

「아니, 뭐라고? 그 애가 너를 거절하기라도 했단 말이냐?」
이모는 손으로 내 이마를 받쳐 올리면서 너무나도 따뜻한
어조로 말했다.

「그것도 아녜요. 꼭 그런 것도 아녜요.」

나는 서글프게 고개를 저었다.

「그 애가 너를 사랑하지 않게 될까 봐 두렵니?」

「아아! 아니에요. 제가 두려워하는 건 그게 아니에요.」

「얘야, 좀 더 분명하게 말을 해야 내가 알아듣지.」

나약한 마음을 그대로 드러낸 것이 나는 부끄럽고 속이
상했다. 분명 이모는 내가 모호한 태도를 취한 이유를 알지
못하고 있었다. 그러나 만일 알리사가 거절한 이면에 어떤
뚜렷한 동기가 숨어 있다면, 이모가 완곡하게 그녀한테 물어
봄으로써 그 동기를 밝혀내는 데 도움이 될 수도 있을 것 같
았다. 이모가 곧 스스로 그 이야기를 꺼냈다.

「얘야!」 이모는 말을 이었다. 「내일 아침 알리사가 크리스
마스트리를 꾸미러 오기로 되어 있으니, 어떻게 된 영문인지
내 당장 알아보마. 그리고 점심때 네게 알려 줄게. 그러면 틀
림없이 깨닫게 될 거다, 네가 걱정할 건 아무것도 없다는 걸
말이다.」

나는 뷔콜랭 댁으로 저녁 식사를 하러 갔다. 과연 며칠 전
부터 몸이 좋지 않았던 쥘리에트는 딴사람 같아 보였다. 그
녀의 눈길에는 좀 사납고 거의 냉혹한 기색까지 서려 있어서

어느 때보다도 훨씬 더 자기 언니와는 달라 보였다. 그날 저녁 나는 그 두 사람 중 누구와도 별다른 이야기를 할 수 없었다. 나도 이야기를 하고 싶지 않았고 또 외삼촌이 피로해 보였으므로 식사가 끝난 뒤 얼마 되지 않아 물러 나와 버렸다.

플랑티에 이모가 마련하는 크리스마스트리는 해마다 많은 아이들과 친척들, 친구들을 모여들게 했다. 이 트리는 계단으로 올라가는 현관 한 입구에 세워졌는데, 이 현관은 첫번째 문간방, 응접실, 그리고 찬장을 들여놓은 일종의 온실 방의 유리문으로 통해 있었다. 트리 장식이 아직 끝나지 않았으므로 축제일 아침, 즉 내가 도착한 다음 날 알리사는 이모가 예고했던 대로 꽤 이른 아침부터 와서 이모가 여러 가지 장식, 촛불, 과실, 과자, 장난감 등을 나뭇가지에 매다는 일을 거들었다. 나도 그녀 곁에서 그 일을 거들고 싶었지만, 이모가 그녀와 이야기를 할 수 있도록 그냥 두어야 했다. 그래서 나는 그녀를 만나 보지도 않고 집을 나와 아침나절 줄곧 내 불안한 마음을 달래려고 애썼다.

쥘리에트를 다시 보고 싶어서 나는 우선 뷔콜랭 댁으로 갔다. 아벨이 나보다 한발 앞서 그녀 곁에 와 있다는 말을 듣고 나는 결정적인 대화를 방해하지나 않을까 염려되어 곧바로 물러 나와 점심때까지 부둣가를 헤매고 다녔다.

「이런 바보!」 내가 돌아오자 이모가 소리쳤다. 「그런 식으로 인생을 망치다니! 오늘 아침에 네가 한 모든 이야기 중에 이치에 닿는 말이라곤 한마디도 없더구나…… 아이고! 난

이리저리 말을 돌려서 꺼내지 않았어. 우리 일을 거드느라고 수고가 많았던 미스 애시버턴을 바람이나 좀 쐬고 오라고 내보낸 다음 알리사와 단둘이만 있게 되자, 왜 이번 여름에 약혼하지 않았느냐고 아주 단도직입적으로 물었지. 넌 아마 그 애가 당황했을 거라고 생각하겠지? 알리사는 조금도 당황하지 않고 아주 침착하게 제 동생보다 먼저 결혼하고 싶지 않아서 그랬다고 대답하더라. 만일 네가 그 애한테 솔직하게 물어보았더라면 내게 한 대로 대답했을 거야. 그 때문에 혼자서 속을 태운 거야, 안 그래? 그것 봐라, 얘야, 솔직한 것보다 더 좋은 건 없단다……. 가엾은 알리사는 제 아버지를 두고 떠날 수가 없다는 말도 하더라……. 우리는 많은 이야기를 나누었다. 참 지각 있는 애야. 자기가 네게 어울리는 여자인지 어떤지 아직 확신이 서지 않는다는 말도 하더라. 또 너한테 자기는 나이가 너무 많은 게 아닌지 염려된다면서 네겐 차라리 쥘리에트 또래의 아가씨가 더 낫지 않겠느냐고 하더라…….」

이모는 말을 계속했다. 그러나 나는 더 이상 듣지 않았다. 내겐 단 한 가지만이 중요했다. 알리사가 제 동생보다 먼저 결혼하지 않겠다는 것이다. 그러나 아벨이 있지 않은가! 그 녀석 말이 옳았구나, 그 잘난 체하는 녀석이. 그의 말마따나 그는 단번에 두 쌍의 결혼을 성사시킬 것이다…….

알고 보니 너무나 단순한 것이었는데 이모의 말을 듣고 나는 잔뜩 흥분된 상태였기에, 이모에게는 최대한 내색하지 않고 그저 기쁘다는 표정만 지어 보였다. 이모에게는 기뻐하는 내 반응이 아주 자연스럽게 생각되었고, 더군다나 이모는 그 기쁨을 자기가 얻어 주었다고 여기는 눈치였기에 그만큼 더 흐뭇해하는 것이었다. 점심 식사를 끝내자 나는 생각나는 대로 적당한 핑계를 대고 이모 곁을 떠나 아벨을 만나러 달려갔다.

「어때! 내가 뭐랬어?」 나의 기쁨을 알려 주자 즉시 그는 나를 껴안으며 소리쳤다. 「이봐, 미리 말하지만, 오늘 아침 내가 쥘리에트와 나누었던 대화가 거의 결정적인 것이었어. 하긴 우리는 거의 네 이야기밖에 한 게 없지만. 하지만 그녀는 피곤하고 신경이 곤두서 있는 것 같아서⋯⋯. 지나치게 깊이 들어가서 그녀의 신경을 자극하거나 너무 오래 머물러서 그녀를 흥분시킬까 봐 염려도 되었어. 네 말을 듣고 나니 일은 다 됐어! 이봐, 내가 빨리 가서 단장과 모자를 가져올게. 혹시 가다가 내가 공중으로 날아오르기라도 하면 붙잡아 줘야 하니까 뷔콜랭 댁 문 앞까지 좀 동행해 줘. 나는 에우포리온[13]보다 더 몸이 가벼워진 것 같아⋯⋯. 자기 언니가 네 청에 승낙하기를 거절한 이유가 오로지 자기 때문이라는 걸 쥘리에트가 알게 되면, 그리고 곧이어 내가 청혼을 하게 되면⋯⋯. 아아! 이 친구야, 난 벌써 우리 아버지가 오늘 저녁 크리스마스트리 앞에서 행복에 겨워 눈물을 흘리시면서 주님을 찬양하고, 그 앞에 무릎 꿇은 네 사람의 약혼자들 머리 위로 손을 뻗쳐 넘치도록 축복을 내리시는 모습이 눈에 보이는 것 같아. 미스 애시버턴은 한숨 속으로 증발해 버릴

13 괴테의 『파우스트』에 나오는 인물로, 시인의 영혼을 상징한다.

테고, 플랑티에 이모님도 블라우스 속에 녹아내릴 거야. 그리고 환하게 불 밝힌 크리스마스트리는 하느님의 영광을 찬송할 것이고 성경에 나오는 산들처럼 손뼉을 칠 거야.」

해가 질 무렵이 되어야 비로소 크리스마스트리에 불이 켜지고 아이들, 친척들 그리고 친구들이 그 주위에 모여들게 될 것이었다. 아벨과 헤어지고 나자 불안하고 초조해진 데다가 달리 할 일도 없는지라 나는 기다리는 시간을 때우려고 생타드레스의 절벽 위로 난 긴 산책로로 내달았다가, 도중에 그만 길을 잃고 헤매는 바람에 겨우 플랑티에 이모 댁에 돌아왔을 때는 이미 한참 전부터 축연이 벌어진 뒤였다.

현관에 들어서자 알리사가 보였다. 그녀는 기다리고 있었던 듯 얼른 내게로 왔다. 밝은색 블라우스의 파인 목 부분에 오래된 자그마한 자수정 십자가를 목에 걸어 늘이고 있었다. 어머니에 대한 기념으로 내가 준 것이었지만, 그녀가 목에 걸고 있는 것은 아직까지 본 적이 없었다. 그녀의 안색이 초췌해 보였고, 얼굴에 나타난 괴로운 표정을 보니 마음이 아팠다.

「왜 이렇게 늦게 와?」 그녀는 억눌려 있다가 내뱉는 다급한 목소리로 말했다. 「너하고 하고 싶은 말이 있었는데.」

「절벽 위에서 길을 잃어버렸어……. 그런데 몸이 안 좋은 모양이네……. 아니, 알리사, 무슨 일이야?」

그녀는 잠시 어안이 벙벙해진 채 입술을 바르르 떨며 내 앞에 서 있었다. 그렇게 괴로워하는 모습에 마음이 아파 나는 더 캐물을 엄두가 나지 않았다. 그녀는 내 얼굴을 끌어당기려는 듯 내 목에 손을 얹었다. 무언가 얘기하고 싶어 한다는 것을 느꼈지만, 바로 그 순간에 손님들이 들어왔다. 맥이 풀린 그녀의 손이 다시 아래로 떨어졌다…….

「이젠 시간이 없네.」 그녀는 중얼거렸다. 그러고는 내 눈에 눈물이 글썽이는 것을 보자, 내가 눈으로 던지는 질문에 대답했다. 마치 그런 하찮은 변명으로 얼마든지 나를 진정시킬 수나 있을 것처럼.

「아냐, 안심해. 그저 머리가 좀 아플 뿐이야. 저 애들이 어찌나 법석을 떠는지…… 이리로 피해 올 수밖에 없었어…….
이제는 저 애들 곁에 돌아가 봐야지…….」

그녀는 갑작스럽게 내 곁을 떠났다. 사람들이 들어오면서 나와 그녀 사이를 갈라놓았다. 나는 응접실로 가서 그녀를 다시 만날 생각이었다. 그녀는 방 저쪽 끝에서 아이들에게 둘러싸인 채 놀이를 짜주고 있었다. 그녀와 나 사이에 아는 사람들이 여럿 보였고, 그 사이를 헤치고 지나가려면 필시 누구에겐가 붙잡힐 것 같았다. 인사나 이야기 등으로 상대해 줄 힘이 있을 것 같지 않았다. 혹시 벽을 따라 살짝 빠져나간다면……. 나는 그렇게 해보았다.

정원으로 난 커다란 유리문 앞을 막 지나가려는 순간, 누가 내 팔을 잡는 것이 느껴졌다. 문간에 반쯤 몸을 숨기고 커튼으로 몸을 감싼 쥘리에트가 거기 있었다.

「온실로 가!」 그녀가 다급하게 말했다. 「꼭 할 말이 있어. 그쪽으로 오빠 먼저 가 있어. 곧 따라갈게.」 그러고는 살그머니 문을 열더니 정원으로 사라졌다.

무슨 일이 있었던 것일까? 나는 아벨을 다시 만나 보고 싶었다. 그가 무슨 이야기를 했을까? 무슨 일을 저지른 건 아닐까? 현관으로 되돌아 나와서 나는 쥘리에트가 기다리고 있는 온실로 갔다.

그녀는 얼굴이 새빨갛게 달아올라 있었다. 눈썹을 찌푸리고 있어서인지 그녀의 눈초리가 날카롭고 고통스러워하는 인상을 주었다. 신열이 있는 듯 두 눈이 번뜩였다. 목소리마저 거칠고 경직된 느낌이었다. 그녀는 무언가 분노 같은 것으로 잔뜩 흥분되어 있었다. 불안한 가운데서도 나는 그 아름다움에 놀라 거북해질 지경이었다. 우리는 단둘이었다.

「알리사가 말했어?」 그녀가 곧 내게 물었다.

「겨우 한두 마디. 내가 아주 늦게 돌아왔거든.」

「언니는 내가 자기보다 먼저 결혼하기를 바라고 있어. 오빠도 알고 있어?」

「응.」

그녀는 나를 빤히 쳐다보았다…….

「그리고 언니는 내가 누구와 결혼하기를 바라고 있는지도 알아?」

나는 잠자코 있었다.

「그게 오빠란 말이야!」 그녀가 소리쳤다.

「말도 안 되는 소리!」

「그러게!」 그녀의 목소리에는 절망과 승리감이 동시에 깃들어 있었다. 그녀는 다시 몸을 일으켰다. 아니, 그보다는 몸을 뒤로 확 젖혔다고 해야 할까…….

「이제 내가 할 일이 뭔지 알겠어.」 그녀는 정원 쪽 문을 열면서 모호하게 덧붙여 말하더니 등 뒤로 문을 쾅 닫고 나가 버렸다.

내 머릿속과 가슴속에서 모든 것이 다 어지럽게 흔들렸다. 관자놀이에서 피가 뛰는 것을 느꼈다. 그런 내 혼란스러운 마음속에서도 단 한 가지 생각만이 없어지지 않고 남아 있었다. 아벨을 찾자, 그는 아마도 이 두 자매가 하는 야릇한 이야기를 설명해 줄 수 있을 것이다. 그러나 나의 혼란스러운 모습이 사람들 눈에 뜨일 것 같아서 응접실에 다시 들어갈 용기가 나지 않았다. 나는 밖으로 나왔다. 정원의 찬 공기를 마시니 마음이 가라앉았다. 나는 잠시 거기 그대로 서 있었다. 어둠이 내리고 있었고, 바다 안개가 도시를 뒤덮었다. 나뭇가지에는 잎이 다 지고 없었고, 땅과 하늘은 한없이 황량해 보였다……. 노랫소리가 들려왔다. 아마 크리스마스트리 주위에 둘러선 어린이들의 합창인 것 같았다. 나는 현관을 통해 다시 안으로 들어갔다. 응접실과 문간방의 문이 모두 열려 있었다. 이제는 텅 빈 응접실에서 피아노 뒤에 반쯤 몸이 가려진 이모가 쥘리에트와 이야기하는 것이 보였다. 문간방에는 잔뜩 장식된 크리스마스트리를 둘러싸고 손님들이 빈틈없이 모여 있었다. 아이들은 이미 찬송가를 마친 때였다. 잠시 조용해지더니 크리스마스트리 앞에서 보티에 목사가 설교 비슷한 이야기를 시작했다. 그는 자신이 말하는 이른바 〈좋은 씨 뿌리기〉의 기회는 한 번도 놓치는 법이 없었다. 불빛과 후덥지근한 공기가 거슬려서 나는 다시 나가고 싶었다. 문에 기대어 선 아벨이 보였다. 아마도 얼마 전부터 거기 있었던 모양이었다. 그는 적의에 찬 눈초리로 나를 쳐다보고 있다가 우리의 시선이 마주치자 어깨를 으쓱했다. 나는 그에게로 갔다.

「바보 녀석!」 그는 나직하게 내뱉더니 갑자기 말했다. 「야, 이봐, 나가자. 거룩한 말씀은 이제 신물이 나!」 그리고 우리가 밖으로 나오자마자, 아무 말 없이 근심스럽게 그를 쳐다보고 있던 나에게 그는 또다시 〈바보 녀석!〉 하고 말했다. 「그 애가 사랑하는 건 바로 너란 말이야, 이 바보야! 넌 나한테 그렇다고 말이라도 좀 해줄 수 없었니?」

나는 아찔했다. 도무지 이해가 되지 않았다.

「아니, 말할 수 없었겠지? 너 혼자선 그걸 알아차릴 수도 없었을 테니까!」

그는 내 팔을 잡더니 미친 듯이 흔들어 댔다. 악문 이빨 사이로 새어 나오는 그의 목소리는 휘파람 소리를 내면서 떨렸다.

「아벨, 제발 부탁이야.」 나는 잠시 동안 아무 말도 못하고 있다가, 역시 떨리는 소리로 말했다. 그는 나를 마구 끌어당기며 성큼성큼 걸어갔다. 「이렇게 흥분하지 말고 무슨 일이 있었는지 말을 좀 해봐. 나는 아무것도 모르겠어.」

가로등 불빛이 비치는 곳에서 그가 갑자기 나를 세우더니 내 얼굴을 찬찬히 뜯어보았다. 그러고는 나를 확 끌어당기더니 내 어깨에 얼굴을 파묻고는 흐느끼며 중얼거렸다.

「미안해. 나도 어리석었어. 너와 마찬가지로 나 역시 제대로 보지 못했어, 이 가엾은 친구야.」

울고 나더니 그는 다소 마음이 진정되는 것 같았다. 그는 머리를 들더니 다시 걷기 시작하면서 말을 계속했다.

「무슨 일이 있었냐고……? 이제 와서 다시 그 이야기를 한들 무슨 소용이 있겠어? 네게 말했듯이 아침에 쥘리에트와 이야기했어. 굉장히 예쁘고 생기에 차 있었지. 난 그게 다 나 때문인 줄 알았어. 그런데 그건 단지 우리가 네 이야기를 하고 있었기 때문이었어.」

「그때는 그걸 알아차리지 못했어……?」

「못했어, 확실하게는. 하지만 지금에 와선 아무리 작은 단서만 봐도 환하게 짐작이 가…….」

「잘못 생각하는 게 아니라고 확신할 수 있어?」

「뭐, 잘못 생각? 아니, 이봐, 장님이 아니고서야 그 애가 널 사랑하는 걸 모를 수가 없지.」

「그래서 알리사가…….」

「그래서 알리사가 자신을 희생하려 하는 거야. 동생의 비밀을 알아차리자 자기 자리를 양보하려 한 거지. 어때, 넌! 뭐 이해하기 어려운 일도 아니잖아……. 나는 쥘리에트에게 다시 한번 얘기해 보려고 했어. 내가 말을 꺼내자마자…… 아니, 내 말뜻을 알아듣자마자 우리가 앉아 있던 소파에서 그녀가 벌떡 일어서더니 몇 번이나 되풀이해서〈분명 그럴 줄 알았지〉 하는 거야. 그럴 줄은 꿈에도 몰랐던 사람의 말투로 말이야…….」

「아! 제발 농담은 그만둬!」

「왜? 내 보기엔 웃겨, 그 이야기 말이야……. 쥘리에트는 제 언니 방으로 뛰어 들어갔어. 그러자 느닷없이 격한 말소리가 터져 나오는 거야. 깜짝 놀랐지. 쥘리에트를 다시 만나보고 싶었는데, 잠시 후에 나온 건 알리사였어. 그녀는 머리에 모자를 쓰고 있었는데, 나를 보자 어색해하는 것 같더니지나가면서 짧게 〈안녕하세요?〉 하더군……. 그게 다야.」

「쥘리에트는 다시 보지 못했어?」

아벨은 약간 망설였다.

「봤어. 알리사가 나가 버린 뒤에 내가 방문을 열었지. 쥘리에트는 거기, 난로 앞 대리석 판 위에 팔꿈치를 괴고 두 손에턱을 받친 채 가만히 서 있었어. 거울 속의 제 모습을 뚫어지게 노려보면서. 내 기척을 듣고도 돌아보지 않더니 발을 굴려 대면서 소리쳤어. 〈제발, 혼자 있고 싶어요!〉 그 어조가어찌나 매몰차던지 서둘러 나와 버렸어. 그게 전부야.」

「그럼 이제부터는?」

「아! 너에게 털어놓고 나니 좀 후련하군. 이제부터는? 글쎄…… 넌 이제부터 쥘리에트의 사랑병을 치료하도록 해야지. 내가 알리사를 잘못 알고 있는 게 아니라면 모르되, 그병을 치료하기 전엔 알리사는 네게 돌아오지 않을 거야.」

우리는 오랫동안 말없이 걸었다.

「돌아가자.」 마침내 그가 말했다. 「손님들도 이제는 다 갔을 거야. 아버지가 날 기다릴지도 몰라.」

　우리는 돌아왔다. 과연 응접실은 텅 비어 있었다. 문간방
에는, 불들이 거의 다 꺼진 헐벗은 크리스마스트리 곁에 이
모와 그녀의 두 아이들, 뷔콜랭 외삼촌, 미스 애시버턴, 목
사, 외사촌 누이들, 그리고 아까 이모와 오랫동안 이야기를
나누고 있는 것을 보긴 했지만 그가 바로 쥘리에트가 말하
던 청혼자라는 것을 그때서야 비로소 알게 된, 너무도 우스
꽝스러워 보이는 사내만 남아 있을 뿐이었다. 우리들 중 누
구보다 더 키가 크고 튼튼하고 혈색이 좋으며 대머리에다가
계층과 환경과 인종도 다른 그는 우리 사이에 끼인 자기가
이방인처럼 느껴지는 것 같았다. 그는 거창한 콧수염 밑으
로 희끗희끗한 붓같이 뻗은 황제 수염 끝을 초조한 듯 잡아
당겼다 비틀었다 하고 있었다. 문이 활짝 열려 있는 현관에
는 이제 불빛도 없었다. 우리 둘 다 소리 없이 들어왔기 때문
에 아무도 우리가 와 있는 줄 몰랐다. 섬찟한 어떤 예감이 나
를 휘어잡았다.

　「잠깐!」 아벨이 내 팔을 잡으며 말했다.

　그 순간 우리는 그 낯선 사내가 쥘리에트에게 다가가 손
을 잡는 것을 보았다. 그녀가 그에게 눈길도 돌리지 않은 채
아무런 저항도 없이 손을 내맡겼던 것이다. 캄캄한 어둠이
내 가슴을 덮었다.

　「아벨, 도대체 어떻게 된 거지?」 나는 마치 아직도 이해가
안 가는 것처럼, 혹은 제대로 이해하지 못했기를 바라는 것

처럼 중얼거렸다.

「물론! 저 애는 자신을 경매에 붙이고 있는 거야.」그는 이 빨 사이로 새어 나오는 것 같은 목소리로 말했다. 「자기 언 니에게 지기 싫다 이거야. 천사들도 하늘에서 박수갈채를 보 내고 있을 거야.」

외삼촌이 오더니 미스 애시버턴과 이모에게 둘러싸여 있 는 쥘리에트의 뺨에 입을 맞추었다. 보티에 목사가 다가왔 다……. 나는 한 걸음 앞으로 나섰다. 알리사가 나를 보고 뛰 어오더니 떨면서 말했다.

「아니, 제롬. 이건 안 돼. 아니, 저 앤 저 사람을 사랑하지 않아! 바로 오늘 아침까지도 그렇게 말했다고. 제발 말려, 제 롬. 아! 저 애가 어쩌자고…….」

그녀는 절망적으로 애원하면서 내 어깨에 매달렸다. 그녀 의 이 고통을 덜어 줄 수만 있다면, 나는 목숨이라도 바치고 싶은 심정이었다.

트리 곁에서 울리는 갑작스러운 고함 소리, 어수선한 움 직임……. 우리는 달려간다. 쥘리에트가 의식을 잃고 쓰러져 이모의 팔에 안겨 있다. 모두가 달려들어 그녀를 들여다보 고 있어서 나는 그녀를 잘 볼 수 없다. 헝클어진 머리칼이 무 섭도록 창백한 그녀의 얼굴을 뒤로 잡아당기고 있는 것 같 다. 그녀의 몸이 그처럼 경련하고 있는 것으로 보아 예사로 운 까무러침이 아닌 것 같았다.

「아니야! 아니야!」이모는 어쩔 줄 모르는 뷔콜랭 외삼촌 을 안심시키려고 큰 소리로 말한다. 보티에 목사도 집게손

가락으로 하늘을 가리키면서 그를 위로한다. 「아냐! 아무것
도 아냐, 흥분해서 그래. 신경이 좀 예민해진 것뿐이야. 테시
에르 씨, 힘이 좋으신 분이니까 좀 거들어 줘요. 내 방으로
올라가야겠어요. 내 침대로…… 내 침대로…….」그러고 나
서 이모는 자기 큰아들 쪽으로 몸을 굽히고 귀에 대고 몇 마
디 속삭인다. 그러자 그가 곧 밖으로 나간다. 의사를 부르러
가는 것 같다.

　이모와 그 청혼자는 그들의 팔에 몸을 반쯤 젖히고 안기어
있는 쥘리에트를 어깨 밑으로 손을 넣어 떠받친다. 알리사는
동생의 두 발을 들어 다정하게 껴안는다. 아벨은 자칫하면
뒤로 떨어질 것만 같은 머리를 떠받친다. 몸을 굽히고, 흘러
내린 그녀의 머리카락을 쓸어 모으며 마구 입을 맞추는 그의
모습이 보인다.

　나는 방문 앞에 멈추어 선다. 사람들이 쥘리에트를 침대
에 누인다. 알리사가 테시에르 씨와 아벨에게 뭐라고 말을
하는데 내겐 들리지 않는다. 그녀가 문간까지 그 두 사람을
따라 나와서 플랑티에 이모와 단둘이 남아 있을 터이니 자
기 동생이 안정하도록 돌아가 달라고 당부한다.

　아벨이 문 밖으로, 어둠 속으로 내 팔을 잡아끈다. 우리는
아무런 목표도 용기도 생각도 없이 오랫동안 어둠 속을 걷
는다.

제5장

　나는 오직 나의 사랑에서만 내 삶의 이유를 찾을 수 있었
다. 나는 사랑에 매달렸고, 알리사에게서 오는 것이 아니면
아무것도 기대하지 않았으며, 또 기대하고 싶지도 않았다.
　그다음 날, 내가 그녀를 만나러 갈 준비를 하고 있는데, 이
모가 나를 불러 세우더니 금방 받았다며 편지를 내밀었다.

　……쥘리에트의 심한 흥분 상태는 의사 선생님이 처방
해 주신 물약으로 아침 녘이 되어서야 진정되었어요. 앞
으로 며칠 동안은 제롬에게 부디 오지 말라고 해주세요.
쥘리에트가 그의 발걸음 소리나 목소리를 알아들을지도
모르니까요. 지금 그 애한테는 절대 안정이 필요해요…….
　쥘리에트의 병세로 보아 아무래도 제가 여기에 꼭 붙잡
혀 있어야 할 것 같아요. 제롬이 떠나기 전에 제가 그를 다
시 볼 수 없게 되면, 고모, 부디 제가 그에게 편지할 거라
고 전해 주세요…….

이 방문 금지는 오직 나에게만 한정된 것이었다. 이모도 다른 그 누구도 뷔콜랭 댁의 초인종을 누르는 것은 자유였다. 그리고 바로 이날 아침에도 이모는 거기에 갈 생각이었다. 내 발걸음 소리라고? 그 무슨 어설픈 구실이람……. 좋을 대로 하라지!

「좋습니다. 가지 않겠습니다.」

알리사를 당장에 만날 수 없다는 것이 나로서는 몹시 괴로운 일이었다. 그렇긴 하지만 한편으로는 그녀를 다시 만나는 것이 두렵기도 했다. 자기 동생이 그렇게 된 것을 내 탓으로 여기진 않을까 두려웠다. 그래서 나는 그녀가 성내는 걸 보기보다는 차라리 만나지 않는 편이 더 견디기 쉬웠다.

그래도 아벨만은 다시 만나 보고 싶었다.

그의 집 문간에서 하녀가 내게 쪽지 하나를 전해 주었다.

네가 염려할까 봐 한마디 남긴다. 르아브르에서 이토록 쥘리에트 가까이 머문다는 것이 내겐 견딜 수 없는 일이었어. 간밤에 나는 너와 헤어진 뒤 거의 곧장 사우샘프턴행 배에 올랐어. 런던에 있는 S의 집에서 이번 방학의 남은 시간을 지낼 생각이야. 그럼 학교에서 다시 만나자.

……인간이 줄 수 있는 모든 도움이 한꺼번에 내 손을 놓아 버렸다. 고통스러운 일밖에는 아무것도 남은 게 없는 체류를 더 오래 끌지 않고 나는 개학이 되기도 전에 파리로 돌아와 버렸다. 나는 하느님께로, 〈모든 참다운 위안, 모든 은

총, 모든 온전한 은혜가 비롯되는〉 그분께로 눈길을 돌렸다. 나의 고통을 바친 것은 하느님께였다. 나는 알리사도 역시 하느님의 품 안에서 안식을 구하고 있으리라 생각했고, 그녀도 기도하고 있으리라는 생각이 나의 기도에 열의를 더해 주었다.

알리사에게서 오는 편지를 받고 또 내가 그녀에게 편지를 쓰는 일 이외에는 별다른 사건도 없이, 사색과 공부로 긴 시간이 지나갔다. 나는 그녀의 편지를 모두 간직해 두었다. 이제부터 나의 기억이 희미해질 때면 그 편지들을 참고하며 앞뒤를 맞추어 나갈 것이다…….

이모를 통해서 — 처음에는 오직 이모를 통해서만 — 나는 르아브르의 소식을 들을 수 있었다. 나는 쥘리에트의 힘든 상태 때문에 처음 며칠 동안 모두들 얼마나 불안해했는지 이모 편에 알게 되었다. 내가 떠나고 열이틀 만에야 비로소 나는 알리사로부터 다음과 같은 편지를 받았다.

그리운 제롬, 좀 더 일찍 편지하지 않은 것을 용서해 줘. 가엾은 우리 쥘리에트의 상태가 도무지 그럴 틈을 주지 않았어. 네가 떠난 뒤로 나는 그 애 곁을 거의 떠나지 못했어. 우리 소식을 네게 전해 주십사고 고모한테 당부드렸으니 그렇게 해주셨으리라 믿어. 그러니 사흘 전부터 쥘리에트가 좀 좋아졌다는 걸 너도 알고 있겠지. 난 벌써부터 하느님께 감사드리고 있지만, 그래도 아직은 마음을 놓을 수가 없어.

    지금까지 나는 로베르에 대해서는 별로 이야기한 바 없었
지만, 그 역시 나보다 며칠 뒤에 파리로 돌아와서 내게 자기
누이들의 소식을 전해 주었다. 그녀들 때문에 나는 내 성격
상 자연스럽게 이끌리는 것 이상으로 그를 보살펴 주고 있
었다. 그가 입학한 농업 학교가 쉴 때마다 매번 나는 그를 돌
보아 주었고 그에게 기분 전환을 시켜 주려고 애썼다.

    내가 알리사나 이모에게 감히 물어볼 수 없는 일은 그를
통해서 알았다. 에두아르 테시에르가 쥘리에트의 소식을 알
아보려 꽤도 꾸준히 찾아왔었다는 것, 그러나 로베르가 르
아브르를 떠날 때까지 쥘리에트는 한 번도 그를 다시 만나
지 않았다는 것 등. 또한 내가 떠나온 이래 쥘리에트가 제 언
니 앞에서 어떤 방법을 써도 꺾을 수 없는 침묵을 고집스럽
게 지키고 있었다는 것도 알게 되었다.

    그런지 얼마 안 되어 나는 이모를 통해서 쥘리에트가 약
혼한다는 것을 알았다. 내가 짐작했던 대로 알리사는 그 약
혼이 당장에 깨어지기를 바랐고, 쥘리에트 자신은 최대한 빨
리 공표해 주기를 원했다는 사실도 알았다. 충고도, 명령도,
간청도 다 무릅쓰고 내린 이 결단은 쥘리에트의 이마에 주
름살을 새겼고, 그녀의 눈을 가렸으며, 그녀를 침묵 속에 가
두어 놓았다…….

    시간이 지나갔다. 나는 알리사에게서 가장 실망스러운 편
지들밖에는 받지 못했다. 하기야 나도 그녀에게 뭐라고 편지

해야 할지 몰랐다. 짙은 겨울 안개가 나를 휩싸고 있었다. 학업의 등불도, 사랑과 신앙의 모든 열정도, 아 슬프게도! 내가슴속의 어둠과 추위를 시원스레 걷어내 주지는 못했다. 시간이 지나갔다.

이윽고 어느 봄날 아침에 문득, 그때 마침 르아브르에 머물고 있지 않던 이모에게 알리사가 편지를 부쳐 왔는데, 그걸 이모가 내게 보여 주었다. 그 가운데서 우리 이야기를 설명해 줄 수 있는 부분을 여기에 옮겨 적는다.

……제가 얼마나 고분고분 말을 잘 듣는지, 칭찬해 주세요. 고모가 시킨 대로 테시에르 씨를 오게 해서 만났어요. 그분과 한참 동안 이야기를 나누었어요. 저는 그의 태도가 나무랄 데 없었다고 봐요. 그래서 솔직히, 이 결혼이 제가 처음에 걱정했던 것처럼 그렇게 불행하게 되지는 않을 거라는 믿음까지 갖게 되었어요. 물론 쥘리에트는 그를 사랑하지 않아요. 그러나 제가 볼 때, 한 주일, 한 주일이 지날수록 점점 더, 그이가 사랑을 받을 자격이 못 되는 사람이라는 생각이 줄어들더군요. 또 그이는 현재 사정을 똑바로 알고 이야기하고 있고, 쥘리에트의 성격에 대해서 잘못 이해하고 있지도 않아요. 그렇지만 그이는 자기 자신이 품고 있는 사랑의 힘에 대해 대단한 자신감을 가지고 있고, 자기의 일편단심으로 이겨 내지 못할 것은 아무것도 없다고 굳게 믿는 거예요. 다시 말해서 아주 홀딱 반한 거죠.

정말, 제롬이 그렇게 로베르를 보살펴 주는 것을 알고 저는 말할 수 없을 만큼 감동했어요. 제롬은 순전히 의무감 때문에 그렇게 해주고 있는 것 같아요. 로베르의 성격이 그의 성격과 맞을 만한 게 별로 없으니까요. 그리고 아마도 저를 기쁘게 해주려고 그러는 것도 같아요. 그렇지만 분명 제롬도 이미 받아들인 의무가 벅차면 벅찰수록 한층 더 영혼을 단련시키고 고양시켜 준다는 것을 깨달았을 거예요. 그야말로 숭고한 생각이죠! 맏조카딸을 두고 너무 웃지는 마세요. 쥘리에트의 결혼을 좋게 받아들이려고 애쓰는 제게 힘이 되고 도움이 되는 것이 바로 이런 생각들이니까요.

사랑하는 고모, 고모의 살뜰한 배려가 저에게는 얼마나 따뜻하게 느껴지는지 몰라요……! 그렇지만 제가 불행하다고 생각하진 말아 주세요. 오히려 그 반대라고 할 수 있어요. 쥘리에트를 휩쓸고 간 시련이 제 마음속에서도 그 반향을 일으켰으니 말이에요. 잘 이해하지도 못하면서 되뇌곤 했던 성경의 이 말씀이 갑자기 잘 이해가 되더군요. 〈사람을 믿는 자에게 불행이 있을지라……〉[14]
제 성경책에서 이 말씀을 다시 발견하기 훨씬 전에, 제롬이 제게 보내 준 자그마한 크리스마스카드에서 읽은 적이 있어요. 제롬이 열두 살도 채 되기 전, 그러니까 제가 갓 열네 살이 되던 해였어요. 그 카드에는 그 무렵 저희들

14 「예레미야」 17장 5절 참조.

에게 무척 아름다워 보였던 꽃다발 곁에 코르네유가 풀이한 이런 시 구절이 적혀 있었어요.

> 그 무슨 승리자의 매력이 이 세상에서
> 오늘 나를 주께로 높이 이끄는 것인가?
> 인간들을 바탕 삼아 그 위에 주춧돌을
> 놓는 자는 불행하리라![15]

솔직히 저는 이 시구보다는 예레미야서의 간결한 구절을 훨씬 더 좋아합니다. 제롬도 그 당시에는 이 구절에 별다른 주의를 기울이지 않고 그 카드를 골랐을 거예요. 그렇지만 그의 편지를 보면 현재 제롬의 성향이 저의 성향과 상당히 비슷해서, 저는 우리 두 사람을 동시에 그분 곁으로 가까이 가게 해주신 것을 날마다 감사드리고 있답니다.

고모와 나누었던 대화를 생각하며, 저는 제롬의 공부를 방해하지 않으려고 이젠 그에게 전처럼 긴 편지를 쓰지 않아요. 아마도 고모는 제가 제롬 이야기를 이렇게 길게 늘어놓음으로써 그에게 직접 편지 쓰지 못하는 걸 보상하고 있다고 생각하시겠지요. 더 이상 쓰면 너무 길어질까 두려워서 여기서 이만 줄이겠어요. 이번만은 너무 꾸중하지 마세요.

이 편지를 읽고 나니 얼마나 많은 생각들이 떠올랐던가!

15 라신의 「영적 송가」 제4장.

나는 이모의 주책없는 참견(알리사가 암시하는 이모와의 대화, 그 때문에 그녀가 내게 침묵을 지키게 된 그 대화란 대체 무엇이었을까?), 그리고 나에게 이 편지를 건네준 이모의 그 분별없는 배려를 저주하고 싶었다. 나는 이미 알리사의 침묵만으로도 견딜 수가 없었는데, 아! 그녀가 이제는 나에게 하지 않는 이야기를 다른 사람에게 편지로 써 보내고 있다는 사실을, 차라리 내가 모르게 해주는 것이 천 배 만 배 더 낫지 않았을까! 이 편지에서는 모든 것이 나를 짜증 나게 했다. 자기와 나 사이의 그 사소한 비밀들을 이모에게 이토록 쉽게 털어놓다니! 그리고 그 천연스러운 어조, 그 태연함, 그 진지한 태도, 그 쾌활함…….

「그렇지 않아, 이 한심한 친구야! 이 편지에, 알리사가 너한테 쓴 편지가 아니라는 점 말고는, 네가 짜증스럽게 느낄 만한 것은 아무것도 없어.」 일상생활에서 늘 붙어 지내는 터인 아벨이 내게 말했다. 나는 아벨에게만은 여러 가지 이야기를 할 수 있었다. 내가 외로울 때면 약한 마음과 애타게 동정을 구하고 싶은 심정과 스스로에 대한 불신으로 인하여, 그리고 난감한 처지에 놓일 때면 그의 충고에 대하여 내가 갖는 신뢰로 인하여, 우리 두 사람의 성격 차이에도 불구하고, 아니 오히려 그 차이 때문에 나의 마음은 끊임없이 그에게로 다시 기울어지는 것이었다.

「이 편지를 좀 검토해 보자.」 그는 편지를 자기 책상 위에 펼쳐 놓으며 말했다.

벌써 사흘 밤이 내 노여운 마음 위를 지나갔고, 나는 나흘 동안이나 그 노여움을 가슴 깊숙한 곳에 담고 있었다! 그러다가 나는 내 친구가 다음과 같이 내게 말한 심정에 거의 자연스럽게 와닿았다.

「쥘리에트-테시에르 부분은 사랑의 불길 속에 내던지기로 하지, 안 그래? 사랑의 불길이란 게 어떤 건지 알잖아. 아무렴! 내겐 테시에르가 그 불길에 타버리기 딱 좋은 나방으로 보이는걸……」

「그런 이야기는 그만두자.」 나는 그의 농담이 거슬려서 말했다. 「나머지 문제나 이야기하지.」

「나머지 문제?」 그가 말했다. 「나머지 문제야 전부 다 너에 관한 거지. 대체 뭐가 불만이야! 편지에는 단 한 줄, 단 한 마디도 네 생각으로 넘치지 않는 게 없잖아. 편지 사연이 온통 다 너를 향해 말하고 있다고 해도 과언이 아니야. 펠리시 아주머니가 이 편지를 너에게 보낸 건 결국 편지를 진짜 수신인에게 되돌려 준 것에 불과해. 알리사가 궁여지책으로 사람 좋은 아주머니께 편지를 부치게 된 것은 오직 네 탓이야. 도대체 코르네유의 시 구절이 — 말이 났으니 말이지만 이건 라신의 시야 — 너의 이모에게 무슨 의미가 있겠니? 그러니 알리사가 말을 건네는 상대는 너란 말이야. 바로 너를 향해 그녀가 그 모든 것을 말하고 있는 거야. 앞으로 두 주일 안에 네 외사촌 누이가 너한테 이만큼 길고 거리낌 없고 마음에 드는 편지를 보내오도록 하지 못한다면 너는 정말로 바보야.」

「그녀가 도무지 그러려고 들지를 않는다니까!」

「그녀가 그러려고 드느냐 않느냐는 오직 너한테 달렸어! 충고 하나 해줄까? 이제부터는…… 얼마 동안 너희들 사이의 사랑이니 결혼이니 하는 것에 대해선 입도 뻥끗하지 마. 제 동생의 사건이 있고부터 그녀가 원망하고 있는 게 바로 그 점이라는 걸 모르겠어? 누나와 동생 사이의 정이라는 측면에서 작업을 해. 그녀에게 꾸준히 로베르 이야기를 하는 거야. 넌 그 바보 녀석을 보살펴줄 만한 참을성이 있잖아. 그저 계속해서 알리사의 두뇌만 즐겁게 해주도록 해봐. 그러면 나머지 일은 모두 다 저절로 풀릴 거야. 아! 만약에 편지를 쓰는 게 나라면…….」

「너는 그녀를 사랑할 자격이 없어.」

그러면서도 나는 아벨의 충고를 따랐다. 그러자 알리사의 편지는 과연 다시 활기를 띠기 시작했다. 그러나 나는 쥘리에트의 행복까지는 못 되더라도, 쥘리에트의 처지가 확정되기 전에는 알리사 쪽의 참다운 기쁨이나 거리낌 없이 내맡기는 태도를 기대할 수가 없었다.

알리사가 쥘리에트에 대하여 보내 주는 소식은 차츰 좋아져 갔다. 쥘리에트의 결혼식은 7월에 올리기로 되어 있었다. 알리사는 편지에서, 그때쯤에는 아벨과 내가 학업에 얽매어 있을 것으로 생각된다고 했다. 그녀는 우리가 식장에 나타나지 않는 편이 더 좋을 것이라고 판단하고 있음을 알 수 있었다. 그래서 우리는 무슨 시험을 핑계 삼아 축하의 편지를 보내는 것으로 만족했다.

결혼식 후 약 두 주일쯤 되어 알리사가 나에게 보내온 편지는 이러했다.

  그리운 제롬,
  내가 얼마나 놀랐겠는지 짐작해 보렴. 네가 준 그 아름다운 라신의 시집을 어제 우연히 펼치다가, 내가 벌써 10년이 다 되도록 내 성경책 속에 끼워 둔 너의 그 자그마한 옛날 크리스마스카드에 적힌 네 줄의 시 구절을 거기서 다시 마주쳤구나.

  그 무슨 승리자의 매력이 이 세상에서
  오늘 나를 주께로 높이 이끄는 것인가?
  인간들을 바탕 삼아 그 위에 주춧돌을
  놓는 자는 불행하리라!

  나는 이것이 코르네유의 주석 시에서 뽑은 것인 줄로 알았고, 솔직히 말해 그리 신통하다고 여기지 않았어. 그러나 네 번째 「영적 송가」를 계속 읽어 나가다가 마주치게 된 구절들이 어찌나 아름다운지, 그걸 네게 옮겨 적어 주지 않을 수가 없구나. 그 책의 여백에다 네가 마구 적어 놓은 머리글자들로 미루어, 네가 이미 알고 있는 것 같다만 (아닌 게 아니라 나는 내 책이나 알리사의 책에서 내가 좋아하고 또 그녀에게도 알려 주고 싶은 대목이 있을 때마다 그 앞에 그녀의 이름 첫 글자를 써 넣어 두는 버릇이 있었다) 상관없어! 내가 좋아서 그걸 옮겨 적는 것이니까. 나의 발견이라고 생각했던 것인데 그걸 네가 내게 알려 준 것을 보고 처음에는 좀 속이 상했지만, 그런 저열한 감정은 곧 너도 나처럼 이것을 좋아했구나 하는 즐거움 앞에서 사라져 버렸어. 여기에 다시 옮겨 적자니 마치 내가 그걸 너와 함께 다시 읽는 것만 같구나.

불멸의 지혜의 목소리가
우렁차게 울리며 우리에게 가르친다.
그 목소리 말하기를:
〈사람의 아들들아, 너희들의 정성이
맺는 열매는 그 무엇인가?
그 무슨 잘못으로, 헛된 영혼들아,
너희들의 핏줄의 가장 맑은 피로써
그토록 빈번히 너희들은 사들이는가?
너희가 먹을 빵이 아니라,
전보다 더욱 허기지게 하는
한낱 허깨비를.

내가 너희에게 권하는 빵은
천사들의 양식이 되나니.
하느님께서 손수
당신의 가장 좋은 밀알들로 만드신 것.
이토록 맛있는 이 빵은

너희가 따르는 세상에서는
식탁에 오르지 않느니라.
나를 따르려는 자에게 이 빵을 주리라.
가까이 오라, 살기를 원하는가?
받아라, 먹어라, 그리고 살아라.〉

....

다행으로 당신의 굴레에 붙잡힌
영혼은 평화를 얻고,
마르지 않는 생명의 물로
목을 축이도다.
누구나 찾아와 이 물을 마실 수 있으니,
이 물은 모든 이들을 부르노라,
그러나 우리는 미친 듯이 달려가서
진흙투성이 샘물이나
끊임없이 물이 새는
거짓된 웅덩이들을 찾고 있구나.

얼마나 아름답니! 제롬, 얼마나 아름답니! 정말 너도 나
만큼이나 이 시를 아름답다고 생각하니? 내가 가진 책의
간략한 주석에 따르면, 맹트농 부인[16]은 도말 양이 부르는
이 송가를 듣고 감탄한 나머지 〈눈물을 주르륵 흘리며〉
그 곡의 한 부분을 다시 부르게 했다는구나. 나도 이제는
이 송가를 암송하게 되었는데, 아무리 읊어도 싫증이 나

16 Marquise de Maintenon(1635~1719). 프랑스 왕 루이 14세의 총희.

지 않아. 그저 여기서 한 가지 서운한 게 있다면 네가 이 송가를 읽는 것을 들어 보지 못했다는 점이야.

신혼여행 중인 부부에게서 오는 소식은 계속하여 아주 좋은 소식뿐이야. 지독한 더위에도 불구하고 바욘과 비아 리츠에서 쥘리에트가 얼마나 즐겁게 지냈는지는 너도 이미 알고 있지. 두 사람은 그 후에도 푸엔테라비아를 구경한 뒤 부르고스에 머물렀고 피레네 산맥을 두 차례나 넘었대…… 지금은 몬세라트에서 쥘리에트가 감격에 찬 편지를 보내왔어. 아직 열흘쯤 바르셀로나에서 머물 생각인데, 에두아르는 포도 수확 준비를 갖추기 위해서 9월 이전에 님으로 돌아왔으면 한대.

일주일 전부터 아버지와 나는 퐁괴즈마르에 와 있는데, 미스 애시버턴은 내일, 로베르는 나흘 뒤에 오기로 했어. 그 딱한 애가 시험에 낙방했다는 것은 너도 알고 있지? 시험이 어려웠던 것이 아니라 시험관이 너무 괴상한 문제들을 내는 바람에 그 애가 그만 어리둥절해졌던 모양이야. 그 애가 열심히 공부한다고 네가 편지한 것을 보면 로베르의 준비가 부족했다고 볼 수는 없고, 아무래도 그 시험관이 학생들을 그렇게 골탕 먹이는 데 재미를 느끼는 것 같아.

너의 합격에 대해서는 제롬, 새삼스럽게 축하한다고 말하기가 무색할 정도로 나에게는 당연한 것으로 생각돼. 나는 전적으로 너를 믿어, 제롬! 네 생각을 하면 내 가슴은 희망으로 부풀어 올라. 전에 내게 이야기했던 연구는 지금 당장 시작할 수 있는 거야……?

……이곳 정원은 아무것도 변하지 않았어. 그렇지만 집 안은 아주 텅 빈 것 같아! 왜 내가 올해는 제발 오지 말라고 했는지 이해했겠지, 안 그래? 그렇게 하는 편이 좋을 것 같아. 속으로 이 말을 날마다 되풀이하고 있어. 이렇게도 오래 너를 만나지 않고 지내는 게 괴로워서……. 이따금, 나도 모르게 너를 찾곤 해. 책을 읽다가도 멈추고는 문득 고개를 돌리곤 해……. 꼭 네가 거기 있는 것만 같아서!

다시 편지를 계속할게. 밤이야. 모두 자고 있어. 열어 놓은 창문 앞에서 늦도록 너에게 편지를 쓰는 거야. 정원은 온통 향기로 가득해. 바람은 따스하고. 생각나니? 우리가 어렸을 적에, 아주 아름다운 무엇을 보거나 듣기만 하면 우리는 〈감사합니다, 하느님, 이런 것을 창조해 주셔서……〉하고 생각했지. 오늘 밤, 나는 진정으로 생각했어. 〈감사합니다, 하느님, 이렇게도 아름다운 이 밤을 창조해 주셔서!〉그러고는 갑자기 네가 여기 있었으면 싶었고, 네가 여기, 내 곁에 있다고 느꼈어. 너무나도 강렬한 느낌이어서 너도 아마 그걸 느꼈을 거야.
그래, 편지에서 너는 곧잘 그렇게 쓰곤 했지. 〈고귀하게 태어난 영혼에게는〉감탄이 감사로 녹아들어 하나가 된다고……. 아직도 쓰고 싶은 게 얼마나 많은지! 나는 쥘리에트가 이야기하는 그 찬란한 나라를 생각하고 있어. 그보다 더 넓고 더 찬란하고 더 인적 없는 다른 나라들도 생각해 보고 있어. 어느 날, 어떤 식으로일지는 모르지만, 우리가 함께 어딘지 모를 어떤 신비스러운 커다란 나라를 보게 되리라는 기이한 믿음이 내 마음속에 자리 잡고 있어…….

내가 얼마나 큰 기쁨, 그리고 얼마나 큰 사랑의 흐느낌과 더불어 이 편지를 읽었을지 아마 쉽사리 짐작이 갈 것이다. 뒤이어 다른 편지들도 왔다. 물론 알리사는 내가 퐁괴즈마르에 가지 않은 것을 고마워했다. 물론 그녀는 내가 올해는 자기를 만나러 오지 않기를 간청했지만, 그래도 내가 옆에 없음을 아쉬워했고 이제는 내가 옆에 있기를 바라고 있는 것이었다. 편지 한 장 한 장마다 그녀가 나를 부르는 소리가 메아리치고 있었다. 그것을 참아 낼 힘을 나는 어디서 얻었을까? 필경 아벨의 충고에서, 갑자기 나의 기쁨을 물거품으로 만들지나 않을까 하는 두려움에서, 그리고 나의 마음의 충동에 저항하는 본능적인 긴장에서 얻었을 것이다.

뒤이어 온 편지들 중에서 나는 이 이야기의 이해에 도움이 될 수 있는 것을 모두 여기에 옮겨 적는다.

그리운 제롬.

너의 편지를 읽으니 기쁨으로 녹아드는 것 같아. 오르비에토에서 보낸 너의 편지에 답을 하려는 참이었는데, 페루자와 아시시에서 보낸 편지를 한꺼번에 받았어. 나의 마음은 나그네가 되고, 몸만이 여기 있는 시늉을 하고 있어. 정말 나는 너와 함께 움브리아의 하얀 길 위에 있는 거야. 너와 함께 아침이면 길을 떠나고 전혀 새로운 눈으로 새벽 빛을 바라보고……. 코르토나의 그 언덕 마루에서 정말 나를 불렀니? 그래, 내 귀에 들렸어……. 아시시 저 위의 산마루에서는 몹시도 목이 말랐지! 그렇지만 프란체스코 회 수도사가 준 한 잔의 물이 내겐 달았어! 오, 제롬! 나는 무엇이든 다 너를 통해서 보고 있어. 프란체스코 성인에 대해서 네가 써 보내 준 이야기는 얼마나 좋았는지 몰라! 그래, 정말이야, 추구해야 할 것은 마음의 해방이 아니라 바로 〈고양〉이야. 마음의 해방에는 항시 어떤 몹쓸 오만 이 뒤따르는 법이야. 자신의 야망을 반항이 아니라 봉사 에 둘 것.

님에서 오는 소식이 너무도 희소식들이어서, 이제는 내 가 기쁨에 몸을 맡겨도 좋다고 하느님께서 허락해 주시는 것 같아. 올여름의 단 하나 근심거리는 아버지의 상태야. 내가 여러 가지로 마음을 쓰는데도 아버지는 늘 쓸쓸해하 셔. 아니, 내가 아버지 혼자 계시게 내버려 두기만 하면 다 시 그 쓸쓸한 기분이 되셔서 거기서 쉽게 헤어나시기가 어 려워지는 거야. 자연의 온갖 기쁨이 우리 주위에서 들려주 는 속삭임이 아버지에게는 낯선 것일 뿐이야. 이제는 그런 걸 들으려는 노력조차 하시지 않아. 미스 애시버턴은 잘 지내고 계셔. 두 분께 네 편지를 읽어 드리고 있어. 편지를 받으면 그때마다 사흘 동안은 얘깃거리가 되지. 그러다

보면 다음 편지가 오고…….

……로베르는 그저께 이곳을 떠났어. 방학의 나머지를 R이라는 친구 집에서 지내겠다는데, R의 아버지는 모범 농장을 경영한대. 분명 이곳 생활은 그 애한테는 별로 즐거운 것이 못 돼. 그 애가 떠나겠다고 했을 때도 나는 그애의 계획을 격려해 줄 수밖에 없었어…….

……할 말이 태산 같아. 정말로 끝없이 이야기하고 싶은 갈증인 거야! 이따금 말이나 뚜렷한 생각이 떠오르지 않고 — 오늘 저녁 나는 꿈꾸듯 이 글을 쓰고 있어 — 그저 서로 주고받아야 할 어떤 무한한 부(富)에 대한 거의 숨 막히는 감각만을 품고 있는 거야.

대체 우리는 어떻게 그토록 긴 여러 달 동안 서로 침묵하고 지낼 수 있었을까? 아마도 동면을 하고 있었나 봐. 오! 그 무서운 침묵의 겨울이 영원히 끝나 버렸으면! 마침내 너를 다시 찾고부터는 삶, 생각, 우리의 영혼, 이 모두가 나에게는 무궁무진하게 아름답고 사랑스럽고 풍요롭게만 여겨지는구나…….

9월 12일

피사에서 보낸 네 편지 잘 받았어. 이곳 역시 화창한 날씨란다. 지금까지 나에게 노르망디가 이토록 아름다워 보인 적은 한 번도 없었어. 그저께 나는 혼자서 발길 닿는 대로 벌판을 가로질러 엄청 많이 걸었지. 태양과 기쁨에 한껏 취해, 피로하다기보다는 흥분이 되어 돌아왔어. 이글거리는 태양 아래서 밀짚 더미들이 얼마나 아름다웠는지! 굳이 내가 이탈리아에 있다고 상상하지 않아도 모든 것이 다 기막히게 아름다워 보였어.

그래, 제롬, 네 말마따나 대자연의 〈어렴풋한 찬가〉 속에서 내가 듣고 깨닫게 되는 것은 환희에로의 권유야. 새가 지저귈 때마다 그 권유의 소리를 듣고 꽃의 향기가 풍길 때마다 그 권유의 냄새를 맡다 보니 마침내 지금 내가 깨달을 수 있게 된 것은 기도의 유일한 형식으로서의 예찬뿐이야. 형언할 수 없는 사랑으로 가득 찬 마음으로 프란체스코 성인과 함께 하느님! 하느님! *e non altro*(오직 그것만을)[17]를 되풀이하고 있어.

그렇다고 해서 내가 무지몽매한 형제[18]가 되지 않을까 하고 걱정하지는 말아! 요즘 책을 많이 읽었어. 며칠 동안 비가 오신 덕택에, 나의 찬미를 책들 속에 접어 넣다시피한 거야. 말브랑슈[19]의 책을 독파하고 나서 곧장 라이프니츠의 「클라크에게 보내는 편지」를 읽기 시작했어. 그러고는 좀 쉬어 갈 생각으로 셸리의 「첸치」를 읽었는데 별 재미가 없었어. 「미모사 꽃」도 읽었지……. 네가 화를 낼지도 모르지만 지난해 여름에 우리가 함께 읽었던 키츠의 「송가」 네 편을 위해서라면, 나는 셸리와 바이런의 거의 모든 작품들을 다 내주어 버릴 수 있을 것 같아. 마찬가지로 보

17 아시시의 프란체스코 성인의 시에서 인용한 것이다.
18 *ignorantin*, 〈하느님의 성인 요한〉 교단의 수사들이 자신들을 겸손하게 부른 칭호.
19 Nicolas Malebranche(1638~1715). 프랑스의 철학자이자 신학자.

들레르의 소네트 몇 편을 위해서라면 위고 작품 전부를 다 내주어 버릴 거야. 〈위대한〉 시인이라는 말은 아무 의미도 없어. 중요한 것은 〈순수한〉 시인이 되는 거야…….
오, 제롬! 이 모든 것을 알고 이해하고 사랑하도록 해주어서 고마워.

……아니야, 며칠 동안 다시 만나는 즐거움을 위해서 네 여행을 단축시키지는 말아. 진지하게 생각해 보고 하는 말이지만, 아직은 우리가 서로 다시 만나지 않는 것이 좋아. 나를 믿어 줘. 네가 내 곁에 있게 된다 해도 나는 지금보다 더 너를 생각하지는 못할 거야. 네 마음을 괴롭게 하고 싶지는 않지만 나는 ― 지금은 ― 네가 여기 있는 것을 더 이상 바라지 않게 되었어. 솔직히 말할까? 만약 네가 오늘 저녁에 온다는 것을 내가 알게 된다면…… 나는 도망쳐 버릴 것 같아.

오! 제발 이…… 심정을 네게 설명해 달라고 하지는 말아 줘. 내가 알고 있는 건 오직 내가 너를 끊임없이 생각하고 있다는 것(너의 행복을 위해서는 이것만으로 충분할 거야), 그리고 나는 이대로 행복하다는 것, 그것뿐이야.

....

이 마지막 편지를 받은 뒤 얼마 안 되어, 그리고 이탈리아에서 돌아오자마자, 나는 징집영장을 받고 낭시로 이송되었다. 낭시에는 아는 사람 하나 없었지만, 나는 혼자가 된 것이 오히려 더 좋았다. 왜냐하면 그렇게 지냄으로써 연인으로서의 내 자존심에도 그렇고, 알리사에게도, 그녀의 편지가 나의 유일한 안식처라는 사실, 또 그녀의 추억이 롱사르의 표현처럼 〈나의 유일한 엔텔레키아〉[20]라는 사실이 한결 뚜렷하게 드러났으니 말이다.

사실 나는 우리에게 과해지는 상당히 힘든 규율도 무척 가벼운 마음으로 견뎌 냈다. 나는 모든 것에 대하여 단단히 마음먹고 대비했고, 알리사에게 쓰는 편지에서도 오직 함께 있지 못하는 것 외에는 아무런 불평도 하지 않았다. 심지어 우리는 이렇게 오랫동안 헤어져 지내는 것도 우리들의 용기에 어울리는 하나의 시련이라고 여겼다. 〈절대로 불평하지 않는 너, 마음 약해진 모습을 상상할 수 없는 너……〉라고 알리사는 편지에 썼다. 그녀의 말을 입증해 보이기 위해서라면 내가 무엇인들 견디지 못했겠는가?

우리의 마지막 재회 이후 거의 1년이 지났다. 그녀는 그것을 생각해 보지도 않는 것 같았고, 이제부터야 겨우 기다림을 시작하는 모양이었다. 나는 그러한 점을 들어 그녀를 나무랐다. 그녀는 이렇게 대답했다.

이탈리아에서도 나는 너와 함께 있지 않았니? 고마운 줄도 모르고! 나는 단 하루도 너와 떨어지지 않았어. 이제

20 〈영혼의 정수〉, 〈영혼의 완전무결한 상태〉, 나아가 〈능동적으로 작용하는 효과적 에너지〉를 의미하는 이 표현은 원래 아리스토텔레스가 사용한 것으로, 16세기의 프랑스 시인 롱사르Pierre de Ronsard가 그의 시 「카상드르의 사랑」에서 다시 원용했다.

한동안 내가 너를 따라가지 못하는 것을 좀 이해해 줘. 그리고 바로 이것이, 오직 이것만이 내가 〈이별〉이라고 부르는 거야. 나는, 정말이지, 군인이 된 너를 상상해 보려고 애쓰고 있어. 그런데 그게 잘 안 돼. 기껏, 저녁에 강베타 거리의 그 조그만 방에서 글을 쓰고 있거나 책을 읽고 있는 네 모습을 생각해 보는 것이 고작이야……. 아니, 심지어 그것마저 안 돼. 실제로는 1년 뒤에 퐁괴즈마르나 르아브르에서 너를 다시 만나게 되겠지.

1년! 이미 지나가 버린 날들은 헤아리지도 않아. 나의 희망은 천천히, 천천히 다가오고 있는 미래의 그날만 쳐다보고 있어. 기억하고 있겠지, 정원 저 안쪽, 발치에 바람을 피해 국화를 심어 놓은 나지막한 담장 말이야, 우리는 위험한데도 그 위로 올라가곤 했지? 쥘리에트와 너는 천국으로 곧장 걸어가는 회교도처럼 대담하게 그 위를 성큼성큼 걸어다니곤 했지. 그런데도 나는 몇 걸음 떼어 놓기만 해도 금방 현기증이 나서 네가 밑에서 소리쳤지. 〈발밑을 보지 말라니까……. 앞을 봐! 그대로 걸어가! 목표만 보고!〉 그리고 너는 드디어 — 너의 말보다 그게 더 효과적이었어 — 담 저쪽 끝에 뛰어 올라서서 나를 기다려 주었지. 그러면 나는 더 이상 떨리지 않았어. 더 이상 현기증도 나지 않았고……. 그저 너만 쳐다보았던 거야. 그리고 활짝 벌린 네 팔 안으로 뛰어들었지.

너를 믿는 마음이 없다면, 제롬, 나는 어떻게 될까? 나는 네가 굳세다는 것을 느껴야 해. 너에게 의지해야 해. 약해지지 마, 제롬.

일종의 도전적인 심정에서, 마치 좋아서 그러는 듯, 우리의 기다림을 질질 끌면서 — 또한 불완전한 재회가 되지 않을까 하는 두려움도 있고 해서 — 우리는 내가 새해 무렵의 며칠간의 휴가를 파리의 미스 애시버턴 곁에서 보내는 데 합의했다……

앞에서 이미 말했듯, 나는 그녀의 모든 편지를 여기에 다 옮겨 적는 것은 아니다. 다음은 2월 중순경에 내가 받은 편지다.

그저께 파리가(街)를 지나다가 M 서점 진열대에 아벨의 책이 버젓이 진열되어 있는 것을 보고는 무척 놀랐어. 전에 네가 언급하기는 했지만, 〈실제로〉 그렇게 될 거라고는 믿을 수 없었던 거지. 참을 수가 없어서 나는 서점 안으로 들어갔어. 하지만 그 책 제목이 어찌나 우스꽝스러운지 점원에게 말하는 것이 망설여졌어. 아무것이나 다른 책을 한 권 사 들고 나와 버릴까 하는 생각까지 했지. 그런데 마침 그 『교태』가 작은 무더기로 쌓인 채 계산대 옆에서 손님을 기다리고 있기에, 그중 한 권을 집어 들고는 1백 수를 던져 주고 나왔어. 덕분에 입을 열 필요도 없었지.
아벨이 내게 자기 책을 보내 주지 않은 건 정말 고마운 일이야! 얼굴을 붉히지 않고는 책장을 넘길 수가 없었어.

그 책 자체 — 요컨대 거기서 내 눈에 띈 것은 음란함이라 기보다는 오히려 어리석음이었으니까 — 때문이 아니라, 아벨이, 너의 친구인 아벨 보티에가 이 책을 썼다고 생각 하니까 창피했어. 나는 그 책의 한 페이지 한 페이지를 넘 기면서 『르 탕』[21]지의 평론가가 발견했다는 그 〈위대한 재 능〉을 찾아보려고 했지만 헛수고였어. 아벨을 곧잘 입에 올리는 우리 르아브르의 이 좁은 사교계에서 그 책이 대 단한 성공을 거두고 있다는 말을 듣고 있지. 이 인물의 치 유할 길 없는 경박함을 〈경쾌함〉과 〈우아함〉 같은 표현으 로 평하는 말도 듣고 있어. 물론 나는 조심스러운 유보적 인 입장을 유지하고 있고, 내가 읽은 것에 대해서는 오직 너에게만 말하는 거야. 처음에는 당연히 딱하다고 여기시 던 가엾은 보티에 목사님도 이제는 마침내 거기에 뭔가 자 랑스럽게 여길 만한 것이 있지 않나 하고 생각하게 되었 어. 그분 주위 사람들도 저마다 그분이 그렇게 생각하도록 애쓰고 있거든. 어제 플랑티에 고모 댁에서 V 부인이 불쑥 〈아주 기쁘시겠어요, 목사님! 아드님이 대단한 성공을 거 두셨으니!〉 하고 말하자 그분은 좀 당황해하면서 〈뭘요, 아직은 그 정도까진 아닌걸요……〉 하고 대답하더라. 그 런데 〈하지만 그렇게 될 거예요! 그렇게 될 거예요!〉 하고 고모가 말하자, 놀리려고 하는 말은 결코 아닌, 너무나도 응원하는 어조여서 모두가, 심지어 목사님 자신까지 웃어 대기 시작했어.

21 프랑스에서 1861년에 창간된 자유주의적인 유력 일간지.

그 「신 아벨라르」[22]라는 작품이 상연되면 대체 어떤 꼴이 될까? 그 무슨 불바르 극장 무대에 올리려고 아벨이 준비 중이라는 소문이 있고, 신문에서도 벌써부터 떠들어 대기 시작하는 모양인데! 가엾은 아벨! 그가 바라는, 그리고 그가 만족해할 성공이 정말 거기에 있는 걸까!

어제 『내면의 위안』[23]에서 이런 말을 읽었어. 〈진실하고 영원한 영광을 참으로 바라는 자는 일시적인 영광을 마음에 두지 않느니라. 마음속에서 일시적인 영광을 멸시하지 않는 자는 하늘의 영광을 사랑하지 않음을 스스로 드러내는 자이니라.〉 그리고 나는 생각했어. 〈하느님! 지상의 그 어떤 영광과도 비길 수 없는 이 하늘의 영광을 위하여 제 몫을 선택하여 주신 것을 감사하나이다.〉

몇 주일 몇 달이 단조로운 생활 속에 흘러갔다. 그러나 나의 생각이 오직 추억과 희망에만 매달려 있었던 때문인지, 나는 세월이 느리다든가 시간이 길다는 것을 별로 느끼지 못했다.

외삼촌과 알리사는 6월에, 마침 그 무렵 해산을 기다리고 있던 쥘리에트를 만나러 님 근처로 가게 되어 있었다. 그런데 좀 덜 좋은 소식이 와서 그들은 출발을 서두르게 되었다. 알리사는 다음과 같은 편지를 보내왔다.

22 아벨라르Pierre Abélard는 나이 어린 제자 엘로이즈Heloise를 사랑했다는 죄로 잔혹한 벌을 받은 중세의 신학자다.
23 수도사 토마스 아 켐피스Thomas a Kempis가 쓴 영적 이론서로, 1856년 〈그리스도를 본받아〉라는 제목으로 불역되어 큰 반향을 일으켰다.

르아브르로 부친 너의 마지막 편지는 우리가 막 그곳을 떠난 직후에 도착했어. 그 편지가 일주일이나 지나서야 겨우 이곳의 내 손에 들어오게 되었으니, 어찌 된 일일까? 한 주일 내내 나는 어딘가 허전하고 위축되고 불안하고 억눌린 마음이었어. 오! 제롬! 나는 오직 너와 함께 있을 때만 진정한 나이고 나 이상이 되는 거야…….

쥘리에트는 다시 건강해졌어. 우리는 하루하루 그 애의 해산을 기다리고 있는데, 별로 걱정은 안 해. 오늘 아침 내가 너에게 편지를 쓴다는 것을 쥘리에트도 알고 있어. 우리가 에그 비브에 도착한 다음 날, 그 애가 〈그래, 제롬은 어떻게 지내……. 여전히 편지해?〉 하고 묻는데…… 거짓말을 할 수도 없고 해서 그렇다고 했더니…… 〈다음번에 편지할 때는 이렇게 말해 줘……〉 하고는 잠시 망설이더니 곧 퍽이나 부드럽게 미소를 지으면서 〈내가 다 나았다고……〉 하더라. 언제나 즐겁기만 한 그 애의 편지에서 그 애가 행복한 척 연극을 하고 있는 것은 아닐까, 또 그러다가 저 자신도 그 연극에 말려드는 것은 아닐까 하고 좀 걱정이 되었어……. 그런데 지금 그 애에게 행복이 되어 주고 있는 것은, 전에 그 애가 꿈꾸던 것, 그 애의 행복을 좌우한다고 여겨지던 것과는 너무나 달라……. 아! 〈행복〉이라는 것은 어쩌면 이렇게도 영혼과 밀접하게 관련된 것일까. 그리고 밖에서 보기에 행복을 구성하고 있는 것처럼 여겨지는 요소들은 어쩌면 이렇게도 보잘것없는 것일까! 내가 〈황무지〉[24]의 외로운 산책에서 할 수 있었던 그 많은 생각들을 모조리 다 길게 늘어놓지는 않겠어. 다만 가장 놀랍게 여겨지는 것은 내가 더 이상 기쁘지 않다는 사실이 야. 쥘리에트의 행복이 나를 더없이 기쁘게 해야 마땅할 텐데 말이야⋯⋯. 왜 나의 마음은 나 자신도 물리칠 수 없는, 영문 모를 우울 속으로 빠져드는 것일까? 내가 느끼는, 아니 적어도 내가 확인할 수 있는 이 고장의 아름다움 그 자체가 나의 영문 모를 슬픔을 더해 주고 있으니⋯⋯. 네가 이탈리아에서 편지를 보내 주었을 때, 나는 너를 통해서 모든 것을 바라볼 수 있었어. 그런데 지금은 너 없이 나 혼자서 바라보는 모든 것을 마치 내가 너에게서 훔쳐 내고 있는 것만 같아. 결국, 퐁피즈마르나 르아브르에서는 궂은 날에 쓰려고 어떤 저항의 힘을 길러 두었는데, 여기서는 그 힘이 더 이상 통하지 않고 그것이 쓸모없게 되었다는 느낌 때문에 항상 불안한 거야. 이곳 사람들과 이 고장의 유쾌한 모습도 내겐 거슬려. 어쩌면 내가 〈슬프다〉고 하는 것은 그저 그들처럼 떠들썩하지 않은 것일지도 모르지⋯⋯. 아무래도 전에, 나의 기쁨에는 어떤 오만 같은 게 깃들어 있었던 것 같아. 지금 이 낯선 즐거움의 분위기 속에 섞여 있으면 어떤 굴욕감 같은 게 느껴지니 말이야.

이곳에 온 뒤로는 기도도 별로 드리지 못했어. 하느님도 이제는 전 같은 자리에 계시지 않는다는 어린애 같은 느낌이 들어. 안녕, 이제 여기서 그만 줄여야겠어. 이러한 신성 모독적인 말, 나의 나약한 마음, 나의 슬픔이 부끄럽고, 또

24 남프랑스의 덤불숲이 함부로 자라는 건조한 벌판을 가리킨다.

그것을 털어놓는 것, 또 만약 오늘 저녁에 집배원이 와서 가져가지 않는다면 내일은 찢어 버릴 것 같은 이런 편지를 네게 쓴다는 것이 부끄러워…….

그다음 편지에는 그녀가 대모가 될 조카딸의 출생과 쥘리에트의 기쁨, 외삼촌의 기쁨에 대해서만 이야기하고 있었고…… 그녀 자신의 감정에 대해서는 아무 말이 없었다.

그러고는 퐁괴즈마르에서 부친 편지들이었다. 7월에는 쥘리에트도 그곳으로 와서 함께 지냈다.

에두아르와 쥘리에트는 오늘 아침에 떠났어. 무엇보다도 내 귀여운 대녀가 떠나고 없어서 눈에 밟혀. 6개월 후에 다시 보게 될 때면 그 애의 몸짓들도 이미 알아보지 못하게 되겠지. 그 애가 지어 내는 몸짓들이면 거의 빠짐없이 다 지켜보았는데 말이야. 〈발육의 과정〉이란 언제 보아도 정말 신비스럽고 놀라워! 우리가 좀 더 자주 놀라워하지 않는 것은 주의력 부족 때문이야. 희망이 가득 찬 그조그만 요람을 굽어보며 얼마나 많은 시간을 보냈는지 몰라! 그 무슨 이기심, 자기만족, 그리고 최선에 대한 갈망의 결여 때문에 발달은 그토록 빨리도 정지되고 모든 피조물은 하느님으로부터 그토록 멀리 떨어진 곳에서 멈춰 버리는 것일까? 오! 그렇지만 우리가 좀 더 하느님께 가까이 갈 수 있고 더 가까이 가기를 원한다면…… 그건 얼마나 아름다운 경쟁이 되겠어!

쥘리에트는 매우 행복해 보여. 그 애가 피아노와 독서를 포기해 버리는 걸 보고 처음에는 가슴이 아팠어. 하지만 에두아르 테시에르는 음악도 좋아하지 않고 책에도 별로 취미가 없는걸. 남편이 함께 따라와 주지 않을 바에야 구태여 자신만의 즐거움을 고집하지 않겠다는 것이니 아마도 쥘리에트로서는 현명한 처신인 것 같아. 반대로 쥘리에트는 남편의 일에 흥미를 붙이고 있고, 남편도 자기의 모든 사업에 대해 그 애가 잘 알도록 해주고 있어. 사업이 올해 들어 크게 확장되었어. 르아브르에 중요한 고객이 생긴 것도 다 결혼 때문이라고 에두아르가 곧잘 농담을 해. 요전번 사업차 여행 때 로베르가 그와 함께 갔었어. 에두아르는 그 애에게 신경을 많이 써주고 있어. 자기가 그 애의 성격을 잘 이해한다고 장담하면서, 그 애가 이런 종류의 일에 진지하게 재미를 붙이게 될 거라고 기대하는 거야.

아버지도 훨씬 나아지셨어. 딸이 행복한 것을 보고 다시 젊음이 돌아온 거야. 농장이나 정원 일에 다시 재미를 붙이게 되셨어. 바로 조금 전에도 소리 내어 책 읽어 드리는 것을 다시 시작해 달라고 하셨어. 미스 애시버턴이랑 시작했다가 테시에르네 가족이 와 있는 통에 중단되었던 거야. 그런 식으로 두 분에게 읽어 드리고 있는 것은 휘브너 남작[25]의 여행기인데 나 자신도 퍽 재미를 느끼며 읽고 있어. 이제부터는 나도 스스로 독서할 시간이 좀 더 많아

25 Baron de Hübner(1811~1892). 『세계 일주 여행기』를 쓴 작가로, 파리 주재 오스트리아 대사이다.

질 것 같아. 하지만 네가 읽을 것을 좀 골라 주었으면 해. 오늘 아침에 여러 권이나 되는 책을 이것저것 뒤적거려 보았는데, 마음에 드는 책이라고는 단 한 권도 없더구나…….

알리사의 편지들은 이 무렵부터 점점 더 혼란스럽고 절박해져 갔다. 여름이 끝나 갈 때 그녀는 다음과 같은 편지를 보내왔다.

네가 불안해하면 어쩌나 염려스러워서, 도무지 내가 얼마나 너를 기다리고 있는지 다 말하지 못하겠구나. 너를 다시 만날 때까지 지내야 하는 하루하루가 무거운 짐이 되어 나를 억눌러. 아직도 두 달! 그 기간이 내겐 이미 너와 떨어져 지냈던 그 모든 시간보다도 더 긴 것 같아! 기다림을 잊어버리려고 애쓰면서 시도해 보는 것은 모두가 부질없는 일시적 방편으로 여겨져서, 나는 어떤 일에도 몰두할 수가 없구나. 책은 이제 아무런 감동도, 매력도 없고, 산책도 좋은 줄 모르겠고, 자연은 송두리째 위력을 잃었고, 정원도 퇴색하여 향기가 없어. 나는 차라리 너의 고된 사역, 끊임없이 너를 너 자신에게서 떼어 놓고, 너를 피곤하게 하고, 하루가 정신없이 지나가게 하여 마침내 저녁이 되면 지칠 대로 지친 너를 잠 속으로 던져 넣는, 너 자신이 선택한 것이 아닌 그 강제적인 훈련이 부러워지고 있어. 기동 훈련에 대해서 써 보낸 너의 감동적인 묘사가 내 머리에서 떠나질 않았어. 지난 며칠 밤, 통 잠을 못 이루었는

데, 잠결에 몇 번씩이나 기상나팔 소리를 듣고 펄쩍 뛰어
일어나곤 했어. 정말 나는 그 소리를 들었어. 네가 말하는
일종의 가벼운 도취감 같은 것, 아침의 그 희열, 거의 현기
증에 가까운 기분을 나도 잘 상상할 수 있어……. 새벽의
싸늘한 눈부심 속에서 그 말제빌 고원은 얼마나 아름다웠
을까……!

　며칠 전부터 몸이 좀 안 좋아. 오! 심각한 건 아냐. 그저
너를 좀 지나치게 기다리는 탓인가 봐.

여섯 주일 후에 다음과 같은 편지가 왔다.

　이것이 내 마지막 편지야, 제롬. 네가 귀환하는 날짜가
아직 확정되지 않았다고 하지만, 그 날짜가 마냥 미루어
지는 건 아닐 테니 말이야. 이제 너에게 더 이상 편지할 수
가 없을 거야. 너를 퐁괴즈마르에서 다시 만나면 좋겠지
만, 날씨가 나빠지면서 몹시 추운 관계로 아버지는 시내
로 돌아가자는 말씀밖에 안 하셔. 쥘리에트도 로베르도
집에 없는 지금 네가 우리 집에 머무는 건 조금도 어렵지
않지만, 아무래도 네가 펠리시 고모 댁에 가서 지내는 편
이 좋을 것 같아. 고모도 너를 다시 만나면 기뻐할 거고.
　우리가 다시 만날 날이 다가올수록 기다리는 마음이 점
점 더 불안으로 변해 가. 거의 두려움에 가까운 느낌이야.
그토록 바라고 바라던 너의 귀환을 나는 이제 두려워하고
있는 것 같아. 더 이상 그런 생각을 하지 않으려고 애쓰고

있어. 네가 누르는 초인종 소리, 층계를 올라오는 너의 발자국 소리를 상상하기만 해도 심장의 고동이 멈춰 버릴 것 같고 가슴이 꽉 막히는 것 같아……. 무엇보다도 내가 너에게 무슨 이야기를 할 거라는 기대는 말아 줘……. 나의 과거가 여기서 마침표를 찍는 느낌이야. 그 너머 저쪽에는 아무것도 보이지 않아. 나의 삶이 멈추고…….

그러나 나흘 뒤, 즉 나의 제대 일주일 전에 나는 극히 짧은 편지 한 통을 또다시 받았다.

제롬, 네가 르아브르에 체류하는 시간과 우리의 첫 재회의 시간을 너무 오래 끌려고 들지 않는다는 것에 나도 전적으로 동의해. 우리가 이미 편지로 주고받은 것 외에 또 무슨 할 말이 있겠어? 그러니 학교 등록 때문에 28일에 파리로 가야 한다면 망설이지 말고 가. 이틀밖에 함께 있지 못한다고 해서 섭섭하게 여기지도 말고. 우리 앞에 한 평생이 남아 있잖아?

제6장

우리가 첫 만남을 가지게 된 것은 플랑티에 이모님 댁에서였다. 군 복무 때문에 갑자기 내 몸이 무겁고 둔해진 느낌이었다……. 그에 이어서, 나는 그녀도 내가 변했다고 느꼈겠구나 하는 생각을 하기에 이르렀다. 그러나 우리 사이에 이처럼 거짓된 첫인상이 뭐 그리 중요한 일이겠는가? 나는 그녀의 옛 모습을 제대로 알아보지 못하면 어쩌나 걱정되어, 처음엔 그녀를 똑바로 쳐다보지도 못했다……. 아니었다. 정작 우리를 당황하게 만든 것은 오히려 사람들마다 우리에게 어이없는 약혼자로서의 역할을 강요하면서, 우리 둘만 남아 있게 하려고 서둘러 우리 앞에서 물러나 버리는 태도였다.

「아니 고모, 고모는 우리한테 전혀 방해되지 않아요, 우리끼리 해야 할 비밀 이야기 같은 건 아무것도 없어요.」 이모가 자리를 피해 주려고 속보이게 애쓰는 것을 보고 알리사가 참다못해 소리쳤다.

「천만에! 그렇지 않아, 애들아! 난 너희들 마음 너무나 잘 알아. 오랫동안 서로 못 보고 떨어져 있다 보면, 이것저것 할 얘기들이 태산 같은 거야…….」

「제발 부탁이에요, 고모. 고모가 나가시면 우리는 정말 불편해져요.」 이 말을 할 때 알리사의 어조는 거의 노여움에 가까운 것이어서, 그녀의 목소리가 맞나 싶을 정도였다.

「이모, 이모가 나가시면, 우리는 더 이상 한마디도 안 할 거니까 그런 줄 아세요!」 나는 웃으면서 말했지만, 둘만 남게 되면 어쩌나 하는 생각에 내게도 두려움이 밀려들었다. 그래서 세 사람 사이에 대화가 다시 이어졌지만, 그것은 억지로 즐거운 체하는, 저마다 불안을 속에 감춘 채 억지로 활기를 드러내는 김빠진 대화였다. 외삼촌이 점심 식사에 나를 초대했기 때문에 우리는 그다음 날 다시 만나게 되어 있었다. 그래서 그 희극을 끝내는 것이 오히려 다행스러워, 그 첫날 저녁에 우리는 별 어려움 없이 헤어졌다.

나는 식사 시간보다 훨씬 전에 찾아갔지만, 알리사는 어떤 여자 친구와 이야기를 나누고 있었다. 그녀는 차마 그 친구를 돌려보내지 못했고, 그 친구도 눈치 있게 돌아가 주지 않았다. 마침내 그 친구가 떠나고 우리 둘만 남게 되자, 나는 그녀가 그 친구를 점심 먹고 가라고 붙잡지 않은 것에 대해 짐짓 놀라는 척했다. 전날 밤잠을 설쳐서 피곤했던 우리는 둘 다 신경이 날카로워져 있었다. 외삼촌이 들어왔다. 내가 외삼촌이 늙으셨다고 생각하는 것을 알리사도 눈치챘다. 외삼촌은 귀가 어두워져 내 말을 잘 알아듣지 못했다. 내 말을 알아듣도록 큰 소리로 말할 수밖에 없었으므로 내 이야기는 뒤죽박죽이 되었다.

점심 식사 후, 플랑티에 이모는 약속했던 대로 마차로 우리를 데리러 왔다. 이모는 돌아오는 길에 그 코스의 그 가장 기분 좋은 부분을 알리사와 내가 둘이서 걷게 할 요량으로 오르세까지 태워다 주었다.

　계절치고는 날이 더웠다. 우리가 걷는 언덕길 부분은 햇볕이 내리쬐고 아무런 정취도 없었다. 나무들은 잎이 져서 쉴 그늘 하나 없었다. 이모가 기다리고 있는 마차로 빨리 가야 한다는 걱정에 마음이 급해진 우리는 무리하게 걸음을 재촉했다. 두통에 시달리는 머리로 나는 아무 생각도 해낼 수 없었다. 태연한 척하기 위해서였는지, 아니면 그렇게 하면 말하는 것을 대신할 수 있기 때문이었는지 알 수 없으나, 걸어가면서 나는 알리사가 내맡긴 손을 잡고 있었다. 흥분한 데다가, 빨리 걸어 숨이 차고, 침묵 때문에 어색해져서 우리의 얼굴은 피가 몰려 벌겋게 달아올랐다. 관자놀이의 핏줄이 펄떡거리는 것을 느꼈다. 알리사의 얼굴은 딱하다 싶을 정도로 상기되어 있었다. 그러자 이내 우리는 땀에 젖은 손을 서로 꼭 붙잡고 있다는 것을 깨닫고 거북해진 나머지 잡은 손을 풀고 각자 쓸쓸하게 손을 내려뜨렸다.

　너무 서둘러 왔던 탓인지, 우리에게 이야기할 시간을 주려고 다른 길을 거쳐서 아주 천천히 마차를 몰아온 이모의 마차보다 우리가 훨씬 먼저 네거리에 도착했다. 우리는 언덕 비탈에 주저앉았다. 갑자기 불어오는 찬바람에 오싹 한기가 들었다. 두 사람 다 땀에 흠뻑 젖어 있었기 때문이었다. 그래서 우리는 마차가 오는지 마중 가려고 일어섰다……. 그러나 최악의 문제는 이번에도 그 딱한 이모의 극성스러운 배려였다. 우리가 충분할 만큼 이야기를 나누었을 것으로 확신한 이모는 대뜸 우리의 약혼에 대해 묻기 시작했다. 참다못하여 두 눈에 눈물이 가득 고인 알리사는 두통이 심하게 난다고 핑계를 댔다. 돌아오는 동안은 줄곧 침묵이 이어졌다.

다음 날 잠이 깼을 땐 온몸이 뻐근하고 감기 기운이 느껴졌다. 나는 너무 몸이 아파서 오후가 되어서야 뷔콜랭 댁에 가볼 생각이 났다. 유감스럽게도 알리사는 혼자 있지 않았다. 펠리시 이모의 손녀들 중 하나인 마들렌 플랑티에가 와 있었다. 내가 알기로, 알리사는 흔히 그 애와 이야기를 나누는 것을 좋아했다. 그 애는 며칠 동안 제 할머니 댁에 와 있었는데, 내가 들어서자 소리쳤다.

「나중에 돌아갈 때 〈언덕〉으로 해서 가실 거면 같이 좀 가요.」

나는 무심코 승낙해 버렸다. 그 바람에 나는 알리사를 따로 만나 볼 수가 없었다. 하지만 그 귀여운 아이가 있는 것이 우리에게는 어느 면에서 도움이 되었다. 전날과 같은 그 견디기 힘든 어색함을 맛보지 않아도 되었던 것이다. 이내 우리 세 사람 사이에는 대화가 쉽게 이루어졌고, 처음에 내가 걱정했던 것처럼 알맹이 없는 이야기만은 아니었다. 내가 알리사에게 작별 인사를 하자 그녀는 묘한 미소를 지었다. 그때까지도 그녀는 다음 날이면 내가 떠난다는 것을 모르고 있는 것 같았다. 더구나 얼마 안 있어 다시 만나게 될 거라는 미래의 전망이 내 작별 인사에서 느껴질 수도 있었을 비장한 느낌을 지워 주는 것이었다.

그런데도 저녁 식사를 마친 다음 나는 막연한 불안감을 이기지 못해 다시 시내로 내려갔다. 그리고 뷔콜랭 댁의 초인종을 누르기로 마음먹기까지 한 시간가량이나 헤매고 다녔다. 문을 열어 준 것은 외삼촌이었다. 알리사는 몸이 불편하다면서 이미 자기 방에 올라갔는데, 아마 이내 잠자리에 들었을 거라고 했다. 나는 외삼촌과 잠시 이야기를 나누다가 곧 나와 버렸다…….

이처럼 어긋난 일들이 너무도 유감스러웠지만, 이제 와서 탓해 보아야 부질없는 일일 것이다. 설령 모든 일이 우리에게 유리하게 진행되었다 하더라도, 우리는 또 그런 서먹서먹한 느낌을 지어 냈을지 모른다. 그러나 알리사 역시 그런 서먹서먹함을 느꼈다는 사실이 무엇보다도 나를 가슴 아프게 했다. 다음은 내가 파리에 돌아온 즉시 받은 편지다.

제롬, 얼마나 슬픈 재회였던가! 그렇게 된 책임을 너는 남들에게 돌리는 것 같았지만, 너 자신도 꼭 그렇다고 확신하진 못했을 거야. 이제 나는 앞으로도 늘 그럴 거라고 생각하고, 또 그러리란 걸 알아. 아! 제발 부탁이니, 다시는 만나지 말자!

서로 할 이야기가 이토록 많은데, 왜 우리는 그런 어색한 느낌과 엉뚱한 자리에 와 있다는 감정, 그런 마비 상태와 침묵에 빠져 버리는 것일까? 네가 돌아온 첫날은 그 침묵 자체가 흐뭇했어. 그 침묵은 곧 사라질 것이고, 네가 나에게 멋진 이야기들을 들려줄 거라고 믿었으니까. 그러기 전에는 네가 떠날 수 없을 테니까.

그러나 오르셰에서의 음울한 산책이 침묵 속에서 끝나는 것을 보고, 특히 우리들의 손이 각자 서로의 손을 놓고 아무 희망 없이 축 내려뜨려졌을 때, 내 가슴은 비탄과 고통으로 무너져 내리는 것 같았어. 그러나 무엇보다 가장 마음 아팠던 것은 네 손이 내 손을 놓아 버렸다는 사실이 아니라, 혹시 네 손이 놓지 않았더라면 필경 내 손이 먼저 그렇게 했을 거라고 느껴지는 일이었어. 이미 내 손도 네 손 안에서 더 이상 즐겁지 않았으니까 말이야.

그 이튿날 — 바로 어제 — 아침나절 내내 나는 미친 듯이 너를 기다렸어. 집 안에 있기에는 너무나 마음이 뒤숭숭해서, 네가 방파제의 어디로 오면 나를 만나게 될지 알려 주는 말을 남기고 나왔어. 오랫동안 파도치는 바다를 바라보며 꼼짝 않고 있었지만, 너 없이 혼자서 바라보는 것이 너무 가슴 아팠어. 갑자기 네가 내 방에서 기다리고 있을 것만 같아서 집으로 돌아왔어. 오후에는 내가 혼자 있지 못하리라는 걸 알고 있었어. 그 전날 마들렌이 들르겠다고 했거든. 너와는 아침에 만날 것으로 생각하고 와도 좋다고 했던 거지. 하지만 우리가 이번 만남에서 유일하게 즐거운 시간을 가질 수 있었던 것은 어쩌면 마들렌이 와 있었던 덕분이 아닐까 해. 잠시 동안 나는 그 편안한 대화가 오래오래 계속될 것 같은 야릇한 환상에 사로잡혔어……. 그래서 내가 마들렌과 함께 앉아 있는 소파로 네

129

가 다가와, 내 쪽으로 몸을 굽히며 작별 인사를 했을 때, 나는 아무 대답도 할 수 없었어. 마치 모든 것이 끝나는 것 같았어. 갑자기, 네가 떠난다는 사실을 순간적으로 깨달았던 거야.

네가 마들렌과 함께 떠나자마자, 네가 떠난다는 것은 도저히 있을 수 없는 일이며, 참을 수 없는 일로 여겨졌어. 너, 그걸 아는지 몰라, 내가 다시 집에서 뛰쳐나왔다는 것을! 너와 더 이야기하고 싶었고, 너에게 하지 않았던 모든 이야기를 마침내 해주고 싶었던 거야. 벌써 나는 플랑티에 댁으로 달려가고 있었어……. 하지만 너무 늦었어. 시간이 없고, 용기도 없었어……. 암담한 심정으로 집으로 돌아와, 너에게 편지를 쓰기로 했어……. 이제는 더 이상 너에게 편지 쓰지 않겠다는…… 작별의 편지를……. 왜냐하면, 우리가 주고받은 편지들이 송두리째 다 한갓 거대한 신기루에 지나지 않는다는 것을 난 너무도 뚜렷이 느꼈기 때문에, 아! 슬프게도, 우리는 저마다 자기 자신에게 편지를 썼을 뿐이라는 것을, 그리고……. 제롬! 제롬! 아! 우리는 언제나 서로 멀리 떨어져 있었다는 것을!

나는 그 편지를 찢어 버렸어. 정말이야. 하지만 이제 또 다시 쓰고 있어. 거의 똑같은 편지를. 오! 내가 전보다 너를 덜 사랑하는 건 아니야. 제롬! 반대로, 네가 가까이 다가오기만 해도 느껴지는 마음의 혼란과 어색함을 볼 때, 나는 내가 얼마나 깊이 너를 사랑하는지 전에 없이 강하게 깨달았어. 하지만 그 사랑은 절망적인 것이었지 뭐야.

왜냐하면, 솔직히 고백하지만, 나는 너와 멀리 떨어져 있을 때 더욱 너를 사랑했으니까. 아, 슬프게도 나는 오래전부터 그렇지 않나 하는 의혹을 가졌었지. 그런데 결국 그렇게도 고대하던 우리의 이번 만남이 나에게 그걸 확인시켜 준 거야. 그리고 이건, 제롬, 너도 반드시 인정해야 해. 잘 있어. 너무도 사랑하는 제롬, 하느님이 너를 지켜 주시고 인도해 주시기를, 오직 하느님 곁으로만 우리는 안심하고 다가갈 수 있어.

그리고 이 편지만으로는 아직 나에게 충분할 만큼 괴로움을 주지 못했다는 듯이, 다음 날 그녀는 다음과 같은 추신을 달아 보냈다.

이 편지를 부치기 전에, 우리 두 사람에 관련된 것에 있어서 좀 더 조심성 있게 행동할 것을 부탁하고 싶어. 너와 나만 알고 있어야 할 것을 쥘리에트나 아벨에게 이야기함으로써, 너는 내게 얼마나 여러 번 상처를 주었는지 몰라. 바로 이런 점에서, 네가 짐작하기 훨씬 전부터, 나는 너의 사랑이 무엇보다 머리로 하는 사랑이고, 애정과 신뢰에 대한 대단한 지적 집착이라는 생각을 하게 되었어.

그녀는 내가 그 편지를 아벨에게 보여 주지 않을까 하는 걱정 때문에 이 마지막 몇 줄을 덧붙인 게 틀림없었다. 도대체 어떤 의심 많은 통찰력이 그녀로 하여금 그런 경계심을 갖게 만든 것일까? 전에 내가 했던 말 속에서 내 친구의 어떤 충고가 반영된 기미를 눈치챘던 것일까?

사실 나 자신도 이때부터 아벨과는 상당한 거리감을 느끼고 있었다! 우리는 서로 다른 길을 가고 있었던 것이다. 그래서 내 슬픔의 고통스러운 짐을 나 혼자 짊어지도록 하라는 그런 권고는 정말 불필요한 것이었다.

그 후 사흘 동안은 내겐 오로지 탄식뿐인 나날이었다. 나는 알리사에게 답장을 쓰고 싶었다. 그러나 너무 차근차근 따지는 논쟁이나 너무 격한 항변, 서투른 말 한마디 때문에 우리의 상처를 돌이킬 수 없을 정도로 자극하지 않을까 두려웠다. 내 사랑이 몸부림치는 편지를 나는 몇 번이나 고쳐 썼다. 결국은 부치기로 결심한 그 편지의 사본, 눈물로 얼룩진 그 편지를 오늘 다시 읽으려니 나도 모르게 눈물이 난다.

알리사! 나를, 아니 우리 두 사람을 불쌍히 여겨 줘……! 너의 편지는 너무도 내 마음을 아프게 해. 네가 걱정하는 것을 그저 웃어넘길 수만 있다면 얼마나 좋을까! 그래, 네가 편지에 쓴 모든 것을 나도 느끼고 있었어. 하지만 그렇게 생각하는 것이 두려웠어. 너는 한갓 상상에 지나지 않는 것에 얼마나 끔찍한 현실성을 부여하는지, 또 너와 나사이에서 그것이 얼마나 대단한 실체감을 갖도록 만드는지!

만약 네가 나를 전보다 덜 사랑한다고 느낀다면…… 아! 너의 편지 전체가 다 부인하고 있는 그 잔인한 가정은 내게서 멀리 치워 줘! 아니, 그렇다면 너의 일시적인 두려움 들쯤이야 뭐가 중요해? 알리사, 일일이 따져 보려고 들면, 내 말은 금방 얼어붙고 말아. 내 가슴속 흐느낌밖에 아무것도 들리지 않아. 약삭빠르게 생각하기에는 나는 너를 너무 사랑해. 그리고 너를 사랑하면 할수록 점점 더 어떻게 말해야 할지 모르겠어. 〈머리로 하는 사랑〉이라니…… 그 말에 대해 내가 뭐라고 대답하길 바라는 거야? 내 온 영혼을 다 바쳐 너를 사랑하는데, 어떻게 내가 내 머리와 가슴을 분간할 수 있겠어? 그러나 우리의 편지 왕래가 너의 가혹한 비난의 원인이 될 바에야, 다음에는 그 편지 왕래 때문에 현실 속으로 추락하여 그토록 혹독한 상처를 입을 바에야, 그리고 이제는 네가 나에게 편지를 쓴다 하더라도 그건 다만 너 자신에게 쓰는 편지일 뿐이라는 게 네 생각일 바에야, 그리고 이번 편지와 비슷한 또 다른 편지를 견뎌 내기에는 너무나 내 힘이 부칠 바에야, 제발 부탁이니, 우리 사이의 편지 왕래는 당분간 멈추기로 해.

이 편지의 이어지는 부분에서 나는 그녀의 판단에 항의하면서 그녀에게 생각을 다시 해보도록 호소했고, 다시 만날 약속을 해달라고 간청했다. 지난번 만남은 모든 것이 맞지 않았다. 그 무대 장치, 조연 배우들, 계절 ─ 그리고 우리의 만남에 대하여 신중하게 마음의 준비를 하지 못하게 만든 우리의 과열된 편지 왕래까지, 모두가 다 그랬다. 이번에 다시 만나기 전까지는 오직 침묵뿐이었으면 싶었다. 나는 우리

의 만남이 돌아오는 봄, 퐁괴즈마르에서 이루어지기를 바랐
다. 그곳에서라면 지난날의 추억도 나에게 유리하게 작용할
것으로 생각되었고, 외삼촌도 부활절 방학 동안, 길든 짧든
알리사가 적당하다고 생각하는 기간 동안 나를 반갑게 맞아
주실 것 같았기 때문이다.

　내 결심은 확고했다. 그래서 나는 편지를 부치고 나서 곧
바로 학업에 전념할 수 있었다.

*

　그해가 다 가기 전에 나는 알리사를 다시 만나게 되었다.
몇 달 전부터 건강이 악화되었던 미스 애시버턴이 크리스마
스를 나흘 앞두고 세상을 떠났다. 군에서 제대한 뒤 나는 다
시 그분과 함께 살았다. 나는 그분 곁을 거의 떠나지 않고 있
었기에 임종을 지킬 수 있었다. 알리사가 보낸 엽서를 받아
보고 나는 그녀가 나의 애도하는 심정보다 우리의 침묵의 맹
세를 더 마음에 두고 있다는 것을 알았다. 외삼촌이 참석하
지 못하기 때문에, 그녀는 자기가 대신 장례 때 잠시 다녀가
겠노라고 했다.

　장례식에서도, 그리고 영구를 따라갈 때도, 그녀와 나 둘
뿐이나 다름없었다. 우리는 나란히 걸으면서 겨우 몇 마디
말을 나누었을 뿐이다. 그러나 교회에서 그녀가 내 곁에 앉
아 있을 때, 나는 몇 번이나 그녀의 눈길이 내 위에 정답게
다가와 놓이는 것을 느꼈다.

「그럼 알겠지,」 헤어질 무렵 그녀가 말했다. 「부활절 전에는 아무것도…….」

「그래, 하지만 부활절에는…….」

「널 기다리고 있을게.」

우리는 묘지 입구에 있었다. 나는 그녀를 역까지 바래다주겠다고 했다. 그러나 그녀는 마차를 불러 세우고는, 작별의 말 한마디 없이 나를 남겨 두고 가버렸다.

제7장

「알리사가 정원에서 너를 기다리고 있다.」 4월 말 내가 퐁
괴즈마르에 도착하자 외삼촌은 아버지처럼 나를 껴안아 주
고는 이렇게 말했다. 처음에는 서둘러 마중하러 나오는 그녀
의 모습이 보이지 않아 실망했지만, 이내 재회의 첫 순간의
진부한 인사치레를 면하게 해준 그녀가 고마웠다.

그녀는 정원 저 안쪽에 있었다. 해마다 이 무렵이면 활짝
피어나는 라일락, 마가목, 금작화, 병꽃나무의 꽃 덤불로 잔
뜩 에워싸인 그 원형 교차로 쪽으로 나는 걸어갔다. 너무 멀
리서부터 그녀의 모습을 보지 않으려고, 아니, 내가 다가오
는 것을 그녀가 보지 못하게 하려고, 나는 정원의 다른 쪽으
로 나 있는, 나뭇가지들 아래 공기가 서늘한 그늘진 오솔길
을 따라갔다. 나는 천천히 걸어 나갔다. 하늘은 내 기쁜 마음
처럼 따뜻하고 찬란하고 아른아른하게 맑았다. 필시 그녀는
내가 다른 편 오솔길로 올 걸로 짐작하고 그쪽에서 기다리
는 것 같았다. 내가 그녀 가까이, 바로 그녀 뒤에까지 왔는
데, 그녀는 내가 다가오는 소리를 듣지 못한 모양이었다. 나

는 발길을 멈추고…… 시간도 나와 함께 발길을 멈춘 듯했다. 바로 이 순간이야말로 행복 그 자체에 앞선, 그리고 행복 그 자체도 미치지 못할 가치의 가장 감미로운 순간이라는 생각이 들었다…….

나는 그녀 앞에 무릎을 꿇고 싶었다. 나는 한 발 앞으로 나섰다. 그녀가 내 발소리를 들었다. 그녀가 갑자기 몸을 세웠다. 열심히 수놓던 것이 땅바닥에 뒹굴어도 그냥 내버려 둔 채, 내게 두 팔을 내밀고 양쪽 어깨 위에 손을 얹었다. 잠시 우리는 그렇게 서 있었다. 그녀는 두 팔을 내민 채, 미소를 띤 얼굴을 기울이고, 말없이 다정스레 나를 바라보았다. 그녀는 온통 새하얀 옷차림이었다. 지나치리만큼 진지한 그녀의 얼굴에서 나는 옛날의 그 앳된 미소를 되찾아 볼 수 있었다…….

「이봐, 알리사,」 나는 갑자기 큰 소리로 말했다. 「난 앞으로 열이틀 동안 휴가야. 하지만 네가 원하지 않는다면, 단 하루도 더 머물지 않겠어. 〈내일 퐁괴즈마르를 떠나야 해〉라는 의미의 무슨 신호를 하나 정해 두자고. 그럼 난 그다음 날로 어떤 항의도, 불평도 없이 떠날 거야. 어때, 괜찮아?」

미리 준비해 둔 말이 아니었으므로 말이 한결 쉽게 나왔다. 그녀는 잠시 생각하더니, 이렇게 말했다.

「저녁에 내가 식사하러 내려올 때, 네가 좋아하는 그 자수정 십자가를 목에 걸고 있지 않으면…… 알겠어?」

「그게 내 마지막 저녁이다 이거군.」

「그러나 네가 그냥 떠날 수 있으려나…….」 그녀가 말을 이었다. 「눈물도 없이, 한숨도 없이…….」

「작별 인사도 없이. 그 마지막 저녁에는 전날 저녁과 다름없이 아무렇지도 않게 너와 헤어질 거야. 얘가 제대로 깨닫질 못했나? 하고 처음엔 네가 의아해할 정도로 간단하게. 그러나 다음 날 아침에 네가 날 찾으면 나는 간단히 그 자리에 없을 거야.」

「다음 날엔 나도 널 더 이상 찾지 않을 거야.」

그녀가 나에게 손을 내밀었다. 나는 그녀의 손을 내 입술로 가져가면서 또 말했다.

「지금부터 그 운명적인 저녁까지는, 나에게 무언가를 예감케 하는 암시는 하지 않기야.」

「너도 그 뒤에 따르는 작별에 대한 그 어떤 암시도 하지 않기야.」

이제는 재회의 엄숙함이 우리 둘 사이에 자아낼 위험이 있는 서먹서먹한 분위기를 깨뜨릴 필요가 있었다. 내가 말을 이었다.

「네 곁에서 보내는 이 며칠이 다른 날들과 다름없는 것이었으면 정말 좋겠어……. 내 말은, 우리 두 사람 다 이 며칠 동안이 무슨 특별한 날들이라고 느끼지 않았으면 하는 거야. 그리고 또…… 우리가 처음부터 너무 기를 쓰고 이야기를 나누려고 하지 말았으면 해…….」

그녀가 웃기 시작했다. 나는 덧붙여 말했다.

「우리가 함께 해볼 만한 일이 뭐 없을까?」

전부터 언제나 우리는 정원 일을 즐겨 했었다. 얼마 전 본래 있던 정원사가 나가고 경험 없는 정원사가 오면서부터 두 달 동안이나 방치해 둔 정원에는 할 일이 많았다. 장미 나무들은 제대로 전지가 되어 있지 않았다. 그 가운데 기운 좋게 자라난 몇몇 나무들에는 죽은 나뭇가지가 자리를 차지하고 남아 있었다. 넝쿨을 뻗어 가는 또 다른 나무들은 제대로 받쳐 주지 않아 무너져 내리고 있었고, 극성스럽게 너무 자란 나무들은 다른 것들의 양분을 바닥내고 있었다. 대부분 우리가 전에 접붙여 놓은 것들이었다. 우리는 우리가 키운 놈들을 곧 알아보았다. 그 나무들이 필요로 하는 보살핌으로 오랫동안 골몰해 있었던 덕분에, 처음 사흘 동안 우리는 심각한 말은 전혀 하지 않고서도 많은 말을 할 수 있었고, 또 잠자코 있을 때도 침묵의 무게를 그다지 부담스러워하지 않을 수 있었다.

이렇게 하여 우리는 서로 예전 습관으로 돌아갔다. 나는 그 어떤 설명보다 이 익숙해지는 과정에 더 많은 기대를 걸고 있었다. 서로 헤어져 있던 기억 그 자체가 우리들 사이에서 지워져 가고 있었고, 내가 그녀에게서 자주 느끼곤 했던 그 두려움, 그리고 그녀가 나에게서 일어날까 봐 걱정하곤 했던 마음의 위축도 이미 줄어들고 있었다. 지난가을 서글픈 방문 때보다 더 앳된 인상의 알리사는 그 어느 때보다 더 아름다웠다. 나는 그때까지 그녀를 포옹해 본 적이 없었다. 저녁마다 나는 그녀의 블라우스 위에서, 가느다란 금줄에 매달린 작은 자수정 십자가가 반짝이는 것을 볼 수 있었다. 믿음이 생긴 내 마음속에서 희망이 되살아나고 있었다. 아니

희망이라니, 무슨 소리인가? 그것은 이미 확신이었다. 그리고 알리사에게서도 마찬가지로 느껴진다고 짐작되는 확신이었다. 사실 나는 나 자신에 대해 조금도 의심을 품지 않았기 때문에, 그녀에 대해서도 더 이상 의심할 수 없었던 것이다. 우리의 대화는 차츰 대담해져 갔다.

기분 좋은 공기가 미소처럼 떠다니고 우리의 가슴이 꽃처럼 활짝 피어나던 어느 날 아침, 나는 그녀에게 말한다. 「알리사, 이제 쥘리에트가 행복해졌으니, 우리도 이대로가 아니라…….」

나는 그녀를 바라보면서 천천히 말했다. 그런데 갑자기 그녀가 너무도 이상하리만큼 창백해지는 바람에, 나는 하던 말을 끝맺을 수가 없었다. 그녀는 내 쪽으로 눈길을 돌리지도 않고 말을 시작했다.

「제롬! 네 곁에서 나는 이보다 더 행복할 수 없다고 생각할 정도로 행복을 느끼고 있어……. 하지만 정말이지, 우리는 행복을 위해 태어난 게 아니야.」

「인간의 영혼이 행복보다 더 바랄 수 있는 것이 뭐지?」 내가 격렬하게 외쳤다. 그녀는 중얼거렸다.

「성스러움…….」 그녀의 목소리가 너무 낮아서 나는 그 말을 들었다기보다 차라리 짐작했다.

나의 모든 행복이 날개를 펼치고, 나에게서 벗어나 하늘로 날아가고 있었다.

「너 없이는 난 거기에 이르지 못해.」 나는 그녀의 무릎에 이마를 얹고, 슬픔 때문이 아니라 사랑 때문에, 어린애처럼 울면서 말을 이었다. 「너 없이는 못해, 너 없이는 못해!」

이윽고 그날도 다른 날들처럼 지나갔다. 하지만 그날 저녁 알리사는 그 작은 자수정 보석을 목에 걸지 않고 나타났다. 나는 충실하게 약속에 따라 다음 날 새벽에 떠났다.

그 다음다음 날, 나는 다음과 같은 이상한 편지를 받았는데, 그 편지 앞머리에는 제사(題詞) 삼아 셰익스피어의 시 몇 구절이 인용되어 있었다.

그 선율이 다시금 — 꺼질 듯 스러지는 선율이었네.
오, 제비꽃 핀 언덕 위를 스쳐
향기를 앗아 가고 싶어 오며
달콤한 남풍인 양, 내 귀에 들려왔네 — 됐어, 이제 그만,
이제는 전만큼 달콤하지 않네……. [26]

그래! 제롬, 아침에 줄곧 나도 모르게 너를 찾았어. 네가 떠났다고 믿을 수가 없었어. 네가 우리의 약속을 지킨 것이 원망스러웠어. 장난이겠지, 하고 생각도 해봤지. 덤불숲마다 그 뒤에서 네가 불쑥 나타날 것만 같았어. 그러나 웬걸! 네가 떠난 게 사실이야. 고마워.

그날의 나머지 시간에는 너에게 이야기해 주고 싶은 몇몇 생각들에 끊임없이 사로잡혀 있었어. 그리고 그 생각

26 셰익스피어의 희곡 「십이야」에서 오시노 공작의 노래.

141

들을 너에게 이야기해 주지 않는다면, 훗날 너에게 할 도리를 다하지 못했다는, 그래서 너의 비난을 받아 마땅하다는 느낌을 갖게 될 거라는, 기이하지만 뚜렷한 두려움에 사로잡혀 있었어…….

네가 퐁괴즈마르에 와 있던 처음 얼마 동안, 나는 네 곁에서 느끼는 내 온 존재의 그 이상한 충족감에 놀랐고, 곧이어 그 충족감이 불안하게 느껴졌어. 〈더 이상 아무것도 바랄 것이 없는 그러한 충족감!〉이라고 넌 말했지만, 아 슬프게도! 나를 불안하게 하는 것은 바로 그 충족감이야…….

제롬, 내 말뜻이 잘못 이해되지나 않을까 두렵구나. 무엇보다, 내 영혼의 더할 나위 없이 강렬한 감정적 표현에 지나지 않는 것을, 네가 무슨 미묘한 논리적 분석(오! 얼마나 어설픈 논리인가!)이라고 생각하지나 않을까 두려워.

〈충족시켜 주지 않는다면 그건 행복이 아닐 거야〉하고 너는 나에게 말했지, 기억나니? 난 무어라 대답해야 할지 몰랐어……. 아냐, 제롬! 그것이 우리를 충족시키진 못해, 제롬. 그게 우리를 충족시켜서도 안 돼. 환희로 가득한 그 충족감, 나는 그것을 진정한 것이라고 생각할 수 없어. 그 충족감이 어떤 비탄을 감추고 있는지, 지난가을 우리는 깨닫지 않았니……?

진정한 것이라니! 아! 그것이 곧 진정한 것이 되지 않도록 신의 가호가 있기를! 우리는 어떤 다른 행복을 위해서 태어났어…….

전에 우리가 주고받은 편지들이 지난가을의 재회를 망쳐 놓았듯이, 어제 너와 함께 있었던 기억이 오늘 내가 쓰는 이 편지의 김을 빼놓는구나. 너에게 편지 쓸 때마다 맛볼 수 있었던 그 황홀한 기쁨은 어디로 가버린 것일까? 편지를 씀으로써, 바로 곁에 있음으로써, 우리의 사랑이 바랄 수 있는 기쁨의 가장 순수한 몫을 우리가 완전히 바닥내 버린 거야. 그래서 이제 나는 나도 모르게 「십이야」의 오시노처럼 소리치는 거야. 〈됐어! 이제 그만! 이제는 전만큼 달콤하지 않네!〉라고 말이야.

잘 있어, 제롬, *Hic incipit amor Dei*(하느님의 사랑은 이로부터 시작되나니). 아! 내가 너를 얼마나 사랑하는지 네가 알기나 할까……? 언제까지나 나는 너의

알리사

미덕이라는 함정 앞에서 나는 무방비 상태였다. 온갖 영웅주의 심리가 나의 눈을 현혹시키며 나를 유인했다. 나는 사랑과 영웅주의를 구분하지 않고 있었으니까. 알리사의 편지는 더없이 무모한 열광으로 나를 도취시켰다. 내가 좀 더 많은 덕행을 쌓으려고 노력한 것은 오직 그녀를 위해서였다. 어떤 오솔길이라도 위로 올라가는 길이기만 하다면, 알리사가 있는 곳으로 인도해 줄 것 같았다. 아! 우리 두 사람만을 받쳐 주는 것이라면, 땅바닥이 제 아무리 갑작스레 좁아 든다 해도 상관없다! 아! 슬프게도 나는 그녀의 교묘한 속임수를 짐작도 하지 못했고, 높이 올라간 꼭대기에서 그녀가 다

시 내게서 빠져 달아날 수 있으리라고는 상상조차 하지 못했다.

나는 그녀에게 긴 답장을 썼다. 내 편지에서 어느 정도 통찰력을 보이는 단 한 구절만이 생각난다. 나는 그녀에게 이렇게 썼다.

〈종종, 내 사랑은 내가 마음속에 간직하고 있는 것들 중에서 최상의 것이라는 생각이 들어. 나의 모든 미덕은 사랑에 달려 있고, 사랑은 나 스스로를 초월한 곳으로 나를 드높여주는데, 만약 네가 없다면, 나는 지극히 평범한 본래 자리의 그 보잘것없는 위치로 다시 굴러떨어질 거라고 생각해. 너를 만난다는 희망만 있다면, 가장 가파른 좁은 길도 내게는 언제나 최상의 길로 보일 거야.〉

대체 내가 편지에 어떤 말을 덧붙였기에, 그녀가 다음과 같은 답장을 보내게 된 것일까?

아니, 제롬, 성스러움은 선택이 아니라 의무야(그녀의 편지에는 의무라는 말에 밑줄이 세 번 씩이나 그어져 있었다). 네가 만약 내가 생각했던 그 사람이라면, 너 또한 그 의무에서 벗어날 수 없을 거야.

그것이 전부였다. 여기서 우리의 편지 왕래는 끝나게 될 것이며, 아무리 교묘한 충고도, 아무리 집요한 의지도 아무 소용이 없을 것임을 나는 깨달았다. 아니 깨달았다기보다는 예감했다.

그래도 나는 애정에 넘치는 긴 편지들을 거듭 썼다. 내가 세 번째 편지를 보내고 나서 이런 쪽지가 왔다.

제롬,

내가 더 이상 너에게 편지 쓰지 않겠다고 무슨 결심 같은 걸 했다고는 생각하지 마. 단지 난 편지 쓰는 데 더 이상 흥미가 없어졌을 뿐이야. 그래도 네 편지들을 읽으면 여전히 즐거워. 하지만 내가 이 정도로까지 네 마음을 차지한다는 점에 대해 나는 점점 더 자책하게 돼.

여름도 멀지 않았구나. 당분간 편지 왕래는 하지 않기로 하고, 9월 후반 보름 동안 퐁괴즈마르에 와서 나와 함께 지냈으면 좋겠어. 그렇게 하겠니? 그렇게 한다면, 회답은 필요 없어. 너의 침묵을 승낙의 표시로 받아들일 테니까. 그러니 따로 나에게 답장은 하지 않았으면 해.

나는 답장하지 않았다. 분명 그 침묵은 그녀가 나에게 치르게 한 마지막 시험이었을 것이다. 몇 달 동안 공부를 하고, 이어 몇 주 동안 여행을 한 뒤 퐁괴즈마르에 돌아왔을 때, 나는 극히 평온하고 안정된 상태였다.

나 자신도 처음에는 잘 이해할 수 없었던 일을, 어떻게 간단한 이야기로써 단번에 독자들에게 이해시킨단 말인가? 그 이후 나를 완전히 무릎 꿇린 그 절망적 사건을 묘사하는 것 외에 내가 여기서 달리 무엇을 할 수 있겠는가? 그 당시 더할 나위 없이 억지로 꾸민 겉모습의 포장 이면에 여전히 사랑이 요동치고 있었다는 것을 눈치채지 못한 나 자신을 지금은 결코 용서할 수 없지만, 그 당시만 해도 우선 나는 그 겉모습밖에 볼 수 없었기에, 도무지 그녀의 옛 모습을 찾아볼 수 없다고 내 연인을 비난했으니 말이다……. 아니, 알리사! 그때도 나는 그대를 비난하지는 않았어. 그대 본래의 모습을 알아볼 수 없어서 절망하며 슬퍼했을 따름이야. 그대의 사랑이 이용했던 침묵의 술책과 그 잔인한 기교를 보고서 그대 사랑의 힘이 얼마나 대단한지 헤아릴 수 있게 된 지금, 지난날 그대가 혹독하게 내 마음을 아프게 했으면 했을수록 나는 그만큼 더 그대를 사랑해야 하는 것인가?

경멸? 냉담? 아니다, 극복해야 할 것은 아무것도 없었고, 맞서 싸울 아무런 대상도 없었다. 그래서 나는 가끔 주저했고, 혹시 나의 비참을 내가 지어내고 있는 건 아닐까 의심해보기도 했다. 그만큼 내 비참함의 원인이 미묘했고, 그만큼 알리사는 내 비참함이 도무지 이해되지 않는 체하며 교묘히 시치미를 떼고 있었다. 그러니 대체 나는 무엇을 한탄한단 말인가? 그녀가 나를 대하는 태도는 그 어느 때보다 상냥했다. 그녀가 그때보다 더 친절하고 싹싹했던 적은 한 번도 없었다. 첫날 나는 그녀의 그런 태도에 거의 속아 넘어갈 뻔했다……. 납작하게 졸라맨 그녀의 새로운 헤어스타일 때문에 표정마저 달라 보일 만큼 얼굴 윤곽이 딱딱해졌다 한들, 사실 그게 뭐 그리 대수로운 일이겠는가. 빛이 칙칙하고 촉감이 거친 천의 어울리지 않는 블라우스 때문에 그녀 몸매의

섬세한 곡선이 뒤틀린다 한들, 뭐 그리 대수로울까……. 그
런 것쯤이야 그녀가 고치지 못할 것도 아니니, 다음 날이라
도 당장, 그녀 스스로, 혹은 내가 청하기만 하면 고칠 거라고
무턱대고 나는 생각했다……. 그보다도 나는 우리 사이에 좀
처럼 그런 일이 없었던, 그녀의 그 상냥함과 친절함에 더 마
음이 쓰였다. 나로서는 거기서 자연스러운 충동보다는 어떤
결심이, 그리고 차마 말하기 어렵지만, 사랑보다는 예의가
더 드러나 보이는 것 같아서 걱정스러웠다.

저녁에 응접실로 들어서면서, 나는 늘 있던 자리에 피아노
가 놓여 있지 않은 것을 보고 깜짝 놀랐다. 내가 실망해서 외
치자, 알리사는 아주 태연한 목소리로 대답했다.
「피아노는 수리하러 보냈어, 제롬.」
「얘야, 내가 몇 번이나 말했니.」 외삼촌은 거의 정색을 하
고 나무라는 투로 말했다. 「지금까지 그런 대로 쓸 만했으
니, 제롬이 떠날 때까지 기다렸다가 고치러 보내지 그랬어.
네가 서두르는 바람에 큰 즐거움 하나를 잃었지 뭐냐…….」
「하지만 아버지, 정말, 요즘 들어 공허하게 울리는 소리가
심해져서 제롬도 잘 칠 수 없었을 거예요.」 붉어진 얼굴을 옆
으로 돌리며 그녀가 말했다.
「네가 칠 때는 그렇게 나쁜 것 같지 않던데그래.」 외삼촌
이 말했다.
그녀는 안락의자 덮개의 치수를 재는 데 몰두한 듯, 한동
안 그늘진 쪽으로 몸을 기울이고 있더니, 갑자기 방에서 나

가 버렸다. 그러고는 한참 뒤에야 저녁마다 외삼촌이 마시는 허브티를 쟁반에 받쳐 들고 다시 나타났다.

다음 날에도 그녀는 머리 모양이나 옷차림을 바꾸지 않았다. 그녀는 집 앞 벤치에 아버지와 함께 앉아서 이미 전날 저녁에 했던 바느질을, 아니 바느질이라기보다는 수선 작업을 다시 시작했다. 그녀는 자기 옆에, 벤치나 테이블 위에 낡은 스타킹과 양말이 가득 든 큰 바구니를 놓아두고 거기서 일감을 꺼내곤 했다. 며칠 뒤에는 일감이 냅킨이나 시트 같은 것들이었다……. 그녀는 그 일에 완전히 몰두한 모양이어서 그녀의 입술에서는 표현이, 그녀의 눈에서는 광채가 사라졌다.

첫날 저녁, 이젠 제대로 알아보기도 힘들 정도로 정취가 가신 그녀의 얼굴을 보고 거의 기겁을 한 내가 〈알리사!〉 하고 소리쳤다. 조금 전부터 나는 그녀의 얼굴을 뚫어지게 바라보고 있었는데도, 그녀는 내 시선을 의식하지 못하는 것 같았다.

「왜 그래?」 그녀가 고개를 들며 말했다.

「내 말이 들리는지 알고 싶었어. 네 생각이 내게서 너무 멀리 가 있는 것 같아서.」

「아냐, 난 여기 있어. 하지만 여간 집중하지 않고는 이 기우는 작업을 제대로 할 수가 없는걸.」

「네가 바느질하는 동안 책이라도 읽어 줄까?」

「제대로 들을 수 있을 것 같지 않은데.」

「왜 그렇게 정신을 쏟아야 하는 일을 골라서 하지?」

「누군가는 그 일을 해야 하니까.」

「그런 일을 생계 수단으로 삼는 가난한 여자들도 많이 있어. 하지만 절약을 하려고 그런 보람 없는 일에 기를 쓰고 매달리는 건 아니잖아?」

그녀는 곧 그보다 더 재미있는 일은 없으며, 자기는 오래 전부터 그 일 말고 다른 일은 하지 않았기 때문에, 다른 일에는 손놀림이 서툴어져 버린 것 같다고 잘라 말했다……. 그녀는 이야기하면서 줄곧 미소를 지었다. 그녀의 목소리는 어느 때보다 더 부드러웠지만 나는 그 때문에 가슴이 쓰릴 뿐이었다. 그녀의 얼굴은 마치 〈나는 당연한 얘기를 하고 있을 뿐인데, 너는 왜 그것 때문에 슬퍼하지?〉 하고 말하는 것 같았다. 마음속의 모든 항변은 입술까지도 올라오지 못한 채 목에 걸려 숨이 막혔다.

그 다음다음 날 우리는 장미꽃을 꺾었다. 그녀는 나에게, 그해에는 아직 한 번도 들어가 보지 못한 자기 방으로 꺾은 꽃들을 갖다 달라고 부탁했다. 그 부탁을 받자 나는 얼마나 큰 희망에 부풀어 올랐던가! 그때까지도 나는 아직 내 슬픔을 나 자신 탓으로 돌리고 있었으니까. 그녀의 말 한마디로 내 마음의 병이 다 나을 수도 있었다.

알리사의 방으로 들어설 때마다 나는 어김없이 가슴이 울렁거렸다. 그 방에는 무언지 모를 아늑한 평화가 고운 선율처럼 감돌고 있었고, 나는 그 속에서 알리사의 모습을 떠올릴 수 있었다. 창문들과 침대 주위에 친 커튼의 푸른 그늘, 반들반들한 마호가니 가구들, 정돈되고 정결하며 조용한 분위기, 그 모든 것들이 그녀의 순수함과 사려 깊은 우아함을 내 마음에 전해 주고 있었다.

그날 아침 나는 그녀의 침대 옆 벽에서, 내가 이탈리아에서 갖다준 마사초[27] 그림의 커다란 사진판 두 장이 걸려 있지 않은 것을 보고 놀랐다. 그 그림들을 어떻게 했느냐고 물어보려던 순간, 내 눈길은 바로 그 옆, 그녀가 즐겨 읽는 책들을 정돈해 둔 선반 위에 멈췄다. 그 작은 서가는 절반은 내가 그녀에게 준 책들로, 나머지 절반은 우리가 함께 읽은 다른 책들로 오랫동안 서서히 채워져 왔다. 그런데 그 책들이 모두 치워지고, 대신 그녀가 우습게만 여겼으면 좋을 것 같은, 저속한 신앙심의 너절한 소책자들만 빼곡히 들어차 있는 것을 보았다. 갑자기 눈을 드니, 웃고 있는, 그렇다, 나를 지켜보며 웃고 있는 알리사가 앞에 있었다.

「미안해,」 그녀가 곧 말했다. 「네 얼굴을 보고 웃었던 거야. 내 책장을 보곤 갑자기 얼굴을 심하게 찌푸리더라고…….」

나는 농담할 기분이 아니었다.

「아니, 정말, 알리사, 이게 요즘 네가 읽는 책들이야?」

「맞아, 뭘 그렇게 놀라니?」

「자양이 풍부한 양식에 길들여진 지성이라면, 이런 무미건조한 것들은 구역질이 나서 맛볼 수 없을 거라고 생각했

---

27 Masaccio(1401~1428). 이탈리아의 화가. 초기 르네상스 회화의 기초를 확립했다.

는데.」

「네 말을 이해할 수가 없구나.」 그녀가 말했다. 「여기 이 비천한 영혼들은 최선을 다해서 자기네 마음을 표현하면서 꾸밈없이 나와 얘기를 나누는 거야. 그래서 나는 그들과 함께 어울리는 것이 즐거워. 그들은 그 무슨 미사여구의 함정에 빠지는 일이 없을 것이고, 나 또한 그들의 책을 읽으며 그 무슨 세속적인 감탄에 빠져드는 일은 없을 거라는 걸 미리부터 잘 알고 있거든.」

「그러면 이젠 이런 책들만 읽어?」

「그런 셈이지. 그래. 몇 달 전부터 그래 왔어. 게다가 이제 책 읽을 시간도 많지 않아. 솔직히 말하자면, 아주 최근에 네가 나에게 감탄할 만하다고 가르쳐 준 위대한 저자들 가운데 한 사람의 글을 다시 읽어 보려 했더니, 내가 그만 〈제 키를 한 자 더 늘여 보려고 애쓰는〉[28] 성경에 나오는 사람과 같은 꼴이 되었지 뭐야.」

「너 자신에 대해 그런 괴상한 생각을 갖게 만든 그 〈위대한 저자〉가 누군데?」

「나에게 그런 생각을 갖게 만든 건 그 저자가 아냐. 그의 글을 읽다가 내가 그런 생각을 하게 된 거지…….. 바로 파스칼이었어. 아마 내가 별로 좋지 않은 대목을 읽었나 봐…….」

나는 답답하다는 몸짓을 했다. 그녀는 끝없이 다듬어 정리하고 있는 꽃 더미에서 눈을 들지 않은 채, 마치 학과 공부를 암송하듯 맑고 단조로운 목소리로 말했다. 어느 한순간

28 「마태복음」 6장 27절 참조.

그녀는 내 몸짓에 말을 끊더니, 이내 같은 어조로 계속했다.

「그토록 과장된 문체는 놀라울 뿐이야. 또 그 엄청난 노력도 그렇고. 그런데 막상 증명한 것은 별로 없잖아. 이따금 나는 그의 비장한 어조가 믿음의 결과라기보다는 회의의 결과가 아닐까 하는 의문을 갖게 돼. 완전한 믿음이란 그처럼 눈물을 흘리거나 목소리를 떠는 게 아니거든.」

「그 목소리를 아름답게 하는 건 바로 그 떨림, 그 눈물이야.」 나는 즉시 반박하려 했으나 용기가 없었다. 사실 알리사의 말 속에는 내가 그녀에게서 소중히 여기던 것을 조금도 찾아볼 수 없었던 것이다. 지금 나는 그녀의 말을 보기 좋게 논리적으로 다듬어 맞추지 않고, 그저 기억나는 대로 옮겨 적고 있을 뿐이다.

「만약 그가 현세의 삶에서 먼저 그의 기쁨을 비워 내지 않았더라면,」 그녀는 말을 계속했다. 「저울대 위에서 현세의 삶의 무게가 더 나갔을지도…….」

「무엇보다 더 나가?」 나는 그녀의 이상한 말에 어리둥절해서 말했다.

「그가 제시하는 불확실한 지복보다.」

「그럼 넌 그 지복을 믿지 않니?」 내가 소리쳤다.

「아무럼 어때!」 그녀가 말을 이었다. 「흥정한다는 혐의를 아예 지워 버릴 수 있도록, 나는 지복이 불확실한 상태였으면 좋겠어. 하느님을 사모하는 영혼이 덕행에 빠져드는 것은 보상에 대한 희망 때문이 아니라 타고난 고귀함 때문이야.」

「파스칼 같은 이의 고귀함이 은신처로 삼는 저 비밀스러운 회의주의는 바로 거기서 나오는 거지.」

「회의주의가 아니라 얀선주의[29]야.」 그녀가 미소 지으며 말했다. 「하지만 그게 나와 무슨 상관이야? 여기 있는 이 불쌍한 사람들은 — 그녀는 자기 책들 쪽을 돌아보았다 — 자기네가 얀선주의자인지, 정적주의자[30]인지, 아니면 다른 무엇에 속하는지 말하라면 아주 난처해할 거야. 이들은 바람에 불리는 풀잎처럼 악의도, 불안도, 아름다움도 모르는 채 하느님 앞에 고개를 숙이지. 그들은 자신을 보잘것없는 존재라고 여기고, 하느님 앞에서 자신을 지워 버림으로써만 겨우 어떤 가치를 갖게 된다는 걸 알고 있어.」

「알리사! 너는 왜 네 날개를 떼어 버리는 거지?」 내가 소리쳤다.

그녀의 목소리가 너무나 차분하고 자연스러워서, 나의 외침은 그만큼 더 우스꽝스러울 정도로 과장된 것으로 생각되었다.

그녀는 고개를 저으면서 다시 미소를 지었다.

「이번에 파스칼을 읽고서 내 머릿속에 남은 건 오직⋯⋯.」

「그래, 그게 뭐야?」 그녀가 말을 멈추기에, 내가 물어보았다.

「그리스도의 이런 말씀이야, 〈누구든지 제 목숨을 구원하

29 네덜란드 신학자 얀선이 창시한 교의로, 〈인간적 자유〉에 무게를 두는 예수회의 교의에 반대하여, 〈은총〉과 〈예정설〉을 중시했다. 파스칼은 그의 『레 프로뱅시알』에서 그 교의를 옹호한다.
30 신과 합일하여 영혼의 평안을 얻는 것을 기독교의 완전한 실천으로 삼는 사상인 정적주의를 믿는 사람.

고자 하면 잃을 것이요.〉」[31] 그녀는 더 크게 미소 지으며, 나를 똑바로 쳐다보면서 말을 이었다. 「그 나머지는 사실 나도 거의 이해할 수 없었어. 얼마 동안 이 작은 사람들과 어울려 지내다 보면, 큰 사람들의 숭고함은 이상하게도 금방 사람의 숨을 틀어막는 느낌이야.」

당황한 나머지 뭐라고 대답해야 할지 알 수 없어서였을까……?

「만약 오늘 내가 너와 함께 이 설교집들, 명상록들을 모두 읽어야 한다면…….」

「무슨 소리야.」 그녀가 말을 가로막았다. 「네가 이런 걸 읽고 있으면 나는 가슴이 아플 거야! 사실 너는 이런 것보다는 훨씬 더 훌륭한 것을 위해 태어났다고 난 생각해.」

그녀는 아주 간단하게 말하고 있었다. 이런 식으로 우리 두 사람의 삶을 갈라놓는 말들이 내 가슴을 갈기갈기 찢어 놓을 수 있다는 건 짐작조차 하지 못한 것 같았다. 내 머리가 불타는 듯 달아올랐다. 좀 더 이야기하고 싶고, 울고 싶은 심정이었다. 그녀가 내 눈물을 보았더라면 아마도 마음을 굽혔을지도 모른다. 그러나 나는 벽난로에 팔꿈치를 짚고 두 손에 이마를 묻은 채, 아무 말도 않고 있었다. 그녀는 내가 괴로워하는 걸 보지 못했는지, 아니면 못 본 척하는 건지, 조용히 꽃을 가지런히 하는 일만 계속했다…….

그때 식사를 알리는 첫 번째 종소리가 울렸다.

「이러다간 점심 먹을 채비도 못하겠네. 어서 먼저 가봐.」

31 「마태복음」 16장 25절.

그녀가 말했다. 그러고는 마치 지금까지는 그냥 장난삼아 해본 말이었을 뿐이라는 듯 내뱉었다.

「이 이야기는 나중에 또 하자.」

그 이야기는 다시 계속되지 않았다. 알리사는 자꾸만 나에게서 빠져나가곤 했다. 그녀가 피하는 것처럼 보이는 건 결코 아니었다. 그게 아니라 뜻하지 않게 생긴 할 일이 곧 훨씬 더 급박한 중요성을 가진 과제로 그녀에게 주어지는 것이었다. 나는 내 차례가 오기를 기다렸다. 그러나 끊임없이 생겨나는 집안일이라든가, 곳간에서 꼭 해야 하는 작업의 감독, 소작인들의 집을 방문하는 일, 그리고 그녀가 점점 더 관심을 쏟는 가난한 사람들의 집을 방문하는 일 등이 끝난 다음에야 내 차례가 돌아오는 것이었다. 결국 나에게는 얼마 되지 않는 나머지 시간만이 주어졌다. 나는 늘 그녀가 분주할 때의 모습밖에 볼 수 없었다. 그러나 어쩌면 그녀가 그런 자잘한 일들에 골몰하고 있을 때, 그리하여 내가 그녀의 뒤를 쫓아다니지 않게 되었을 때, 나는 자신이 얼마나 소홀한 대접을 받고 있는지를 그나마 덜 느낄 수 있었다. 조금만 그녀와 대화를 나누어 보아도 그 점을 더 확실히 깨달을 수 있었다. 알리사가 나에게 잠깐의 시간을 할애해 줄 때도 실제로 그것은 어설프기 짝이 없는 대화를 위해서였고, 그것도 어린애 장난을 받아 주듯 응하는 대화였다. 그녀는 무심하게 미소를 지으며 내 곁을 빨리 지나쳤고, 그럴 때면 나는 마치 일면식도 없는 사람보다 더 그녀가 내게서 멀어졌다는 느

낌을 받았다. 심지어, 그녀의 미소에는 가끔 무시하는 듯한
태도, 아니 적어도 비꼬는 듯한 태도가 보이는 것 같았고, 그
녀가 그런 식으로 내 욕망을 피하는 데 재미를 느끼는 게 아
닌가 하는 생각마저 들었다……. 그러다가는 곧, 이렇게 그
녀를 비난만 하고 있을 수는 없다 싶기도 하고, 또 내가 대체
그녀에게 무엇을 기대하는 것인지, 그녀에게서 무엇을 비난
할 수 있는지 더 이상 알 수가 없었으므로, 나는 모든 불만
을 나 스스로에게 돌리는 것이었다.

　이렇게 해서 그토록 크나큰 행복을 기대했던 날들이 흘러
가 버렸다. 나는 그날들이 사라져 가는 것을 망연히 바라보
고 있었을 뿐, 그날들을 늘려 보고 싶지도 않았고, 그 흐름을
늦추고 싶지도 않았다. 그만큼 그 하루하루는 나의 고통을
더하게 했다. 하지만 내가 떠나기 전전날, 알리사가 나를 따
라 폐광이 된 이회암 채굴 터의 벤치로 함께 왔을 때 — 안개
한 점 없는 지평선 저 끝까지 세세한 것들이 하나하나 파랗
게 물들어 분간되고, 과거의 가장 아른아른한 추억까지도
뚜렷이 생각나는 맑은 가을 저녁이었다 — 나는 원망하는
마음을 더 이상 억누를 수 없어, 어떤 행복을 잃었기에 지금
의 내가 이다지도 불행하게 되었는가를 말했다.
　「하지만 제롬, 내가 어떻게 할 수 있겠어?」 그녀는 즉시 대
답했다. 「지금 넌 어떤 환영한테 사랑에 빠져 있는 거야.」
　「아니, 환영이 아니야, 알리사.」
　「상상 속의 모습이야.」

「맙소사! 그 모습을 내가 만들어 내고 있는 게 아니야. 그녀는 내 연인이었어. 나는 그녀를 다시 부르고 있어. 알리사! 알리사! 그대는 내가 사랑하는 여인이었소. 그대는 그대 자신을 어떻게 한 거요? 대체 그대는 어떤 사람이 되어 버린 거요?」

그녀는 한동안 아무 대답도 없이, 고개를 숙인 채 천천히 꽃잎을 뜯고 있었다. 그러더니 이윽고 말했다.

「제롬, 왜 그전만큼 나를 사랑하지 않는다고 솔직히 털어놓지 않니?」

「그건 사실이 아니니까! 그건 사실이 아니니까!」 나는 화가 나서 소리 질렀다. 「내가 지금보다 너를 더 사랑한 적은 없었으니까.」

「지금의 나를 사랑하고…… 또 그러면서도 옛날의 나를 그리워하고!」 그녀는 미소를 지으려고 애쓰면서, 어깨를 약간 으쓱해 보이며 말했다.

「나는 내 사랑을 과거 시제로 생각할 수 없어.」

내 발밑에서 땅이 꺼져 내리는 듯했다. 그래서 나는 뭐든 손에 잡히는 것에 매달리고 싶었다…….

「사랑도 다른 것들과 함께 지나가 버릴 거야.」

「이런 사랑은 죽는 날까지 나와 함께 있을 거야.」

「그 사랑도 서서히 약해져 갈걸. 네가 아직도 사랑한다고 내세우는 알리사는 이제 너의 추억 속에서밖에 존재하지 않아. 언젠가 그녀를 사랑했었다는 추억만 남는 날이 올 거야.」

「너는 마치 내 마음속에서 다른 무언가가 그녀를 대신할

수 있다는 듯이, 마치 이젠 내 마음이 더 이상 사랑을 해서는
안 된다는 듯이 말하는구나. 너 자신이 날 사랑했었다는 것
이 이젠 기억도 나지 않니? 그렇지 않고서야 어떻게 이처럼
좋아라 하며 나를 괴롭힐 수 있어?」

나는 그녀의 핏기 없는 입술이 떨리는 것을 보았다. 그녀
는 거의 알아들을 수 없는 목소리로 중얼거렸다.

「아냐, 아냐, 알리사의 마음속에서 그건 변하지 않았어.」

「그렇다면 아무것도 변한 게 없잖아.」 나는 그녀의 팔을
잡으며 말했다.

그녀는 좀 더 자신 있게 말을 이었다.

「한마디면 모든 게 다 설명될 텐데, 왜 그 말을 터놓고 못
하니?」

「무슨 말?」

「나는 나이를 많이 먹었어.」

「시끄러워…….」

나는 곧, 나 또한 그녀만큼 나이를 먹었으며, 우리 둘의 나
이 차이는 전과 마찬가지라고 항변했다……. 그러나 그녀는
이제 마음을 가다듬었다. 유일한 기회의 순간이 지나가 버
렸다. 그리고 논쟁에 끌려들면서 나는 유리한 점을 송두리째
포기했다. 발밑이 꺼지는 것 같았다.

나는 그녀와 나 자신에 대해 불만을 품은 채, 이틀 뒤 퐁괴
즈마르를 떠났다. 그때 나는 내가 〈미덕〉이라고 부르는 것에
대한 막연한 증오와, 평소에 내 마음을 가득 채우고 있는 생

각에 대한 원망으로 가득 차 있었다. 이 마지막 만남에서, 나의 사랑을 너무 과장한 나머지, 내가 나의 열정을 송두리째 다 소모해 버린 것 같았다. 처음에는 알리사의 말 한마디 한마디에 내가 항변하고 나섰지만, 나의 항변이 잠잠해지고 나면 그녀의 말은 내 마음속에 생생하고 당당하게 남아 있었다. 그래! 분명 그녀의 말이 옳았어! 나는 환영에 지나지 않는 것을 애지중지했던 거야. 내가 사랑했던, 그리고 내가 아직도 사랑하고 있는 알리사는 이젠 존재하지 않아⋯⋯. 그래! 우리는 분명 나이를 많이 먹었어! 내 마음을 얼어붙게 한, 그 분위기가 가신 끔찍한 모습도 별것 아니었어. 따지고 보면 본래의 모습으로 돌아간 것에 불과했던 거야. 내가 서서히 그녀를 실제 이상으로 높은 곳에 올려놓고, 내가 좋아하는 모든 것으로 장식하여 그녀를 나의 우상으로 만들었지만, 그러한 나의 노력, 나의 피로에서 무엇이 남았는가⋯⋯? 본래의 그녀 자신으로 내던져지고 보니, 이내 그녀는 곧 자기 본래의 높이, 그 보잘것없는 높이로 되돌아와 버린 거야. 나 자신도 그 높이로 돌아왔지만, 그 높이에서 나는 더 이상 그녀를 원하지 않아. 아! 나 혼자만의 노력으로 그녀를 올려놓은 그 높은 곳으로 올라가 그녀와 함께하기 위하여 내가 바친 그 미덕의 힘겨운 노력은 얼마나 터무니없고 비현실적인 것인가? 조금이라도 자부심이 덜했던들, 우리들의 사랑은 수월했을 것이다⋯⋯. 그러나 이제 대상 없는 사랑 속에서 집착이 무슨 의미가 있겠는가. 그것은 고집을 세우는 것일 뿐, 더 이상 일편단심이 아닌 것이다. 대체 무엇에 대한 일편단심일까? 과오에 대한 일편단심. 가장 현명한 길은 나 스스로 잘못 생각했음을 인정하는 것이 아닐까……?

그러던 차에 나는 아테네 학원[32]에 추천을 받고, 별다른 야심이나 흥미도 없이, 단지 떠난다는 생각에, 도피라는 생각에 마음이 끌려 당장 거기에 들어가기로 했다.

32 L'École française d'archéologie d'Athènes. 고대 그리스의 언어, 역사, 유적에 대한 연구의 진흥을 목적으로 아테네에 설립된 대학 교육 연구 기관으로, 프랑스의 국외 교육 기관 조직에 속한다.

제8장

그런데도 나는 또다시 알리사를 만났다……. 3년의 세월
이 흐른 뒤 여름이 끝나 갈 무렵이었다. 그 열 달 전에 나는
그녀의 편지로 외삼촌이 별세하셨다는 것을 알게 되었다. 당
시 내가 여행 중이었던 팔레스타인에서 꽤 긴 편지를 보냈지
만, 아무런 답장도 오지 않았다…….

르아브르에 있던 내가 어떤 구실로 자연스럽게 퐁괴즈마
르까지 가게 되었는지 지금은 기억나지 않는다. 나는 알리사
가 거기에 있다는 것을 알고 있었지만, 그녀가 혼자 있지 않
으면 어쩌나 하고 걱정이 되었다. 나는 그곳에 간다는 것을
알리지 않았다. 보통 때 방문하는 것처럼 찾아가는 것이 싫
어서, 나는 애매한 기분으로 걸음을 옮기고 있었다. 들어갈
까? 아니면 차라리 그녀를 만나지 말고, 또 만나려 하지도
말고, 그냥 돌아서 버릴까……? 그래, 그러자, 그냥 가로수
길이나 산책하다가, 어쩌면 요즘도 그녀가 와서 앉곤 할지
도 모르는 벤치에 가 앉아 보기나 하자……. 그리고 나는 벌
써, 내가 다녀간 뒤, 그녀에게 내가 왔다 갔다는 것을 알리려

면 어떤 표시를 남겨야 할까 궁리하고 있었다……. 그런 생각을 하면서 나는 천천히 걸었다. 그녀를 만나지 않기로 결심하고 나자, 내 마음을 죄어 오던 쓰라린 슬픔은 감미로울 정도의 우수로 바뀌었다. 나는 벌써 가로수 길에 이르렀다. 행여 들키지나 않을까 염려되어, 나는 농가의 안마당을 경계 짓는 둑을 따라 길 가장자리로 걸었다. 나는 정원 안을 내려다볼 수 있는 둑의 한 지점을 알고 있었다. 그곳으로 나는 올라갔다. 내게는 낯이 선 어떤 정원사가 갈퀴로 오솔길 청소를 하는가 싶었는데, 곧 내 시야에서 사라졌다. 새로 세운 울타리가 안마당을 둘러싸고 있었다. 지나가는 내 발소리를 듣고 개가 짖었다. 좀 더 나아가 가로수 길이 끝나는 곳에서 오른쪽으로 돌자 정원의 담이 나타났다. 그리고 이제까지 걸어온 가로수 길과 평행으로 늘어선 너도밤나무 숲으로 들어서려다가, 채소밭의 작은 문 앞을 지나는 순간, 문득 그 문을 통해서 정원 안으로 들어가 볼까 하는 생각이 들었다.

문은 닫혀 있었다. 그러나 안의 빗장이 그리 단단하지 못해서, 어깨로 한 번 밀치기만 해도 부서질 것 같았다……. 바로 그때 발소리가 들렸다. 나는 담이 쑥 들어간 곳에 몸을 숨겼다.

정원에서 나오는 사람이 누구인지 나는 볼 수가 없었다. 그러나 발소리를 듣고서 그것이 알리사라는 것을 알았다. 그녀는 몇 걸음 앞으로 나오더니 힘없이 불렀다.

「너니, 제롬……?」

격렬하게 고동치던 나의 심장이 멎고, 목이 죄어 한마디 말도 나오지 않았다. 그녀는 좀 더 큰 소리로 되풀이했다.

「제롬! 너지?」

그녀가 이렇게 나를 부르는 소리를 듣자, 너무도 벅찬 감동이 온몸을 죄어 와, 나는 무릎을 꿇고 주저앉고 말았다. 여전해 내가 대답을 하지 않자, 알리사가 몇 걸음 걸어 나와 담을 빙 돌았고, 나는 문득 그녀가 내게 와 닿는 것을 느꼈다. 당장 그녀를 보기가 두려운 듯 팔로 얼굴을 감싼 내게 그녀는 잠시 몸을 굽힌 채로 있었고, 나는 그녀의 가냘픈 두 손에 키스를 퍼부었다.

「왜 숨어 있었어?」 그녀는 3년 동안의 이별이 불과 며칠에 지나지 않는다는 듯이, 아무렇지도 않게 말했다.

「어떻게 난 줄 알았어?」

「너를 기다리고 있었어.」

「나를 기다렸다고?」 나는 너무도 놀라 그녀가 한 말을 되풀이해 물을 수밖에 없었다……. 내가 여전히 무릎을 꿇고 있자, 그녀가 말했다.

「벤치로 가자. 그래, 나는 한 번 더 너를 만나게 될 줄 알았어. 난 사흘 전부터 저녁마다 이곳으로 와서 오늘 저녁에 그랬듯이 너를 부르고 있었어……. 왜 대답을 하지 않았어?」

「네가 그렇게 갑자기 내 앞에 나타나지 않았더라면, 난 너를 보지 못하고 떠났을 거야.」 당장 기절할 것만 같았기에 감정을 억제하려고 긴장하며 나는 말했다. 「그저 르아브르를 지나다가, 가로수 길을 좀 걸어 보고, 정원 주위도 돌아보고, 요즘도 네가 와서 앉곤 할 것 같은 이회암 채굴 터의 벤치에서 잠시 쉬어 갈까 했던 거야. 그러고는…….」

「내가 사흘 전부터 저녁마다 여기 와서 무엇을 읽었는지
봐.」 그녀는 내 말을 가로막으며, 편지 한 묶음을 내밀었다.
내가 이탈리아에서 그녀에게 보낸 편지들이라는 것을 한눈
에 알 수 있었다. 나는 눈을 들어 그녀를 쳐다보았다. 그녀는
놀라울 정도로 변해 있었다. 야위고 파리해진 그녀의 모습이
너무도 내 가슴을 아프게 죄어 왔다. 내 팔에 의지하여 기댄
채 그녀는 무섭다는 듯, 춥다는 듯 내게 바짝 붙어 있었다.
아직 복상 중이라 모자 대신 머리 위에서부터 얼굴까지 둘러
싼 검은 레이스 때문에 그녀는 더욱 파리해 보였다. 그녀는
미소를 짓고 있었지만, 금방이라도 기절해 쓰러질 것 같았
다. 나는 요즘 그녀가 퐁괴즈마르에 혼자 있는지 어떤지 알
고 싶어 조바심이 났다. 아니었다. 로베르가 함께 있다는 것
이었다. 8월에는 쥘리에트와 에두아르, 또 그들의 세 아이들
이 와서 함께 지내고 갔다고 했다……. 우리는 벤치에 이르
렀다. 나란히 앉았다. 그리고 얼마 동안 우리의 대화는 여전
히 평범한 소식을 주고받는 것으로 이어졌다. 그녀는 내 공
부에 대해 물어보았다. 나는 별로 내키지 않는 기분으로 대
답했다. 내가 공부에 더 이상 흥미를 느끼지 못한다는 것을
그녀가 눈치챘으면 싶었다. 그녀가 나를 실망시켰듯이 나도
그녀를 실망시키고 싶은 심정이었다. 내 뜻대로 되었는지 어
떤지는 모르겠지만, 그녀는 전혀 그런 내색을 하지 않았다.
나는 원한과 동시에 사랑으로 가슴이 터질 듯해서, 최대한
쌀쌀하게 말하려고 애썼지만 이따금 격한 감정에 목소리가

떨리는 것이 싫었다.

　얼마 전부터 한 조각 구름에 가려 있던 석양이 거의 우리 맞은편 지평선에 닿을락 말락하게 다시 나타나서, 텅 빈 들판을 전율하는 광채로 뒤덮고, 우리의 발아래 펼쳐진 좁은 골짜기를 갑작스럽게 범람하는 빛으로 가득 채우더니 이윽고 사라졌다. 나는 눈이 부셔 말없이 앉아 있었다. 나는 일종의 황금빛 황홀감이 또다시 나를 감싸며 속으로 파고드는 것을 느꼈다. 그 황홀감 속에서 어느덧 원망하는 마음은 자취도 없이 사라지고, 내 안에서 들리는 것은 오직 사랑의 소리뿐이었다. 몸을 구부려 내게 기대고 있던 알리사가 일어섰다. 그녀는 웃옷에서 얇은 종이에 싸인 작은 꾸러미를 꺼내더니, 내게 내밀려다가 어쩐지 마음을 정하지 못한 듯 멈추어 버렸다. 내가 의아해서 쳐다보자, 그녀가 말했다.

　「자, 제롬, 이거, 내 자수정 십자가야. 오래전부터 너에게 주고 싶어서, 사흘 전부터 저녁마다 가지고 나왔어.」

　「그걸 나더러 어쩌라고?」 나는 아주 퉁명스럽게 물었다.

　「나에 대한 추억으로 네가 간직했다가, 네 딸에게 줘.」

　「딸이라니?」 무슨 말인지 몰라 나는 그녀를 쳐다보며 소리쳤다.

　「잠자코 내 말을 들어 봐, 부탁이야. 아니 나를 그렇게 쳐다보지 마. 나를 쳐다보지 마. 그러지 않아도 말하기가 너무 힘들어. 하지만 이것만은 꼭 이야기하고 싶었어. 이것 봐, 제롬, 언젠가 너도 결혼하겠지……? 아니, 대답하지 마, 내 말을 막지 말아 줘, 부탁이야. 나는 단지 내가 널 무척이나 사랑했다는 걸 잊지 않기를 바랄 뿐이야, 그리고…… 벌써 오래전부터…… 3년 전부터…… 네가 좋아하던 이 작은 십자가를, 언제가 네 딸이 나에 대한 기념으로 목에 걸었으면 하는 생각을 했지. 아! 그것이 누구 건지도 모르면서 말이야…….
그리고 어쩌면 네가 그 애에게…… 내 이름을 붙여 줄 수도 있을 거라고…….」

그녀는 목이 메어 말을 멈췄다. 나는 거의 적의에 찬 어조로 소리쳤다.

「왜 네가 직접 주지 않고?」

그녀는 말을 계속하려고 애썼다. 그녀의 입술은 흐느껴 우는 아이의 입술처럼 떨고 있었다. 하지만 울지는 않았다. 눈빛이 발하는 놀라운 광채로 인하여 그녀의 얼굴은 어떤 초인적인, 천사 같은 아름다움으로 넘쳐 나고 있었다.

「알리사! 대체 내가 누구하고 결혼하겠어? 내가 너밖에 사랑할 수 없다는 건 너도 잘 알잖아…….」 그리고는 갑자기 정신없이, 난폭할 정도로 그녀를 껴안으며, 나는 그녀의 입술에 키스를 퍼부었다. 한동안 내게 몸을 내맡긴 듯, 반쯤 몸을 뒤로 젖힌 채 내게 밀착해 있는 그녀를 꼭 껴안았다. 나는 그녀의 눈길이 흐려지는 것을 보았다. 이윽고 그녀의 눈꺼풀이 감겼다. 그리고 비할 데 없이 정확하고 아름다운 목소리로 그녀가 말했다.

「우린 서로를 불쌍히 여겨야 해, 제롬! 아! 우리의 사랑을 손상시키지 마.」

어쩌면 그녀는 또 이렇게 말했는지 모른다. 「비겁한 짓은 하지 마!」 아니 어쩌면 나 자신이 혼잣말을 했는지도 모른다. 지금은 더 이상 모르겠다. 아무튼 나는 갑자기 그녀 앞에 무릎을 꿇고, 경건한 자세로 그녀를 두 팔로 감싸면서 말했다.

「그렇게도 나를 사랑했다면, 어째서 넌 언제나 나를 밀쳐 냈어? 이것 봐! 나는 우선 쥘리에트가 결혼하기를 기다렸어. 너 또한 그 애가 행복해지기를 기다린다는 걸 나도 알고 있었어. 그녀는 이제 행복해. 그렇게 말한 건 너 자신이야. 오랫동안 나는 네가 계속해서 아버지를 모시고 살고 싶어 한다고 생각했지. 하지만 이젠 우리 둘뿐이잖아?」

「아! 지난 일을 아쉬워하진 말자.」 그녀는 중얼거렸다. 「이제 난 미련 없이 다 잊었어.」

「아직 늦지 않았어, 알리사!」

「아냐, 제롬, 이제는 늦었어. 사랑을 통해 우리가 서로에게 사랑 이상의 것을 엿보게 된 날부터 늦어 버린 거야. 제롬, 네 덕분에 내 꿈은 너무도 높이 올라가서, 인간적인 만족은 그 꿈을 추락시켜 버리고 말아. 나는 종종 둘이서 같이 살았다면 그건 어떤 삶이었을지 생각해 봤어. 우리의 사랑이 더 이상 완전하지 못해지는 순간부터, 난 더 이상 견뎌 내지 못했을 거야…… 우리의 사랑을.」

「다른 한쪽이 없는 우리 삶이 어떤 것일지 생각해 봤어?」

「아니! 전혀.」

「이젠 너도 알겠지! 너 없이 3년 동안 난 힘들게 방황했어…….」

저녁이 오고 있었다.

「추워.」 그녀는 일어서더니, 내가 그녀의 팔을 다시 잡을 수 없을 정도로 숄을 바싹 잡아당겨 몸을 감싸면서 말했다. 「우리를 불안하게 하던, 또 우리가 제대로 이해하지 못할까 봐 걱정하던 성경 구절을 기억하고 있겠지. 〈그들은 그들에게 약속된 것을 받지 못하였으니, 이는 하나님이 우리를 위하여 더 좋은 것을 예비하셨기에…….〉」[33]

「넌 여전히 그 말을 믿니?」

「믿어야 해.」

우리는 얼마 동안 말없이 나란히 걸었다. 그녀가 다시 말을 이었다.

「상상이 되니, 제롬, 〈더 좋은 것〉!」 돌연 그녀의 눈에서 눈물이 솟구쳤다. 그런데도 그녀는 되풀이해서 말했다. 「〈더 좋은 것〉!」

다시 우리는 조금 전에 그녀가 나왔던 채소밭의 작은 문에 이르렀다. 그녀는 나를 돌아보며 말했다.

「잘 가! 아니, 더 이상 이리로 오지 마. 잘 가, 내 어여쁜 사랑, 이제부터 시작되는 거야……. 더 좋은 것이.」

잠시 그녀는 나를 바라보았다. 나를 붙잡으면서 동시에 밀쳐 내면서, 팔을 뻗어 내 어깨에 두 손을 얹고, 형언할 길 없는 사랑이 가득 찬 눈으로…….

33 「히브리서」 11장 39~40절.

문이 닫히자, 그리고 그녀가 등 뒤로 빗장을 지르는 소리
가 들리자, 감당할 수 없는 절망감에 사로잡혀 나는 그만 그
문짝 앞으로 퍽 쓰러졌다. 그리고 오랫동안 어둠 속에서 눈
물을 흘리며 흐느꼈다.

　그러나 내가 그녀를 붙잡았더라면, 그러나 억지로라도 문
을 밀고 들어갔더라면, 그러나 어떻게 해서든 집 안으로 들
어갔더라면 ― 하긴 내가 들어가지 못하도록 집의 문을 닫
아 놓지도 않았을 테지만 ― 아니다, 옛날로 되돌아가서 그
모든 과거를 되살려 보는 지금도…… 아니다, 나로서 그것은
불가능한 일이었다. 그리고 지금 나를 이해하지 못하는 사
람은 그때에도 내 심정을 이해하지 못했을 것이다.

　견딜 수 없는 불안감에 사로잡혀 나는 며칠 후 쥘리에트
에게 편지를 썼다. 나는 그녀에게 나의 퐁괴즈마르 방문에
대해 이야기했고, 알리사의 창백하고 야윈 모습에 무척 놀랐
다고 말했다. 나는 쥘리에트에게 그 점에 대해 신경을 써줄
것을 당부했고, 이제 알리사 자신에게서는 소식을 기대할 수
없으니 대신 소식 전해 달라고 부탁했다.

　그 후 한 달이 채 못 되어 다음과 같은 편지를 받았다.

　그리운 제롬,

　아주 슬픈 소식을 전해야겠어. 우리의 가엾은 알리사는
이제 이 세상에 있지 않아……. 아, 슬프게도! 오빠가 편지
에서 말했던 걱정은 정말 근거가 있었던 것이었어. 몇 달
전부터 언니는 이렇다 하게 어디가 아픈 것도 아니면서 점

점 쇠약해져 갔어. 그래서 언니는 내 간청에 못 이겨 르아
브르의 A 박사에게 진찰을 받기로 했지. 그 후 A 박사로
부터 편지가 왔는데, 전혀 심각한 병은 아니라고 했어. 그
러나 오빠가 들렀다 간 지 사흘 뒤에 언니는 갑자기 퐁괴
즈마르를 떠나 버렸어. 로베르의 편지를 받고서야 나는 언
니가 떠난 것을 알게 되었어. 언니가 나에게 편지를 쓰는
건 아주 드문 일이어서, 로베르가 아니었으면 난 언니가
집을 나간 것도 까맣게 몰랐을 거야. 언니에게서 소식이
없다고 해서 금방 불안해지는 않았을 테니까. 언니가
그렇게 떠나도록 그냥 내버려 둘 게 아니라 파리까지 따
라가 보았어야 하는 것 아니냐고 내가 로베르를 호되게
나무랐어. 그때부터 우리는 언니의 주소도 모르고 지냈으
니, 대체 그게 있을 수 있는 일이야? 언니를 볼 수도 없고,
편지를 띄울 수도 없으니, 내가 얼마나 애를 태웠을지 짐
작할 수 있을 거야. 며칠 후 로베르가 파리에 갔지만 아무
것도 알아내지 못했어. 그 애는 너무나 무기력해서 그의
성의가 의심될 지경이었어. 우리는 경찰에 신고하는 수밖
에 없었어. 언제까지나 그런 끔찍한 불안 속에서 가만히
앉아 기다릴 수는 없잖아. 에두아르가 가서, 수소문 끝에
마침내 언니가 은신하고 지내는 작은 요양원을 찾아냈어.
아! 슬프게도, 그때는 이미 늦었던 거야. 나는 언니의 죽
음을 알리는 요양원장의 편지와, 언니를 만나 보지도 못
한 에두아르의 전보를 동시에 받았어. 마지막 날 언니는
우리가 기별을 받을 수 있도록 한 장의 봉투에는 우리의

주소를 적어 놓고, 다른 한 장의 봉투에는 자신의 마지막 뜻을 담아 르아브르의 공증인에게 보낸 편지의 사본을 넣어 두었어. 그 편지에는 오빠와 관련된 대목이 있는 것 같아. 조만간 오빠에게 그 내용을 알려 줄게. 그저께 치른 장례식에는 에두아르와 로베르가 참석했어. 영구를 따라간 것은 둘만이 아니었대. 요양원의 환자 몇 사람이 꼭 좀 장례식에 참석하고 묘지까지 따라가겠다고 했대. 나는 다섯째 아이의 출산이 오늘내일 해서, 안타깝게도 자리를 뜰 수 없었어.

그리운 제롬, 언니의 죽음이 오빠에게 얼마나 깊은 슬픔을 가져다줄지 나도 잘 알아. 편지를 쓰는 나의 마음도 쓰라릴 뿐이야. 난 이틀 전부터 자리에서 일어나지 못하고 있어서, 지금 이 편지도 간신히 쓰는 중이야. 하지만 나 아닌 다른 사람에게, 하다못해 에두아르나 로베르에게조차, 아마도 우리 둘만이 이해할 수 있었던 알리사의 소식을 전하도록 맡겨 두고 싶지 않았어. 바야흐로 나는 어지간히 나이 먹은 가정주부가 되었고, 델 듯 뜨겁던 과거도 잿더미에 묻힌 지금, 오빠를 다시 만나 보고 싶어 해도 되겠지. 언젠가 볼일이 있거나 유람차 님에 오게 되거든 에그 비브에도 들러 줘. 에두아르도 오빠를 만나 알고 지내면 기뻐할 거고, 우리 둘이 알리사 얘기를 할 수도 있겠지. 잘 있어, 그리운 제롬, 몹시 슬픈 마음으로 오빠에게 키스를 보내며.

며칠 뒤 나는 알리사가 퐁괴즈마르의 집을 남동생에게 남겼지만, 자기 방에 있던 물건 전부와 그녀가 지시한 가구 몇 점은 쥘리에트에게 보내도록 부탁했다는 것을 알았다. 그녀가 내 이름을 적어 봉인한 서류는 조만간 받기로 되어 있었다. 또 마지막으로 그녀를 방문했을 때 내가 받기를 거부했던 작은 자수정 십자가는, 알리사가 자신의 목에 달아 달라고 부탁했다는 것도 알게 되었다. 그리고 그녀의 부탁대로 되었다는 것도 에두아르를 통해 알았다.

　공증인인 나에게 보내 준 봉인된 봉투에는 알리사의 일기가 들어 있었다. 그중 여러 페이지를 여기에 옮겨 기록한다. 나는 아무런 설명도 붙이지 않고 그대로 옮긴다. 이 일기를 읽으면서 내가 한 생각들, 그리고 너무나 불완전하게밖에는 나타내지 못할 내 마음의 동요를 여러분은 넉넉히 짐작할 수 있을 것이다.

알리사의 일기

에그 비브

　그저께 르아브르 출발, 어제 님 도착. 나의 첫 여행! 집안
일이나 부엌일에 대한 아무런 걱정도 없이, 연이어지는 이
홀가분한 한가로움 속에서, 오늘 188×년 5월 24일, 스물다
섯 살 생일을 맞아, 나는 일기를 쓰기 시작한다. 이렇다 할
즐거움은 없지만, 그저 벗 삼아 보려는 생각에서. 아마도 내
가 생전 처음으로, 혼자임을 느끼기 때문일 것이다. 다른 땅,
거의 타향이라고 할 수 있는, 그리고 아직 아무런 인연도 맺
지 않은 땅에서. 이 땅이 나에게 들려줄 이야기는 노르망디
가 나에게 들려준, 혹은 퐁괴즈마르에서 내가 끊임없이 듣는
이야기와 같은 것일 테지만 — 왜냐하면 하느님은 어디서나
다름이 없으시니까 — 이 프랑스 남부의 땅은 내가 아직 배
우지 못한, 그래서 내가 놀라움과 함께 귀를 기울이는 언어
를 말한다.

줄리에트는 내 옆의 소파에서 졸고 있다. 이탈리아식으로 지어진 이 집의 매력 포인트인 활짝 열린 회랑 안에서. 회랑은 정원으로 이어지는 모래 깔린 안마당과 동일 평면상에 있다. 줄리에트는 소파에 앉은 채로, 여러 색깔의 집오리들이 뛰놀고 두 마리의 백조가 헤엄치고 있는 연못에까지 기복이 심하게 펼쳐져 있는 잔디밭을 바라보고 있다. 여름에도 마르는 일이 없다는 한 줄기 시냇물이 연못에 물을 채워 주고는, 야생의 숲으로 변해 가는 정원을 가로질러, 메마른 황무지와 포도밭 사이로 좁아지며 새 나가다가, 이내 완전히 사라져 버린다.

……에두아르 테시에르가 어제 아버지께 정원, 농장, 지하 저장실, 그리고 포도밭을 안내했고, 그동안 나는 줄리에트와 같이 남아 있었다. 그 덕에 오늘 아침 아주 이른 시간에 처음으로 혼자서 공원의 이것저것을 살펴보는 첫 산책을 할 수가 있었다. 이름을 알았으면 좋겠다 싶은, 처음 보는 수많은 초목들. 나는 점심때 그 이름을 물어보려고 그 하나하나의 잔가지들을 꺾어 모았다. 빌라 보르게세[34]나 도리아 팜필리[35]에서 제롬이 보고 감탄했다는 털가시나무가 그 속에 끼

---

34 로마에 있는 광대한 시립 공원으로, 그 안에 로마의 여러 박물관들과 문화 기관들이 있다.
35 로마에 있는 사립 미술관.

어 있는 것을 발견했다. 우리네 북부 지방의 나무들과 먼 친척 관계이긴 하지만, 겉모습은 전혀 다르다. 공원이 거의 끝나는 곳에서 이 나무들은 좁고 신비스러운 숲속의 빈터를 둘러싼 채, 발에 닿는 감촉이 보드라운 잔디 위에 늘어져 요정들의 합창을 권유하고 있다. 퐁괴즈마르에서는 자연에 대한 나의 감정이 그토록 깊이 기독교적이었던 데 반해, 이곳에서는 나도 모르게 신화적인 것으로 변해 간다는 사실에 놀라 거의 섬뜩해질 지경이다. 그러나 점점 더 나를 압박해 오는 그런 종류의 두려움도 여전히 종교적인 것이었다. *Hic nemus*(여기 있는 것은 성스러운 숲이니)[36]라고 나는 중얼거렸다. 공기는 수정처럼 맑았다. 이상한 침묵이 감돌고 있었다. 나는 오르페우스[37]와 아르미다[38]에 대해 생각하고 있었다. 바로 그때 갑자기 독특한 새 소리가 들렸다. 너무나 가까이서 들리는 그 소리가 어쩌나 비장하고 순수한지, 돌연 자연 전체가 그 소리를 기다리고 있었던 것 같다는 생각이 들었다. 가슴이 거세게 두근거렸다. 잠시 나무에 가만히 기대서 있다가, 아무도 잠에서 깨어나기 전에 집으로 돌아왔다.

36 베르길리우스의 「목가」, X, 43.
37 그리스 신화에 나오는 시인이며 음악가로, 그의 리라 연주와 노래는 인간과 짐승을 모두 매혹했다.
38 이탈리아 시인 타소Torquato Tasso의 『해방된 예루살렘』의 여주인공으로, 마력을 행사한다.

제롬에게서는 여전히 소식이 없다. 르아브르로 편지를 했다면, 이곳으로 보내 주었으련만……. 나의 불안도 단지 이 일기장에 털어놓을 수 있을 따름이다. 어제는 보까지 산보를 했고, 사흘 전부터 기도를 드리고 있지만, 잠시도 이 불안에서 벗어날 수가 없다. 오늘은 다른 아무것도 쓰지 못하겠다. 에그 비브에 온 이래 내가 겪고 있는 이 이상한 우울증은 분명 무슨 다른 까닭이 있는 것은 아니다. 하지만 이 우울증이 너무나 가슴 깊이 느껴지기 때문에, 이젠 아주 오래전부터 거기에 뿌리내리고 있었던 것 같고, 나 자신이 자랑스럽게 여겼던 기쁨도 이 우울증을 덮어씌우고 있을 뿐이라는 생각이 든다.

무엇하러 나 자신을 속인단 말인가? 나는 논리적으로 따져서 쥘리에트의 행복을 기뻐하고 있다. 내가 그토록 바랐던 그 행복, 나의 행복을 희생해서 그 애에게 바치면서까지 바랐던 그 행복이 아무 힘 안 들이고 얻어졌다는 것, 또 그 행복이 그 애와 내가 상상했던 행복과는 너무도 다르다는 것을 알고 나는 마음이 아프다. 얼마나 복잡한가! 그렇다……. 그 애가 내 희생 속에서가 아닌 다른 곳에서 자신의 행복을 찾았다는 것 — 그 애가 내 희생 없이도 행복해질 수 있었다는 것에 대해, 내 마음속에 되살아난 끔찍한 이기주의가 분개하고 있다는 것을 나는 잘 안다.

제롬의 침묵이 나에게 얼마나 큰 불안을 가져오는가를 깨닫게 된 지금, 나는 내 마음속에서 그 희생이 정말로 이루어졌던 것이기는 한지 스스로 물어본다. 나는 하느님께서 더 이상 나에게 그 희생을 요구하지 않으시는 데 대해, 모멸감 같은 것을 느낀다. 그렇다면 내게 그런 희생의 능력이 없었던 것일까?

5월 28일

내 슬픔에 대한 이 분석은 얼마나 위험한 것인가! 벌써부터 나는 이 일기장에 집착하고 있다. 이미 극복했다고 믿었던 교태가 이제 다시 나래를 펴는 것일까. 아니다, 이 일기는 내 영혼이 그 앞에서 몸단장을 하는 자기만족의 거울이 되어서는 안 된다! 내가 이 일기를 쓰는 것은 처음에 생각했던 것처럼 심심풀이를 위해서가 아니라, 슬픔 때문인 것이다. 슬픔이란 내가 알지 못하고 있던, 내가 증오하는, 그래서 내 영혼을 그 복잡함에서 벗어나게 하고 싶은, 〈죄의 상태〉이다. 이 일기장은 내 마음속에서 행복을 되찾는 데 도움이 되어야 한다.

슬픔이란 복잡한 얽힘이다. 나는 한 번도 내 행복을 분석

해 보려고 애쓰지 않았다.

풍괴즈마르에서도 나는 정말 고독했고, 여기서보다 더 고독했다……. 그런데 왜 나는 그것을 느끼지 못했을까? 제롬이 이탈리아에서 편지를 보내곤 했을 때, 나는 그가 나 없이 세상을 보고 나 없이 살아가는 것을 받아들였으며, 마음속으로 그를 따라다녔고, 그의 즐거움을 나의 즐거움으로 삼았다. 이제 나는 나도 모르게 그를 부르고 있다. 그가 없이는 내 눈에 보이는 모든 새로운 것이 내겐 귀찮을 뿐이다…….

6월 10일

시작한 지 얼마 되지도 않아서 이 일기가 오랫동안 중단되었다. 귀여운 리즈의 출생. 쥘리에트를 간호하면서 지새운 긴긴 밤들. 내가 제롬에게 써 보낼 수 있는 모든 것을 여기에 적는 것에는 전혀 흥미를 느끼지 못한다. 나는 많은 여자들이 공통적으로 지닌 결점, 〈너무 많이 쓴다〉는 그 견딜 수 없는 결점을 피하고 싶다. 이 일기장을 자기완성을 위한 하나의 도구로 삼을 것.

(뒤 이은 몇 페이지에는 독서 중에 적어 둔 메모라든가, 책에서 베낀 구절 등이 적혀 있었다. 그다음은 다시 풍괴즈마르에서 쓴 내용이다.)

쥘리에트는 행복하다. 그 애가 그렇게 말하고, 또 실제로
도 그렇게 보인다. 나는 그것을 의심할 권리도, 이유도 없는
데⋯⋯. 지금 그 애 곁에서 내가 느끼는 이 불만, 이 불편한
기분은 어디에서 연유하는 것일까⋯⋯? 아마도 그것은 이
행복감이 너무 현실적이고, 너무 쉽게 얻어진 것이며, 너무
나 완벽하게 〈맞춤복 같은〉 것이어서, 영혼을 죄고 질식시키
는 것 같기 때문이 아닐까⋯⋯.

그래서 지금 나는 내가 바라는 것이 행복 자체인지, 아니
면 행복을 향해 가는 도정인지 스스로 물어본다. 주여! 너무
빨리 도달할 수 있는 행복으로부터 저를 지켜 주소서! 제가
당신께 이를 때까지 저의 행복을 미루고, 늦출 수 있도록 가
르쳐 주소서.

(그다음에는 여러 장이 뜯겨져 있었다. 아마도 르아브르
에서의 우리의 힘든 만남에 관한 이야기였을 것이다. 일기는
그다음 해에 가서야 다시 시작되었다. 날짜가 적혀 있지 않
았으나, 틀림없이 내가 퐁괴즈마르에 머물고 있을 때 쓴 것
이다.)

때때로 그가 이야기하는 것을 듣고 있으면, 나 자신이 생

각하고 있는 것을 내가 보고 있다는 느낌이 든다. 그는 나 자신에게 나를 해명해 주고, 또 드러내 보여 준다. 그가 없이 내가 존재할 수 있을까? 나는 오직 그와 함께만 존재한다…….

때때로 나는 그에 대해서 내가 느끼는 것이, 정말 사람들이 사랑이라고 부른 것인지 망설여진다……. 그만큼, 사람들이 보통 사랑에 대해 묘사하는 것이 내가 묘사할 수 있는 것과 차이가 있는 것이다. 나는 사랑에 대해서 아무 말도 하지 않고, 내가 그를 사랑하는지조차 알지 못한 채 그를 사랑하고 싶다. 무엇보다 내가 그를 사랑한다는 것을 그가 알아차리지 못하는 가운데 그를 사랑하고 싶다.

그가 없이 살아야 하는 삶 중에서 무엇 하나 나에게 기쁨을 주는 것은 없다. 내 모든 덕목은 오직 그의 마음에 들기 위한 것인데도, 그의 곁에 있으면 나의 덕목이 무력해지는 것을 느낀다.

나는 피아노 연습을 좋아했다. 하루하루 조금씩 발전하는 것 같았기 때문이다. 어쩌면 내가 외국어로 된 책을 읽을 때 느끼는 즐거움의 비밀 또한 거기에 있는 것이리라. 그렇다고 해서 물론, 우리말보다 외국어가 더 좋다든가, 내가 좋아하는 우리 나라의 몇몇 작가들이 외국 작가들에 비해 조금이라도 뒤지는 것처럼 보이기 때문은 아니었다……. 그것은 단지 그 뜻과 감정의 탐구에 있어서 부딪치게 되는 약간의 어려움, 그리고 어쩌면 그 어려움을 극복하고, 좀 더 잘 극복해 나가는 데서 얻는 무의식적 자부심이, 정신의 기쁨에 무언가 알지 못할 영혼의 만족을 더해 주기 때문이다. 그런데 나는 이 영혼의 만족 없이는 살아가지 못할 것 같다.

아무리 행복하다 해도 나는 진보 없는 상태는 바랄 수가 없다. 나는 천상의 기쁨이란 하느님 안에서의 어떤 하나됨이 아니라, 끝없고 끊임없는 다가감이라고 생각한다……. 감히 말장난을 해본다면, 나는 〈점진적〉이지 않은 기쁨은 우습게 안다고 말할 것이다.

오늘 아침 우리 두 사람은 가로수 길의 벤치에 앉아 있었다. 우리는 아무 말도 하지 않았고, 또 말할 필요도 느끼지 않았다……. 갑자기 그가 나에게 내세를 믿느냐고 물었다.

「그럼, 제롬!」 나는 즉시 외쳤다. 「그건 나에게 소망 이상의 것이야. 그건 하나의 확신이야…….」

그러자 갑자기 내 모든 신앙심이 그 외침 속으로 쏟아져 들어간 것만 같았다.

「나는 알고 싶어!」 그는 말을 덧붙였다……. 그러고는 잠시 말을 멈추더니, 말을 이었다. 「너의 신앙이 없다면, 너는 달리 행동할까?」

「그걸 내가 어떻게 알 수 있겠어!」 나는 대답했다. 그러고는 이렇게 덧붙였다. 「하지만 제롬, 너 역시, 네 자신의 생각이야 어떻든 간에, 더없이 열렬한 신앙심에 고무되면, 달리 행동할 수 없을걸. 그리고 달라진다면, 나는 너를 사랑하지 않을 거야.」

아냐, 제롬, 아냐. 우리의 미덕이 추구하는 것은 미래의 보상이 아니야. 우리의 사랑이 추구하는 것은 보상이 아니야. 고귀하게 태어난 영혼에게, 자신의 수고에 대한 보수를 생각한다는 것은 모욕적인 일이야. 그 영혼에게는 미덕도 장식물이 아니야. 그럼. 미덕은 그 영혼이 지닌 아름다움의 형상이야.

아버지의 건강이 다시 나빠졌다. 심각한 것이 아니기를 바라지만, 사흘 전부터 다시 우유만 드시게 되었다.

어제 저녁 제롬이 자기 방으로 올라간 지 얼마 안 되어, 나와 함께 늦도록 앉아 계시던 아버지가 잠시 나를 두고 밖으로 나가셨다. 나는 소파에 앉아 있었다. 아니, 앉아 있었다기보다는 ── 좀체 그러는 일이 없는데 왜 그랬는지는 나도 모르겠지만 ── 드러누워 있었다. 등갓이 내 두 눈과 상반신을 불빛으로부터 가려 주고 있었다. 나는 옷에서 비죽이 나와 램프 불빛에 드러나 있는 발끝을 무심히 바라보고 있었다. 아버지가 들어오시더니, 잠시 문 앞에 선 채로 미소를 짓는 동시에 서글픈 표정으로 이상하게 나를 뚫어지게 바라보시는 것이었다. 어쩐지 좀 당황스러워 나는 몸을 일으켰다. 그러자 아버지가 손짓을 하셨다.

「이리 와 내 옆에 앉아라.」 아버지가 말씀하셨다. 그리고 밤이 꽤 깊었는데도, 어머니와 헤어지신 이래 처음으로 어머니에 관한 이야기를 하시기 시작했다. 어떻게 해서 어머니와 결혼하게 되었는지, 얼마나 어머니를 사랑하셨는지, 또 처음에 어머니가 당신에게 어떤 존재였는지 하는 얘기를 들려주셨다.

「아빠.」마침내 나는 말을 꺼냈다. 「왜 오늘 저녁에 그런 이야기를 하시는지 말씀해 주세요. 하필이면 왜 오늘 저녁에 그런 얘기를 하시는지…….」

「조금 전에 응접실에 들어설 때 소파에 누워 있는 네 모습을 보고, 순간적으로 네 어머니를 보는 것 같은 생각이 들었기 때문이야.」

내가 그처럼 캐물은 것은 바로 그날 저녁…… 제롬이 내가 앉은 안락의자에 기대어 서서, 몸을 굽혀 내 어깨 너머로 내가 읽던 책을 함께 읽고 있었기 때문이다. 나는 그의 모습을 볼 수 없었지만 그의 숨결을 느낄 수 있었고, 그의 몸의 열기와 떨림 같은 것을 느낄 수 있었다. 나는 여전히 책을 읽는 척했지만, 이미 아무것도 머리에 들어오지 않았다. 더 이상 글의 줄조차 구분할 수 없었다. 너무도 야릇한 마음의 혼란에 사로잡힌 나머지, 나는 아직 일어날 힘이라도 남아 있을 때 서둘러 의자에서 일어나야 했다. 다행히 그가 눈치채지 못한 사이에 나는 잠시 방에서 나올 수 있었다……. 하지만 얼마 후 응접실에 혼자 남아, 어머니와 내가 닮았다는 생각을 아버지께 불러일으켰던 그 소파에 드러누워 있을 때, 나는 다름 아닌 어머니 생각을 하고 있었다.

그날 밤, 마음속에 회한처럼 떠오르는 지난날의 추억에 사로잡혀, 불안하고 답답하고 비참한 심정이 된 나는 거의 잠을 이루지 못했다. 주여, 악의 모습을 한 것이면 무엇이나 다 가증스러운 것임을 저에게 가르쳐 주소서.

가엾은 제롬! 그가 때로는 간단히 몸짓만 하면 될 거라는 것을, 그리고 때로는 내가 그 몸짓을 기다리고 있다는 것을 알기만 한다면……

어렸을 때 이미, 내가 예뻐지고 싶어 했던 것은 바로 제롬 때문이었다. 지금 와서 생각해 보면, 내가 〈완전함을 지향〉했던 것도 오직 그를 위해서였다. 그런데 그 완전함은 반드시 그가 없어야만 이루어질 수 있다는 것, 이것이 바로, 오 하느님! 당신의 가르침 중에서 가장 제 영혼을 어리둥절하게 하는 것입니다.

덕성이 사랑과 혼연일치가 된 영혼은 얼마나 행복할 것인가! 때때로 나는 사랑하는 것, 온 힘을 다해 사랑하고, 항상 더욱더 사랑하는 것 말고 다른 덕성이 있을까 의심해 본다……. 그러나 또 어떤 날들에는, 아 슬프게도! 덕성이란 사랑에 대한 저항이라고 여겨질 뿐이다. 아니, 이게 대체 무슨 말인가! 내 마음이 가장 자연스럽게 기울어져 가는 방향을 감히 덕성이라 부를 수가 있단 말인가? 오, 매력적인 궤변이여! 허울 좋은 권유여! 기만적인 행복의 신기루여!

오늘 아침에 나는 라브뤼예르[39]의 책에서 다음과 같은 구절을 읽었다.

〈때때로 삶을 살아가다 보면, 금지된 것이긴 하지만 너무나 소중한 쾌락과 너무나 달콤한 유혹이 있으니, 적어도 그것들이 허용된 것이기를 바라는 것은 자연스러운 일이다. 그

---

39 Jean de La Bruyère(1645~1696). 17세기의 프랑스 작가로, 『성격론』의 저자다.

처럼 큰 매력들은 오로지 덕성의 힘으로 그것들을 단념할 줄 아는 것의 매력에 의해서만 극복될 수 있다.〉

나는 대체 왜 여기서 금지라는 것을 찾아낸 것일까? 사랑의 매력보다 더 강력하고, 더 감미로운 매력이 은밀히 나를 끌어당기기 때문일까? 오! 우리 두 사람의 영혼을 동시에, 사랑한 나머지 사랑을 넘어선 곳으로 이끌어 갈 수 있다니……!

아! 슬프게도, 이제야 비로소 나는 너무나 잘 깨닫는다. 하느님과 제롬 사이에는 나 자신 이외의 다른 장애물은 없는 것이다. 그가 내게 말하는 것처럼, 아마도 맨 처음엔 나에 대한 그의 사랑이 그를 하느님께로 기울어지게 했지만, 지금은 그 사랑이 그것을 방해한다. 그는 내 곁에서 머뭇거리고, 나를 더 좋아한다. 그리하여 나는 그가 덕성을 향해 앞으로 나아가는 것을 가로막는 우상이 되고 있다. 우리 둘 중에서 한 사람은 거기에 도달해야 한다. 비겁한 제 마음속에서 저의 사랑을 극복할 가망이 없사오니, 하느님, 제발 그에게 저를 더 이상 사랑하지 않도록 가르쳐 줄 힘을 저에게 허락하여 주소서. 그러면 저의 공덕보다 비길 데 없이 더 나은 그의 공덕을 당신께 바칠 것이오니……. 그리고 오늘 그를 잃어 제 영혼은 흐느껴 울고 있사오나, 이것은 장차 당신 품에서 그를 되찾으려 함이 아니옵니까…….

말씀해 주소서, 오 하느님! 어느 영혼이 그보다 더 당신에게 합당한 적이 있었습니까? 그는 저를 사랑하는 것보다 더 나은 것을 위해 태어난 것이 아닙니까? 하오니, 그가 제 곁에 와서 걸음을 멈추어야 한다면, 제가 그를 이만큼 사랑할 수 있겠습니까? 영웅적일 수 있는 모든 것이 행복 속에서는 얼마나 위축되어 버리는가요……!

일요일

〈하느님이 우리를 위하여 더 좋은 것을 예비하셨기에.〉[40]

5월 3일 월요일

행복이 여기, 바로 옆에 있으니, 그가 마음만 먹으면……
손을 뻗치기만 하면 잡을 수 있을 텐데…….
오늘 아침 그와 이야기하면서, 나는 희생을 완전히 이루었다.

월요일 저녁

그는 내일 떠난다…….
사랑하는 제롬, 나는 언제나 한없는 애정으로 너를 사랑하고 있어. 하지만 이제 다시는 내가 너에게 사랑한다고 말을 할 수는 없을 거야. 내가 내 눈과 입술과 영혼에 가하는

40 「히브리서」 11장 40절.

속박은 너무도 혹독한 것이어서, 너와 헤어지는 것이 내게는 해방이고 쓰디쓴 만족이지.

　나는 정당한 이유를 가지고 행동하려 애쓰지만, 막상 행동하는 순간에는 나를 움직이게 한 이유들이 나를 저버리거나, 아니면 어리석어 보인다. 이미 내가 그것을 믿지 않게 된 것이다…….

　나로 하여금 그를 피하게 만드는 이유들? 나는 더 이상 그걸 믿지 않는다……. 그런데 나는 그를 피한다, 슬픈 마음으로, 왜 그를 피하는지 까닭을 알지도 못하면서.

　주여! 제롬과 제가 둘이서 함께, 서로에게 의지하여, 당신께 나아가게 해주소서. 두 순례자처럼, 그렇게 끝까지 인생길을 걸어가게 하소서. 이따금 하나가 다른 하나에게 〈형제여, 피곤하면 내게 기대〉라고 말하면, 다른 하나는 〈네가 곁에 있다고 느끼는 것만으로 충분해……〉라고 대답하면서. 그러나 아닙니다! 주여, 당신이 우리에게 가르쳐 주시는 길은 좁은 길 — 둘이서 나란히 걸어가기에는 너무도 좁은 길이옵니다.

　　　　　　　　　　　　　　　　　7월 4일

　내가 이 일기를 펼치지 않은 지 벌써 여섯 주일이 넘는다. 지난달, 그중 몇 페이지를 다시 읽어 보다가, 애써 잘 쓰려고

189

하는, 어리석고 온당치 못한 조바심을 발견했다……. 이것도 〈그〉의 탓이다…….

그가 없이 지내는 것을 견디는 데 도움이 될까 해서 시작한 이 일기 속에서 나는 마치 계속해서 〈그〉에게 편지를 쓰고 있는 것 같다.

나는 〈잘 쓴 것〉(이것이 무슨 의미인지 나는 잘 알고 있다!)으로 여겨지는 페이지들을 모두 찢어 버렸다. 그에 관한 페이지는 모조리 찢어 버렸어야 했는데…… 그럴 수가 없었다.

그런데 그 몇 장을 찢어 버린 것만으로도 벌써 나는 약간의 자부심을 느꼈다……. 내 마음이 이토록 병들지 않았다면 웃어넘겼을 어떤 자부심을.

참으로 장한 일을 해낸 것 같았고, 그 몇 장을 뜯어냈다는 것이 무슨 대단한 일인 것 같았다.

7월 6일

나는 책장에서 책들을 꺼내 없애 버렸어야 옳았다…….

나는 이 책에서 저 책으로 그를 피해 달아나는데, 그를 다시 만나게 된다. 그가 없는 데서 펴보는 페이지에서조차 그 페이지를 나에게 읽어 주는 그의 목소리가 들린다. 나는 오직 그가 관심을 가지는 것에만 흥미를 느낀다. 그리하여 내 생각은 그의 생각과 똑같은 모습을 띠게 되었기에, 지난날 우리 두 사람의 생각을 분간 못하고 혼동하는 것이 즐거웠던 그때와 마찬가지로, 지금도 어느 것이 나의 생각인지 분간할 줄 모른다.

이따금 나는 그의 문장의 리듬에서 벗어나기 위해 일부러 서툴게 쓰려고 애쓴다. 그러나 그를 멀리하기 위해 싸운다는 것, 그것 역시 그에게 몰두하는 것이 된다. 당분간 성경 말고는(또 어쩌면 『그리스도를 본받아』 말고는) 더 이상 아무것도 읽지 않기로 하고, 이 일기장에도 읽은 것 가운데 특히 눈에 띄는 구절만 적기로 마음먹는다.

(그다음에는 일종의 〈일용할 양식〉 같은 것이 이어지는데, 거기에는 7월 1일부터 시작하여 매일 성서 한 구절씩이 함께 적혀 있었다. 나는 여기서 주석을 달아 놓은 부분들만 옮겨 적는다.)

7월 20일

〈네게 있는 것을 다 팔아 가난한 자들에게 나눠 주라.〉[41] 나는 오직 제롬에게만 바치고 있는 이 마음을 가난한 사람들에게 주어야 할 것 같다고 깨닫는다. 그리고 그렇게 하는 것은 동시에 제롬에게도 그렇게 하라고 일러 주는 것이 아니

41 「누가복음」 18장 22절.

겠는가……? 주여, 저에게 그렇게 할 수 있는 용기를 주소서.

7월 24일

『내면의 위안』을 읽는 것을 중단했다. 이 고대의 언어는 매우 재미있었지만 내 정신을 산만하게 했고, 거기서 맛보는 거의 이교도적인 즐거움은 내가 모색하고자 했던 교훈과는 전혀 무관하다.

『그리스도를 본받아』를 다시 읽기 시작했다. 너무도 이해하기 어려운 라틴어 원전으로는 읽지 않기로 했다. 내가 읽고 있는 번역본에 역자의 서명조차 들어 있지 않은 것이 마음에 든다. 개신교 쪽의 번역인 것은 사실이지만, 표제에는 〈모든 기독교 공동체에 적합함〉이라고 적혀 있다.

〈오! 덕을 향해 나아감으로써 얼마나 큰 평화를 얻을 수 있고, 남들에게 얼마나 큰 기쁨을 줄 수 있는지 안다면, 그대가 더욱 정성을 다하여 그 길로 매진할 것임을 나는 믿는다.〉[42]

8월 10일

주여, 제가 당신을 향해 어린애 같은 신앙심의 충동과, 천사들의 초인간적인 목소리로 외칠 때…….

42 『그리스도를 본받아』 제1권 11장.

이 모든 것이 제롬에게서가 아니라 당신에게서 오는 것임을 압니다.

그러나 주님은 어찌하여 당신과 저 사이 어디에나 그의 모습을 두십니까?

8월 14일

이 일감을 완전히 끝내는 데 앞으로 두 달 이상……. 오, 주여, 저를 도와주소서!

8월 20일

나는 분명히 느낀다. 〈나의 슬픔〉으로 미루어 느낀다. 내 마음속에서 희생이 제대로 이루어지지 않았음을. 하느님, 오직 그만이 맛보게 해주었던 그 기쁨을 이제는 오직 당신만이 제게 주시옵소서.

8월 28일

이 얼마나 보잘것없고, 한심한 덕에 이르렀는가! 그렇다면 나는 나에게 너무 지나친 요구를 하고 있는 것일까? 더 이상 이것으로 괴로워하지 말 것.

언제나 하느님께 그분의 힘을 달라고 애원하고 있으니, 이 무슨 비겁한 짓인가! 이제 내 모든 기도는 온통 탄식하는 소리뿐이다.

8월 29일

〈들에 핀 백합화를 보라…….〉[43]

오늘 아침, 너무도 단순한 이 말씀이 도무지 벗어날 길 없는 슬픔 속에 나를 잠기게 했다. 나는 들판으로 나갔는데, 나도 모르게 쉴 새 없이 이 말씀을 되뇌노라니 내 마음과 두 눈에 눈물이 가득 차올랐다. 나는 농부가 쟁기 위로 몸을 굽힌 채 밭을 갈고 있는 드넓은 들판을 바라보는데…….〈들에 핀 백합화를…….〉하오나, 주여, 백합화는 어디에 있나이까……?

9월 16일 밤 10시

그를 다시 만났다. 그는 여기, 이 지붕 아래 있다. 그의 방 창문에서 새어 나오는 불빛이 잔디밭 위에 보인다. 내가 이 글을 쓰고 있는 동안 그는 자지 않고 있다. 어쩌면 그는 내 생각을 하고 있는지도 모른다. 그는 변하지 않았다. 자기가

43 「마태복음」 6장 28절.

그렇게 말하고, 나도 그렇게 느낀다. 그가 나에 대한 사랑을 거두도록 하기 위해 내가 결심한 대로의 내 모습을 그에게 보여 줄 수 있을까……?

9월 24일

오! 마음속은 애달파 기절할 것만 같은데도 무관심과 냉담을 가장할 수 있었던, 잔인한 대화……. 지금까지는 그를 피하는 것으로 만족하고 있었다. 오늘 아침 나는, 하느님께서 내게 이겨 낼 힘을 주실 것이며, 끊임없이 싸움을 회피하는 것은 비겁한 짓이라는 믿음을 갖게 되었다. 내가 승리한 것일까? 제롬이 전보다 나를 좀 덜 사랑하는 것일까……? 아! 슬프게도, 나는 그것을 바라면서 동시에 두려워하고 있느니……. 나는 그를 지금보다 더 사랑했던 적이 없다.

하오나 주여, 저로부터 그를 구하기 위하여 저의 희생이 필요하다면, 그렇게 하소서……![44]

〈제 마음, 제 영혼 속으로 들어오시어, 거기서 저의 고통을 짊어지시고, 제 안에서 당신 수난의 고통 가운데 아직 남아 있는 몫을 줄곧 견디어 주소서.〉[45]

우리는 파스칼에 대해 이야기 했는데……. 그에게 내가 무슨 말을 할 수 있었던가? 얼마나 부끄럽고 말도 안 되는 애

---

44 「로마서」 9장 3절 참조.
45 파스칼의 「병의 선용을 하느님께 구하는 기도」 중 한 구절.

기였던가! 그런 말을 하면서도 괴로웠지만, 오늘 저녁에는 마치 그것이 신성 모독인 양 후회가 된다. 묵직한『팡세』를 다시 꺼냈다. 저절로 펼쳐진 페이지를 보니, 드 로아네 양[46]에게 보내는 편지 가운데 한 구절이 눈에 들어왔다.

〈이끄는 이를 자발적으로 따를 때에는 굴레의 속박이 느껴지지 않습니다. 그러나 저항하고, 혼자 떨어져서 걷기 시작하면 고통스러워집니다.〉

이 말이 너무도 직접적으로 마음을 찔러서 계속 읽어 나갈 힘을 잃고 말았다. 하지만 다시 다른 곳을 펼치자, 여태껏 읽은 적이 없는 훌륭한 구절이 눈에 띄어서 나는 즉시 그것을 베껴 두었다.

(이 일기의 첫 번째 노트는 여기서 끝나고 있었다. 아마도 뒤이은 노트는 없애 버린 것 같다. 왜냐하면 알리사가 남긴 서류 가운데 남아 있는 일기는 그로부터 3년 뒤, 다시 퐁괴즈마르에서 — 9월에 — 즉, 우리의 마지막 재회 조금 전부터 다시 계속되기 때문이다.

그 마지막 노트는 다음과 같은 문장들로 시작된다.)

9월 17일

하느님! 제가 당신을 사랑하기 위해서는 그가 필요하다는
것을 당신은 잘 아시나이다.

9월 20일

하느님, 제가 제 마음을 당신께 바칠 수 있도록 그를 저에
게 주소서.

하느님, 단지 그를 다시 만나게만 해주소서.

하느님, 제 마음을 당신께 바치기로 약속하나이다. 하오
니, 저의 사랑이 당신께 청하는 것을 허락해 주소서. 저에게
남은 생명은 오직 당신께 바치겠나이다…….

하느님, 비루한 이 기도를 용서하소서. 그러나 제 입술에
서 그의 이름을 내칠 수도 없고, 제 마음의 괴로움을 잊을 수

도 없나이다.

하느님, 당신께 외치옵니다. 이 비탄 속에 저를 버려두지 마시옵소서.

9월 21일

〈너희가 내 이름으로 내 아버지께 무엇을 구하든지……〉[47] 주여! 당신의 이름으로 제가 어떻게 감히…….

그러나 제가 입에 담아 기도하지 않는다 해서, 당신께서 그 때문에 제 마음속의 간절한 소원을 잘 모르시지는 않겠지요?

9월 27일

오늘 아침부터 마음이 썩 안정되었다. 거의 줄곧 묵상과 기도로 지새운 밤. 갑자기 내 마음속에서, 어린 시절 성령에 대해 상상하던 것과 비슷한, 빛나는 평화 같은 것이 나를 에워싸고 내 마음속으로 내려오는 것 같았다. 나의 기쁨이 단지 신경의 홍분에서 오는 것이 아닐까 하고 염려되어 얼른 잠자리에 들었다. 그 행복감이 내게서 사라지기 전에, 나는 아주 빨리 잠이 들었다. 오늘 아침에도 그 행복감은 온전히

47 「요한복음」 14장 13절.

남아 있다. 이제 나는 그가 꼭 올 것이라는 확신을 갖는다.

9월 30일

제롬! 나의 친구, 내가 지금도 내 동생이라고 부르고 있지만, 동생보다 한없이 더 사랑하는 너⋯⋯. 너도밤나무 숲에서 내가 몇 번이나 네 이름을 소리쳐 불렀던가⋯⋯! 저녁마다 해 질 무렵이면 나는 채소밭의 작은 문을 빠져나가 벌써 어둑해진 가로수 길을 내려간다⋯⋯. 내 부르는 소리에 갑자기 네가 대답한다 해도, 거기, 내 눈길이 서둘러 둘러보는 돌투성이 비탈 뒤에서 네가 나타난다 해도, 아니, 나를 기다리며 벤치에 앉아 있는 네 모습이 멀리서부터 보인다 해도, 내 가슴은 놀라서 펄쩍 뛰지 않을 것이다⋯⋯. 반대로 나는 네가 보이지 않는 게 이상해서 놀란다.

10월 1일

아직 아무 일도 없다. 태양은 이상할 정도로 맑은 하늘 속으로 저물었다. 나는 기다린다. 머지않아 바로 이 벤치에 그와 함께 앉게 되리라는 것을 나는 안다⋯⋯. 벌써 그의 말소리를 듣는다. 그가 내 이름을 부르는 것이 너무나 듣기 좋아서⋯⋯. 그는 여기 와 앉을 것이다! 나는 그의 손에 내 손을 맡길 것이다. 그의 어깨에 내 이마를 기댈 것이다. 그의 곁에서 숨 쉴 것이다. 벌써 어제, 나는 다시 읽어 볼 생각으로 그의 편지 몇 통을 가지고 나왔다. 그러나 그의 생각에 너무나 정신이 팔려 그 편지들은 쳐다보지도 않았다. 나는 그가 좋아하던 자수정 십자가, 지나간 어느 여름, 그가 떠나지 않고 남아 있기를 바라는 만큼 오랫동안 저녁마다 목에 걸었던 그 자수정 십자가도 걸고 나왔다.

그 십자가를 그에게 돌려주고 싶다. 벌써 오래전부터 그런 꿈같은 생각을 해왔다. 그가 결혼하고, 나는 그의 첫딸, 어린 알리사의 대모가 되어, 이 패물을 그 아이에게 준다는……. 왜 나는 한 번도 그에게 감히 그 이야기를 하지 못했을까?

10월 2일

오늘 나의 영혼은 하늘에 둥지를 친 새처럼 가볍고 즐겁다. 오늘 그는 반드시 온다. 나는 그것을 느끼고, 또 그것을 안다. 모든 사람들에게 그가 올 것이라고 외치고 싶다. 이 노트에 꼭 그렇게 써야겠다. 나는 이제 더 이상 내 기쁨을 숨기고 싶지 않다. 보통 때 그토록 주의가 산만하고, 내게 무심한 로베르조차 그걸 눈치챘다. 그가 묻는 말에 당황해서, 나는 무어라 대답해야 할지 몰랐다. 오늘 저녁때까지 어떻게 기다리나……?

그 무슨 알 수 없는 투명한 눈가림 띠가 사방에서 그의 모습을 확대시켜 보여 주고, 사랑의 모든 광선들을 내 심장의 불타는 단 하나의 지점에 집중시킨다.

오! 기다림은 얼마나 나를 지치게 하는가……!

주여! 잠시라도 행복의 넓은 두 문짝을 제 앞에서 조금만 열어 보여 주소서!

10월 3일

모든 것이 다 꺼져 버렸다. 아! 슬프게도, 그는 그림자처럼 내 품에서 빠져나갔다. 그는 여기 있었다! 그는 여기 있었다! 아직도 그가 느껴진다. 나는 그를 부른다. 내 두 손, 내 입술이 어둠 속에서 헛되이 그를 찾고 있는데…….

나는 기도할 수도 없고, 잠잘 수도 없다. 어두운 정원으로 다시 나가 보았다. 내 방에서도, 집 안 어디에서도 나는 무서웠다. 나는 비탄을 이기지 못해 내가 그를 남겨 두고 온 그 문으로 다시 가보았다. 어쩌면 그가 돌아왔을지도 몰라! 당치도 않은 희망을 품고 나는 그 문을 다시 열어 보았다. 그를 불렀다. 어둠 속을 더듬어 보았다. 그러고는 그에게 편지를 쓰려고 다시 돌아왔다. 나는 나의 상실을 받아들일 수가 없다.

도대체 무슨 일이 일어났던가? 내가 그에게 무슨 말을 했던가? 나는 무엇을 했던가? 무슨 필요가 있어서, 언제나 나는 그의 앞에서 나의 덕을 과장하는가? 나의 온 마음이 부인하는 이 덕이 무슨 가치가 있겠는가? 하느님께서 내 입술에서 나오게 하시는 말씀으로 나는 몰래 거짓말을 하고 있었다……. 내 가슴을 가득 채우는 생각들 가운데, 그 어느 것도 나는 입 밖에 내지 않았다. 제롬! 제롬, 곁에 있으면 내 마음이 찢어질 것 같고, 멀리 있으면 내가 죽을 것만 같은, 슬픈 내 벗, 방금 내가 하던 모든 얘기 가운데서, 내 사랑이 너에게 하는 얘기 말고는 어떤 말도 귀담아듣지 말아 줘.

편지를 썼다가 찢어 버린다. 그리고 다시 쓴다……. 이제 새벽이다. 마음속 내 생각만큼이나 슬프고, 눈물에 젖은 잿빛 새벽……. 농장에서 첫 기척이 들리고, 잠들었던 모든 것이 다시 삶을 시작한다……. 〈이제 일어나라, 때가 가까이 왔으니…….〉[48]

편지는 부치지 않을 것이다.

10월 5일

제게서 그를 빼앗아 가신 질투심 많은 하느님, 하오니 제 마음도 거두어 가소서. 이제부터는 모든 열정이 제 마음을

48 「마태복음」 26장 45~46절 참조.

버리니, 마음은 그 어떤 것에도 흥미를 느끼지 못할 것입니다. 하오니, 제 자신에게 남아 있는 이 슬픈 찌꺼기를 이겨 낼 수 있도록 도와주소서. 이 집, 이 정원이 견딜 수 없도록 제 사랑을 부추깁니다. 오직 당신만을 볼 수 있는 곳으로 저는 달아나고 싶습니다.

　당신의 가난한 이들을 위해, 제가 소유한 재산들을 처분하도록 도와주소서. 쉽게 팔아 버릴 수 없는 퐁괴즈마르의 집은 로베르에게 남겨 주도록 하소서. 유언장을 써놓기는 했지만, 나는 필요한 절차를 거의 모른다. 그래서 어제 나는 공증인이 내가 결심한 것을 눈치채고 쥘리에트나 로베르에게 알릴까 봐 두려워, 충분한 이야기를 나눌 수 없었다…… 이 일은 파리에 가서 마저 할 생각이다.

　　　　　　　　　　　　　　　10월 10일

　너무도 지쳐서 이곳에 도착한 까닭에, 처음 이틀 동안은 누워 있어야 했다. 내가 원하지 않았는데도 불러온 의사는 수술을 꼭 해야 한다고 말했다. 내가 반대한들 무슨 소용이 있겠는가? 그렇지만 나는 그 수술이 겁난다, 〈기운을 좀 차릴〉 때까지 기다리고 싶다, 하는 뜻을 의사에게 쉽게 납득시켰다.

　나는 이름, 주소를 숨길 수 있었다. 요양원 쪽에서 나를 받아들이고, 하느님이 필요하다고 여기실 때까지 돌봐 주는 데 이의를 제기하는 일이 없도록, 나는 충분한 돈을 사무실에 맡겼다.

이 방은 마음에 든다. 벽들은 완벽한 청결 상태를 유지하고 있어서 다른 장식이 필요치 않다. 내가 거의 즐겁다고 느낄 정도니 참으로 놀랍다. 이제 더 이상 삶에 대해서 바라는 게 없기 때문이다. 이제는 하느님만으로 만족해야 하며, 하느님의 사랑은 그분이 우리 마음을 송두리째 다 차지하실 때에야 비로소 그윽한 기쁨이 되기 때문이다…….

성경 말고 다른 책은 지니고 오지 않았다. 그러나 오늘 내 안에서는 읽고 있는 성경 말씀보다 더 큰 소리로, 파스칼의 그 열광적인 흐느낌이 들려오고 있다.

〈하느님이 아니시고는, 그 어떤 것도 내 기대를 채워 줄 수 없다.〉

오, 분별없는 내 마음이 염원하던, 너무도 인간적인 기쁨이여……. 주여! 당신이 저를 절망하게 하신 것은 이 부르짖음을 얻어 내기 위해서였습니까?

10월 12일

당신의 나라가 임하시기를! 제 안에 당신의 나라가 임하시기를! 그리하여 오직 당신만이 저를 다스리시기를. 저를

204

송두리째 다 다스리시기를. 이제는 당신께 아낌없이 제 마음을 드리겠나이다.

아주 늙어 버린 듯 지쳐 있으면서도, 내 영혼은 이상한 어린이다움을 그대로 지니고 있다. 아직도 나는 방 안에 모든 것이 정돈되고, 벗은 옷이 침대 머리맡에 가지런히 개어져 있어야 잠이 들던 옛날의 소녀 그대로다.

죽음도 이렇게 맞이하고 싶다.

10월 13일

없애 버리기 전에, 내 일기를 다시 읽어 보았다. 〈자신이 느끼는 혼란을 털어놓는 것은 고귀한 마음을 지닌 사람으로서 할 일이 아니다.〉 이 아름다운 말은 클로틸드 드 보[49]가 한 말이라고 생각된다.

이 일기를 불 속에 던져 넣으려는 순간, 어떤 경고 같은 것이 나를 제지했다. 이 일기는 이미 나의 것이 아닌 것 같았다. 나는 이 일기를 제롬에게서 빼앗을 권리가 없으며, 이 일기를 쓴 것은 오직 그를 위해서였다는 생각이 들었다. 나의 불안, 나의 의혹이 지금에 와서는 너무나 하찮게 보여서, 이제 나는 그런 것들에 어떤 중요성도 부여할 수 없고 또 그런

---

49 Clotilde de Vaux(1815~1846). 철학자 오귀스트 콩트가 사모했던 여인으로, 그로 하여금 『인류의 종교』을 집필하도록 영감을 주었다.

것들로 인해 제롬이 혼란스러워하리라 생각되지도 않는다. 하느님, 때때로 그가 이 일기에서, 저 자신은 도달하지 못해 절망스러워했던 덕의 가장 높은 경지에까지 그를 밀어 올리기를 미칠 듯이 원했던 어떤 마음의 어설픈 표현을 문득 마주칠 수 있게 하소서.

〈하느님, 제가 올라갈 수 없는 그 반석 위로 저를 인도해 주소서.〉[50]

10월 15일

〈기쁨, 기쁨, 기쁨, 기쁨의 눈물……〉[51]

인간적인 기쁨 너머, 모든 고통의 저편에서, 그렇다, 나는 그 빛나는 기쁨을 예감한다. 내가 올라갈 수 없는 반석, 그 반석의 이름이 행복이라는 것을 나는 잘 안다……. 행복에 도달하기 위한 것이 아니라면, 내 모든 삶은 헛되다는 것을 나는 깨닫는다……. 아! 주여, 그러나 당신은 자신을 버리는 순수한 영혼에게 그것을 약속하셨나이다. 〈지금부터 행복하도다.〉 당신의 거룩한 말씀에도 있지 않습니까. 〈지금부터 주 안에서 죽는 자들은 행복하도다.〉[52] 죽을 때까지 저는 기다려야 합니까? 여기서 제 신앙은 흔들립니다. 주여! 제 온

50 「시편」 61장 2절 참조.
51 파스칼이 1654년 11월 23일과 24일 사이의 밤에 개종하게 된 계기가 된 〈계시의 말씀〉을 기록해 둔 『회상록』에서 발췌한 말.
52 「요한 계시록」 14장 13절.

힘을 다해 당신께 부르짖사옵니다. 저는 어둠 속에 있습니다. 새벽을 기다립니다. 죽도록 당신께 부르짖사옵니다. 오셔서 제 마음의 목마름을 축여 주소서. 그 행복을 저는 당장 목말라하고 있사온데……. 아니면, 제가 이미 그 행복을 가졌다고 믿어야 합니까? 먼동이 트기 전에, 밝아 오는 새벽을 알린다기보다 차라리 새벽을 부르는 조급한 새처럼, 저도 어둠이 가시기를 기다리지 않고 노래 불러야 합니까?

10월 16일

제롬, 너에게 완전한 기쁨을 가르쳐 주고 싶다.

오늘 아침, 구토증의 발작으로 온 힘이 다 빠졌다. 그러고 나자 너무도 심신이 약해진 느낌이어서 나는 한순간 죽었으면 싶었다. 그런데 웬걸. 처음에는 온몸에 커다란 평온이 깃들었다. 그다음에는 고뇌가 나를 사로잡았다. 육체와 영혼의 몸서리침이었다. 그것은 마치 내 삶의 실상을 환상 없이 보여 주는 갑작스러운 〈계시〉와도 같았다. 나는 끔찍할 정도로 헐벗은 내 방의 벽을 처음으로 바라보는 것 같았다. 나는 겁이 났다. 지금도 또 나는 마음을 안정시키고 가라앉히기 위해 이 글을 쓰고 있다. 오, 주여! 당신께 불경을 저지르지 않고 마지막에 이르도록 해주소서.

나는 다시 일어날 수 있었다. 나는 어린아이처럼 무릎을 끓었다…….

　이제 죽었으면 좋겠다, 빨리, 또다시 내가 혼자라는 것을 깨닫기 전에.

지난해 나는 쥘리에트를 다시 만났다. 마지막 편지, 알리사의 죽음을 알려 준 편지를 받은 뒤로 10년이 넘는 세월이 흘렀다. 프로방스로 여행을 하게 된 기회에 나는 님에 들렀다. 번잡한 시내 중심가인 푀셰르 대로에 위치한 테시에르가는, 상당히 아름다워 보이는 집에 살고 있다. 내가 찾아간다는 것을 미리 편지로 알려 두긴 했지만, 문턱을 넘으면서 나는 꽤나 마음이 설레었다.

하녀가 나를 응접실로 안내했고, 잠시 후 쥘리에트가 들어와 나를 맞았다. 플랑티에 이모를 보는 느낌이었다. 같은 걸음걸이, 같은 몸매, 숨넘어갈 듯이 친절한 태도까지 똑같았다. 그녀는 곧장 여러 가지 질문들을 퍼부었다. 대답은 아랑곳없이, 그간 어떻게 지냈느냐, 파리에선 어디 사느냐, 하는 일은 무엇이냐, 어떤 사람들과 어울려 지내느냐, 또 남프랑스에는 무슨 일로 왔느냐? 에두아르가 나를 만나면 무척 기뻐할 텐데, 에그 비브에까지 왜 가려하지 않는지……? 이윽고 그녀는 가족들 모두의 소식을 들려주었고, 자기 남편,

아이들, 동생에 대해서, 그리고 지난번 추수와 불경기 등에
대해서 이야기했다……. 나는 로베르가 에그 비브에 와서 살
기 위해 퐁괴즈마르의 집을 팔았다는 것, 그는 지금 에두아
르의 동업자가 되었는데, 그 덕에 에두아르가 여행을 다니
고, 특히 사업상의 거래 방면에 더욱 전념할 수 있게 되었으
며, 한편 로베르는 포도 농상에 남아 품종 개량이나 확장에
힘쓴다는 것을 알게 되었다.

그러는 동안 나는 과거를 상기시켜 줄 만한 것이 없나 하
고 불안스러운 눈길로 둘러보았다. 나는 응접실의 새 가구
들 사이에서 퐁괴즈마르의 가구 몇 점을 분명히 알아보았
다. 그러나 내 마음속에서 진동하고 있는 그 과거를 쥘리에
트는 이제 잊어버렸거나, 아니면 우리의 마음을 그것에서 딴
데로 돌리려고 애쓰는 것 같았다.

열두 살과 열세 살짜리 사내아이 둘이 층계에서 놀고 있었
다. 쥘리에트는 그 아이들을 불러 나에게 인사시켰다. 맏이
인 딸 리즈는 제 아버지를 따라 에그 비브에 가고 없었다. 열
살짜리 또 다른 사내아이는 산보 나갔는데 곧 돌아올 거라
고 했다. 쥘리에트가 알리사의 죽음을 알리면서, 해산이 가
깝다고 했던 아이가 바로 그 애였다. 그 마지막 출산은 마지
막까지 난산이었고, 그 때문에 쥘리에트는 산후에도 오랫동
안 고생했다는 것이었다. 그리고 지난해에 생각을 바꿔 먹은
듯 또 딸 하나를 낳았다. 그녀가 말하는 걸 들어 보면, 다른
아이들보다 이 딸아이를 더 예뻐하는 것 같았다. 쥘리에트
가 말했다.

「내 방에 그 애가 자고 있는데, 바로 이 옆이야.」그녀가 말했다. 「가보자.」그 말에 내가 따라나서자, 그녀는 말을 이었다. 「제롬, 편지로는 부탁할 용기가 나지 않았는데……. 이 아이의 대부가 좀 되어 줄 수 있겠어?」

「그야 네가 좋다면 기꺼이 승낙하지.」나는 몸을 굽혀 요람을 들여다보며, 약간 놀라 말했다. 「내 대녀 이름이 뭐지?」

「알리사…….」그녀가 낮은 소리로 대답했다. 「언니를 좀 닮았어. 그런 것 같지 않아?」

나는 아무 대답도 하지 않고 쥘리에트의 손을 꼭 잡았다. 제 엄마가 들어 올리자, 어린 알리사가 눈을 떴다. 나는 그 아이를 받아 안았다.

「오빠는 참 좋은 아빠가 될 거야!」웃으려고 애쓰며 쥘리에트가 말했다. 「그래, 언제까지 결혼하지 않고 있을 거야?」

「많은 것들을 잊어버릴 때까지.」나는 그녀의 얼굴이 붉어지는 것을 보았다.

「무엇을 곧 잊고 싶은데?」

「언제까지나 잊고 싶지 않은 것을.」

「이리 와봐.」그녀는 불쑥 이렇게 말하며, 좀 더 작은 방으로 앞장서 들어갔다. 방 안은 이미 어두웠고, 그 방의 문 하나는 그녀의 방으로, 다른 하나는 응접실로 나 있었다. 「잠시 틈이 날 때면 내가 숨어드는 데가 바로 여기야. 집 안에서 제일 조용한 방이지. 여기 있으면 삶으로부터 피신해 온 것 같은 느낌이 들어.」

이 작은 살롱의 창문은 다른 방 창문들처럼 시끄러운 시

가지 쪽으로 나 있지 않고, 나무들이 서 있는 안마당 같은 곳으로 향해 있었다.

「좀 앉아.」 그녀는 안락의자에 주저앉으며 말했다. 「내가 오빠 말을 제대로 알아들은 거라면, 오빠는 알리사의 추억에 충실하겠다, 이거네.」

나는 잠시 대답 없이 앉아 있었다.

「아마 그보다는, 알리사가 나에 대해 가지고 있었던 생각에 충실하려는 거겠지……. 아니, 그렇다고 내가 무슨 장한 일이나 한다고 생각하진 말아. 달리 어떻게 할 수가 없어서 그래. 만약 내가 어떤 다른 여자와 결혼한다 해도, 난 그저 그 여자를 사랑하는 척할 수밖에 없을 거야.」

「아!」 그녀는 별 관심이 없는 듯이 대답하더니 이윽고 내게서 얼굴을 돌리고서, 무슨 잃어버린 것이라도 찾으려는 듯 바닥을 내려다보았다. 「그렇다면 오빠는 희망 없는 사랑을 그토록 오랫동안 마음속에 간직할 수 있다고 생각해?」

「그래, 쥘리에트.」

「그리고 삶의 바람이 날마다 그 위로 불어닥쳐도 그 불이 꺼지지 않는다고 생각해?」

저녁이 잿빛 밀물처럼 차오르며 사물 하나하나에 와 닿아 어둠에 잠기게 했고, 그 어둠 속에서 사물은 되살아나 나직한 목소리로 저의 과거를 이야기하는 것 같았다. 나는 알리사의 방을 다시 보는 것 같았다. 쥘리에트가 거기에 알리사의 모든 가구들을 한데 모아 놓았던 것이다. 이제 그녀는 다시 내게로 얼굴을 돌렸다. 그러나 이제 더 이상 그녀의 얼굴

윤곽을 뚜렷하게 분간할 수가 없어서, 그녀가 눈을 감았는지 어떤지는 알 수 없었다. 그녀는 몹시 아름다워 보였다. 이제 우리 두 사람은 아무 말 없이 앉아 있었다.

「자! 이젠 잠에서 깨어야지……」 마침내 그녀가 말했다.

나는 그녀가 일어나 한 걸음 앞으로 내딛다가 맥이 빠진 듯 곁에 있는 의자에 주저앉는 것을 보았다. 그녀는 두 손으로 얼굴을 감쌌다. 울고 있는 것 같았다…….

램프를 들고 하녀가 들어왔다.

편집자의 노트

『좁은 문』은 애초에는 1909년『라 누벨 르뷔 프랑세즈』지 처음 몇 호에 연재되었다.

　장 쉴룅베르제 씨가 요행으로 앙드레 지드의 중요한 수정의 증거물인 동 문예지의 교정쇄를 보관하고 있었다. 그것은 작가가 본래 소설의 제8장 첫머리에 배치했다가 마지막 순간에 삭제하기로 결정한 긴 한 페이지에 해당된다.

　이 미간행 부분은『라 누벨 르뷔 프랑세즈』지 50주년을 맞이하여 피에르 마자르 씨에 의하여 1959년 2월 21일자『피가로 리테레르』지에 처음 발표되었다.

　메르퀴르 드 프랑스 출판사는 이 문헌을 여기에 전재하도록 허락해 주신 것에 대하여 장 쉴룅베르제 씨에게 감사드린다.

내 이야기는 이제 끝이 가까워졌다. 나 자신이 살아온 삶의 이야기로 내가 무엇을 하겠는가? 어느 새로운 하늘 아래서 내가 다시 행복을 찾기 위하여 애쓴 이야기를 왜 여기서 늘어놓겠는가? 때때로 나는 나의 목적을 잊어버린 채 그토록 아등바등하며 지냈고, 또 내 생각엔 여전히, 내가 오직 그녀만을 향하여 노심초사하는 것 같았다. 나를 알리사에게 다가가게 해주지 않는 덕의 실천이란 나로서는 그만큼 상상하기 어려운 것이었다. 슬프도다! 나는 그녀를 내 덕의 형상 그 자체로 삼았던 게 아닐까? 그녀에게서 멀어지기 위하여 내가 마침내 돌아서야 했던 것은, 바로 나의 덕 자체에 반하는 일이었다. 그래서 나는 가장 어이없는 방탕한 생활 속으로 빠져들었고, 나 자신의 내면에서 모든 의지를 제거해 버리는 환상을 가질 정도로 의기소침한 상태가 되었다. 그러나 일단 포기했던 나의 생각이 항상 다시 내려앉는 곳은 추억의 경사면 쪽이었다. 그리하여 나는 몇 시간, 몇 날 동안 도무지 마음을 가다듬지 못하고 있었다.

이윽고 어떤 끔찍한 감정의 폭발을 계기로 나는 다시 무기력에서 벗어나게 되었다. 약동하는 힘이 되살아났다. 나는 나의 내면에서 지난날 내 행복의 건축물이었던 것을 완전히 무너뜨리고, 내 사랑과 신앙을 황폐화시키는 데 내 정신을 집중했다.

그 혼돈 속에서 내 공부가 무슨 가치가 있겠는가! 지난날 나의 사랑이 그랬듯 지금은 절망이 내 생각의 유일한 장소인 것 같았고, 나의 권태가 보여 주지 않는 생각이라면 그 어떤 것도 생각으로 인정되지 않았다. 이 공부가 싫고 나의 가치가 쓸모없어졌다고 느끼는 지금, 그 이유가 사랑 때문인가 하는 의혹을 가진다……. 아니다, 그 이유는 사랑을 의심했기 때문이다.

진정함, 명철함, 자유로움을 향한 모험

1. 앙드레 지드와 그의 시대

　지드가 『좁은 문』을 쓸 때 프랑스는 이른바 〈아름다운 시대belle époque〉였다. 20세기가 막 시작되었지만 아직 제1차 세계 대전의 충격과 마주치기 전인 이 시기는 끓어오르는 열정과 흥분, 그리고 위험한 환상에 젖어 있었다. 지난 세기의 유산이 태동하는 새로운 시대의 역동성과 만났다. 세기말적 갈등의 소산인 이념적 대토론들은 모든 종교적, 윤리적, 정치적 문제들을 재반성하게 했다. 제3공화국은 불랑제[1]의 민족주의, 드레퓌스 사건, 정교 분리 등 거대 논쟁들에 휘말려 요동친다. 불랑제 장군의 반독일주의에 부추김을 받은 민족주의는 모리스 바레스[2]를 추종하는, 복수심에 불타는 애국자들과 반의회주의자들을 집결시킨다. 테제 소설 『뿌리 뽑

1　Georges Boulanger(1837~1891). 프랑스 제3공화국의 군인이자 정치인. 보불전쟁의 복수를 해야 한다는 공격적 민족주의를 주창했다.

2　Maurice Barrès(1862~1923). 프랑스의 작가. 전통주의적이고 애국주의적인 정치가로서도 이름이 높았다.

헌 사람들』에서 바레스는 공화주의 이데올로기에 모욕당한 윤리적·사회적 가치들을 지키기 위한 필수 조건인 전통과 종교 속에 깊이 뿌리내릴 것을 주창한다. 그 주장에 대한 유명한 응답으로 지드는 그 명성 자자한 작가에게 반문한다. 〈남쪽의 위제스 출신인 아버지와 북쪽 노르망디 출신인 어머니 사이에서, 파리에서 태어난 나는, 바레스 씨, 대체 어디에 뿌리를 내리란 말입니까?〉 지드의 응답은 준엄하다. 뿌리내리기는 약한 자들의 해답이다. 반면에 뿌리 뽑힘은 풍부함과 활짝 꽃 피어남의 덕목을 갖추었다. 이리하여 같은 해인 1897년에 발표한 『지상의 양식』에서 지드는 서정미 넘치는 문체로 모든 종류의 〈낯설게 하기〉를 구가하며, 모든 종류의 굴레에서 벗어나 밖으로 나올 것을 호소한다.

이 논쟁으로 인하여 지드는 당시의 전위적 사상으로부터 분리되지만, 그렇다고 그들의 적진으로 넘어가 숨지도 않는다. 에밀 졸라를 중심으로 하는 자연주의·실증주의 그룹은 계몽주의적 이상에 경도되어 있었다. 지드의 길은 사회주의에 있는 것이 아니었다. 부유한 부르주아 집안 출신인 지드는 8시간 노동을 쟁취하고자 하는 1906년 파업에 대한 무자비한 탄압 앞에서 불안해하지 않았다. 당시 『일기』에 쓴 그의 말은 음미해볼 만하다. 〈사회적인 문제? ─ 그렇긴 하다. (……) 하지만 인간이 인간들보다 더 흥미롭다. (……) 각자가 만인보다 귀중하다.〉 이것은 그 어떤 보편적 대의도 개인이나 작가를 통제해서는 안 된다는 의미이다.

한편 그 시대를 깊이 물들인 드레퓌스 사건은 지드에게는 무엇보다 윤리적 문제로 읽혔다. 1894년 반역 혐의로 재판을 받게 된 유태인 가정 출신의 탁월한 장교 알프레드 드레퓌스는 군 고위층의 반유대주의의 미움을 사, 불충분한 증거에 의하여 유죄가 인정되어 섬으로 유배당했다. 샤를 페기, 장 조레스, 레옹 블룸, 조르주 클레망소와 같은 지식인들은 이 판결에 대하여 비판적이었다. 그리고 에밀 졸라는 『로로르』지에 그 유명한 글 「나는 고발한다」(1898년 1월 13일)를 발표하며 반격했다. 프랑스는 드레퓌스의 지지파와 반대파로 갈라졌고, 지드는 지지파의 진영을 택했다. 그 진영에서는 샤를 페기, 아나톨 프랑스, 에밀 졸라가 지배적인 목소리를 냈고, 수적으로 우세한 반대파에는 르누아르, 드가 같은 수많은 화가들, 그리고 모리스 바레스, 샤를 모라스 같은 작가들의 영향하에 여러 아카데미 회원들이 포진했다.

지드는 애국심을 내세우며 판결의 수정을 원하지 않는 지식인들의 완고함을 비판했다. 그의 선택은 반유대주의의 기만적인 태도에 대한 반대였을 뿐, 정치적이거나 이념적인 이유에서 내려진 것은 아니었다. 그의 반응은 윤리적 범주의 문제였다. 그는 다른 사람들과는 달리, 자신의 문학 작품 속에서 드레퓌스 사건 자체를 직접 언급하지 않는다. 그러나 그는 졸고 있는 의식 속에 〈불안을 야기하는〉 것이 작가로서의 역할이라고 믿는다. 그리하여 그는 『좁은 문』에서도, 전통적인 가치들이 자기기만에 빠질 때 실패하고 만다는 사실을 암시적으로 보여 준다.

정교 분리

드레퓌스 사건을 계기로 종교적인 문제가 제기되었다. 유대교와 개신교는 같은 편이 되었다. 일반적으로 반(反)드레퓌스파인 가톨릭과 드레퓌스를 옹호하는 정교분리주의자들이 첨예하게 대립했다. 1905년 12월 9일, 법은 교회와 국가의 분리를 명령했다. 그러나 신앙의 자유, 종교적인 실천과 정치적 신념의 엄격한 분리에도 불구하고 토론의 열기는 진정되지 않았다. 바로 이 같은 종교적 열광의 분위기 속에서 위스망스, 잠, 페기, 클로델 같은 작가들의 떠들썩한 개종이 진행되었다. 클로델의 영향에도 불구하고, 발레리, 지드 같은 작가들은 유혹을 느끼면서도 넘어가지 않았다. 지드는 한동안 가까이 지냈던 합리주의자들에 맞서서 클로델의 신앙과 사상에 상당한 관심을 기울인 것이 사실이다. 그는 『일기』에 이렇게 쓴다. 〈종교적인 확신은 저 확고한 정신의 소유자마저 딱하게 휩쓸려 들게 만든다.〉 그리고 이렇게 덧붙인다. 〈어쩌면, 잘못 생각하는 건 아닌가 하는 두려움이 없이는, 아주 훌륭한 글을 쓰지 못하는 것인지도 모른다.〉

이는 『좁은 문』 같은 작품이 형상화하고 있는 문제가 일방적인 해석 속에 매몰되지 않도록 하려는 의지를 드러낸다. 즉 신비적 신앙의 옹호냐 비판이냐, 혹은 개신교적인 작품이냐 개신교 비판이냐 하는 문제는 별로 중요하지 않다는 것이 지드의 생각이다.

예술가적 삶의 전면적 개혁

지드는 순응주의, 도그마, 이데올로기, 그리고 지적·개성적 확장을 가로막는 모든 굴레를 거부한다. 그의 젊은 시절은 상징주의의 마지막 빛의 세례를 받았다. 보들레르, 랭보, 말라르메, 베를렌의 영향 아래, 상징주의자들은 상징의 환기력과 꿈의 세계, 언어가 지닌 음악과 조화의 암시 능력을 탐색하고 활용하고자 했다. 당대의 물질주의에 대한 반작용으로 등장한 거의 신비적인 이상 세계의 동경이 세기 초의 작품들을 물들였다. 〈시인이 자기 존재를 드러내는 것은 그가 말하는 모든 것에 의해서가 아니라 그가 말하지 않는 모든 것에 의해서이다.〉 지드가 그의 산문에서 구체적으로 보여 주고자 하는 것, 『좁은 문』에서 형상화하려는 것은 바로 이 생략과 암시의 미학이다. 그는 자신의 작품 구성의 어려움에 관하여 이렇게 말한다. 〈나는 이제 작품에서 말하지 않고 유보적인 상태로 남겨 둘 수 있었던 모든 것을 특히 높이 산다.〉 그는 이 술회를 통해서 언어에 맡겨진 단순한 발화 기능 이상의 어떤 소통 능력에 대한 지향을 나타낸다. 첫 작품인 『앙드레 왈테르의 수기』에서 지드는 상징주의에 대한 찬미의 태도를 보여 주었다. 『좁은 문』은 진실의 표현 수단으로서의 암시의 수행 능력과 언어의 주술적 조화를 구체적으로 실천해 보여 주었다.

현대의 문턱에서

이러한 정신성의 욕구에 목마른 세계 내부에서는 어떤 새로운 감수성이 모습을 드러낸다. 1913년 아폴리네르의 『알 코올』과 함께 현대성의 도래가 분명해진다. 과학의 발전은 앎의 방식들이 다양하다는 것을 보여 주었다. 1905년 아이 슈타인은 상대성 원리를 발견했다. 실증주의가 목표로 한 총체적 앎은 불충분하거나 효력을 상실했다. 전기, 비행기, 자동차, 영화 등 새로운 기술의 발전이 인간과 세계의 관계 에 큰 변화를 가져왔다. 에펠탑의 건설로 그 정점에 이른 만 국 박람회는 산업 문명의 시대를 예고했다. 베르그송의 철학 은 이제 막 직관의 가치를 밝힘으로써 정신적인 욕구에 해답 을 제시했다. 베르그송 철학은 대중에게 퍼져 나가면서 페 기, 프루스트의 작품에 실질적인 영향을 끼쳤다. 그러나 이 문제에 대하여 지드는 이렇게 말한다. 〈베르그송의 독트린 에서 언짢게 느껴지는 점이 있다면 그건 그가 말하지 않아도 내가 이미 생각하고 있는 모든 것이다.〉 베르그송 철학의 임 팩트를 이보다 더 뚜렷하게 표현하기는 어려울 것이다. 기술 적·사회적 결정론에 맞서서 베르그송의 철학은 이성의 합리 성을 비판하면서 삶과 정신의 창조적 운동을 강조했다는 점 이 주목된다. 추상 미술의 탄생은 정신의 창조적 기능을 앞 세운다. 지드는 드뷔시와 스트라빈스키에게서 전대미문의 언어, 〈전에 알지 못했던 어떤 주파수〉를 감지한다. 그러나 그는 회화의 선택에 있어서는 매우 서툴렀다.

『좁은 문』의 구조는 새로운 서사 기법을 통해서 사물과 존 재들에 던지는 새로운 시선을 보여 준다. 자신의 작품을 의 도적으로 소설이 아닌 〈이야기*récit*〉로 분류함으로써, 지드는 시점의 이동에 따른 조망의 변화라는 그의 깊은 의도를 확고하게 드러낸다.

시대를 초월하여

〈나는 나의 시대에 속하려고 애쓰는 것이 아니라 나의 시대에서 벗어나려고 애쓴다〉고 그는 1918년 4월 23일『일기』에 적고 있다. 이른바 벨에포크의 비등하는 행동파적 문맥 속에서 지드의 위치는 특이하다. 온갖 모순으로 가득 차 있고, 또 선택의 필요성을 극도로 싫어하는 그는, 시대의 여론과 문학을 형성하는 흐름들 밖에 외톨이로 떨어져 있다. 예술지향적인 그의 성향으로 인하여 그는 모든 시대의 작가, 다른 말로 바꾸어 시대를 초월한 〈고전적〉인 작가일 수밖에 없다.

NRF

지드가 몇몇 친구들과 함께『라 누벨 르뷔 프랑세즈*La Nouvelle Revue française*』를 창간한 1909년 40세 때부터 1951년 사망할 때까지, 그는 프랑스에서 사실상 문학적인 삶을 〈지배〉했다고 해도 과언이 아니다. 20세기 전반기 전체에 걸쳐 줄곧 그의 예외적인 작품과 개성이 던지는 이중의 광휘가 열광적인 찬미 혹은 치열한 비난의 대상이 되어 왔다는 사실이 그의 지배를 설명해 준다. 그의 마음을 움직인 동력은 자율적 정신이다. 그 당시 다양한 견해들을 전달하던 매체는 전통적인 문학의 가치를 수호하는『메르퀴르 드 프랑스*Mercure de France*』, 사회주의적·애국적 이념을 내세우는 샤를 페기의 『레 카이에 드 라 캥젠*Les Cahiers de la quinzaine*』, 반유대주의·반의회주의를 기반으로 하는 샤를 모라스의 『락시옹 프랑세즈*L'Action française*』, 교양 있는 대중을 상대로 하는 『라 르뷔 데 되몽드*La Revue des Deux-Mondes*』 같은 잡지들이었다.

지드와 특히 장 쉴룅베르제와 자크 코포 같은 그의 친구들이 『NRF』지의 창간을 기획한 것은, 각 필자의 윤리적·정치적·종교적 성향과 무관하게 오직 질적으로 높은 미적 가치를 지닌 작품들을 널리 소개하는 데 목적이 있었다. 유일한 기준은 문학적 자질이었다. 1908년에 나온 첫 호는 지드와 잡지 편집장인 드 몽포르의 결별을 가져왔다. 지드의 마음에 들지 않는 두 편의 글 때문이었다. 몇 번의 지연 끝에 지드는 1909년 이 잡지의 진정한 〈창간호〉에 자신의 소설 『좁은 문』을 싣기로 결정한다. 지드는 처음으로 잡지의 아이디어를 제시하고 자문하고 편집에 참가했지만, 결코 자신이 편집을 주관하려고 하지는 않았다. 첫 편집장은 1912년에 지명된 자크 코포가 맡았다. 저자들이 작품을 출판할 수 있도록 돕기 위하여, 창간 멤버들은 1911년 5월 31일에 출판인으로 가스통 갈리마르를 영입하고 계약서에 서명했다. 이리하여 『NRF』는 사실상 20세기 프랑스 문학의 쇄신과 중흥에 기여하게 될 모든 작가들을 맞아들인다.

회복할 수 없는 상처

어린 시절부터 지드는 상처받은 존재였다. 외아들인 그는 열한 살에 아버지를 여의었다. 그는 어머니와 집사요 친구인 안나 세클턴 곁에서 성장했다. 그의 집안은 가톨릭이었다가 개신교도가 된 노르망디 쪽 혈통인 모계와, 개신교인 남프랑스쪽 부계의 혈통이 결합하여 이루어졌다. 그는 애정 어린, 그러나 극도로 엄격한 청교도적 분위기 속에서 자랐다. 그는 허약하고 신경성 발작이 잦은 학생이어서 종종 학교의 울타리 밖으로 밀려나기도 했다. 탁월한 법학자인 아버지의 모범에도 불구하고 그는 문과를 택하여 〈만들어지지 않은 길〉로 접어들고자 했다. 그의 관능적 천성의 발견은 숨겨진 드라마로서, 〈육체의 죄악〉을 멀리하도록 가르치는 엄격한 가정에서는 감당하기 어려운 문제가 된다. 그는 서로 화해시킬 수 없는 그의 영혼과 육체 사이에서 고통스럽게 찢어진 자신을 발견한다.

가톨릭 윤리와 청교도 윤리 사이에서

지드는 가톨릭과 프로테스탄트라는 이중의 가족적 기원으로 갈등을 겪는다. 가톨릭은 교리에 복종할 것을 요구하고, 교회의 권위에 의존한다. 신자와 하느님 사이를 이어 주는 것은 신의 말씀의 유일한 담지자, 신의 존재의 유일한 증인인 땅 위의 대리자들이다. 한편 개신교도들은 직접 하느님을 상대하고 끊임없이 성서의 말씀을 익혀 하느님께로 나아가는 길을 찾는다. 개신교 신자는 이른바 자기 성찰에 있어서 오직 하느님만을 상대하고, 하느님 앞에서만 책임을 진다. 반면에 가톨릭 신자는 자신의 내면적 삶을 교회의 사람에게 맡겨 인도하게 하고, 자신의 잘못에 대한 용서를 그 인도자에게 구한다. 지드에게 개신교는 지적 해방의 요인이다. 성서 읽기는 비판 정신을 북돋우고 풍요롭게 하기 때문이다. 그러나 그 비판 정신은 파괴적인 요소를 내포하고 있다. 육체의 혐오, 덕목 자체에 대한 숭배가 그것이다. 영혼과 육체를 분리시킴으로써, 고행을 하나의 절대로 삼는 개신교는 모든 삶의 기쁨을 없애 버린다. 희생정신이 폭군처럼 존재를 지배한다. 금욕, 순결, 모든 종류의 고행에 바쳐진 존재는 쇠약해져서 시들어 마침내 죽음에 이를 수밖에 없다. 알리사처럼.

그렇지만 지드는 가톨릭의 윤리가 더 행복한 것이라고 보지 않는다. 왜냐하면 당시 가톨릭교의 본질은 불가피하게 지드가 전력을 다하여 거부하는 순응주의를 배태하는 교리였기 때문이다. 일생 동안 지드는 줄곧 학자와 같은 엄격성을 가지고 성서를 읽었다. 그는 여러 차례에 걸쳐 편협한 교조주의자들이 예수의 말씀에 가하는 편향성을 고발한다. 〈나의 기독교는 오직 그리스도에게서만 유래한다. 나와 예수님 사이에 끼어드는 칼빈이나 사도 바울은 다 같이 해로운 두 가지 스크린으로 간주한다.〉(『일기』, 1910년) 지드는 복음서는 기독교가 가르치고 전파하는 것과 반대되는 것을 말하고 있다고 힘주어 선언한다. 그에게 복음서는 자유의 산파역인 것이다.

불가능한 사랑

지드의 전 생애에 걸쳐, 외사촌 누나 마들렌 롱도는 간단없이 그 모습을 드러낸다. 청소년 시절, 그는 그녀의 어머니 마틸드 롱도의 불륜으로 인하여 집안이 충격에 빠졌을 때 그녀를 사랑하게 되었다. 그는 그녀를 『앙드레 왈테르의 수기』의 여주인공으로 삼았고, 1895년에 그녀와 결혼했다. 그는 자유롭고 활짝 열린 삶의 길들로 그녀를 이끌어 가고 싶었다. 그는 결혼 전 알제리 여행 중에 자신의 동성애적 기질을 발견하고, 오스카 와일드의 영향을 받아 그 사실을 인정하고 받아들였다. 그때부터 마들렌은 그녀의 삶을 송두리째 신앙에 바치고 자선 행위에 몰두했다. 지드는 남은 생애 동안 그들의 결혼이 고사해 가는 과정을 지켜보지 않을 수 없게 되었다. 그는 점점 더 그 결혼 생활을 회피할 뿐이었고, 마침내 마들렌은 그에게서 받은 모든 편지들을 불태워 버렸다. 지드에게 그 상실은 돌이킬 수 없는 것이었다. 그에게 딸을 낳아 준 다른 여자와의 관계에도 불구하고, 마들렌은 그에게 있어서 생애의 유일하고 절대적인 사랑임에 변함이 없었기 때문이다. 〈나는 그녀의 행복을 원했다〉고 그는 말하지만, 그들의 관계는 영혼의 차원에 한정되었을 뿐이었고, 그것은 그들 두 사람에게 고통스러운 실패였다.

조화의 길

조화를 찾는 것은 그의 삶의 〈민감한 이유〉라고 그는 회고록 『한 알의 밀알이 죽지 않으면』에서 말한다.

정신적 도정: 남몰래 죄의식을 느끼며 고통스럽게 감추고 있지만 자신의 소외의 비밀을 견딜 수 없게 된 지드는 자신과의 화해를 모색한다. 그는 차츰차츰 기독교의 영향에서 멀어지면서 그 독재적인 영향을 비판한다. 그는 기독교 윤리가 개인 각자의 개별성을 무시하고 만인에게 부과하는 의무들의 속박에서 벗어나고자 한다. 희생과 헌신의 가치들을 배격하고, 쾌락과 행복에의 동경을 찬양한다. 『지상의 양식』은 자연과 감각의 기쁨 앞에서 맛보는 서정적 경이를 노래한다. 그러나 지드는 그 도취한 열광이 정도를 벗어날 수 있다는 것을 알고 있다. 그래서 그는 기독교의 윤리를 결정적으로 버리지 못한다. 신에 대한 감각이 결여된 세계 속에서 인간은 어떤 규율을 가지지 않으면 안 되기 때문이다. 과도한 배덕도, 과도한 신비 신앙도 용납할 수 없다. 지드의 사상은 그러므로 그 자신의 해방을 목표로 하는 실천이다. 그에게 삶의 의미는 자아를 활짝 꽃피우는 데 있다. 그러나 그는 기독교의 청교도적인 면을 배격하면서도, 사람들과 함께 살아가는 수단으로서, 자신과 타자들 사이의 균형을 이루는 기술로서의 윤리를 간직한다.

지적 도정: 몇몇 저자들과의 만남은 그의 지적 도정에 깊은 영향을 끼친다. 니체의 독서는 그에게 기독교적 관념론, 즉 육체의 열망들에 고집스럽게 귀를 막는 관념론에 대한 비판의 계시를 준다. 그는 또한 괴테를 찬미한다. 그에 따르면 괴테는 살아가는 동안 차례차례로 내면의 모순들을 밖으로 드러냄으로써 이를 극복할 수 있었다는 것이다. 인간의 내면

에 도사린 복잡함의 심연을 탐험했던 도스토옙스키의 발견은 심리적인 면에서 그 자신의 직관들을 이해하는 데 도움이 된다. 이런 지적 성숙이 이루어지는 장소는 그의 작품들이다. 그는 끊임없이 자신의 내면에 도사리고 있는 모순된 질문들을 자신의 작품 속에 새겨 넣는다. 사회적·정치적 생활에 몸을 던져 참여하는가 하면, 〈정의로운〉 대의명분들이 분비하는 환상이나 거짓 속에 매몰되기를 거부한 것은 그의 지적 태도를 구체적으로 드러낸다. 이리하여 콩고 여행에서 돌아오자 그는 그곳에서 저질러지고 있는 식민주의를 고발하고(1927), 소련 여행에서 돌아오자 스탈린의 온갖 숙청 행위를 고발한다(1937). 윤리적인 면에서, 그가 몸담아 외치는 진영은 〈다름〉이다. 그는 누구보다 먼저 동성애에 대한 자신의 생각을 피력하기 위하여 이론서 『코리동』(1924)을 썼다.

지드식 아이러니

지드는 그 자신이 그의 작품을 아이러니한 작품이라고 평가했다. 아이러니는 원래 수사학에서 자신이 의미하고자 하는 것과 반대로 말하는 방식을 뜻하지만, 소크라테스의 어원적 의미는 답을 모르는 체하며 질문하는 행위를 가리킨다. 그런데 지드의 작품이 보여 주는 특징은 바로 그 비판적 성격이다. 과연 허구적 작품은 자신의 존재를 실현하기 위하여 가능한 여러 가지 방도들을 실험해 보는 장소요 구실이다. 소설은 그 등장인물들을 통하여 삶에 제시되는 여러 가지 윤리적·실존적 관점들과 선택지들의 엄격한 대조 과정을 구성·배치한다. 이렇게 함으로써 작가는 단순히 독자들에게 흥미를 제공하는 데 그치지 않고, 어떤 비판적인 차원을 부여한다. 즉 그는 독자가 명철하게 깨어 있는 상태에서 자신의 온갖 행동을 결정하는 요인이 무엇인가를 뚜렷하게 의식하고 스스로를 해방하도록 유도한다. 진정함, 명철함, 자유로움, 이것이 바로 지드의 사상의 기초라고 하겠다. 이 세 가지 기본적 가치들은 그의 책 『테세우스』의 마지막에 표현되어 있는, 그의 지칠 줄 모르는 휴머니즘 모색의 원동력이다. 〈나의 뒤에, 내 덕분에, 인간들이 더 행복하고 더 나아지고 더 자유로워진 자신을 발견하게 되리라고 생각하면 흐뭇해진다.〉

지드의 초상 — 지칠 줄 모르는 〈월경(越境) 안내인〉

유동성: 지드는 오랫동안, 멀리, 많은 여행을 했다. 그의 정신은 휴식을 알지 못했다. 그가 어떤 한 가지 생각에 매달릴 때면 동시에, 예외 없이, 그것과 반대되는 생각이 솟아올랐다. 이런 태도 때문에 그는 빈번히 변덕스럽다는 비판을 받았다. 그러나 이 태도야말로 그의 지칠 줄 모르는 지적 호기심에 풍부한 유연성을 부여한다. 새로움은 그에게 있어서 유행이 아니라 덕목이다. 『NRF』지에서 그가 모범적으로 보여 준 활약과 업적은 그의 적확한 발견의 센스를 여실히 보여 준다. 이 탁월한 문예지는 지드 덕분에 프랑스와 외국의 20세기 문학에서 특히 주목되는 모든 작품들과 작가들을 세상에 알리게 되었던 것이다.

개방성: 순수함의 지향과 관능적 천성 사이에서 갈등하는 지드는 단 한 가지 선택 속에 그를 가두어 놓는 것을 두려워한다. 그래서 그는 자신을 결정적으로 다 바치는 것을 거부한다. 그는 늘 다른 것, 다른 곳에 끌려 한눈팔고 있으며, 또 그러한 자신에게 충실하다. 그의 작품의 일관된 의미는 다양함을 통해서 그의 사상의 심오한 엄격성을 드러낸다.

불복종: 〈유동적이고 다양한〉, 그러면서도 확고한 지드는 사람들의 의식 속에 〈불안〉을 조성한다는 자신의 사명을 한 시도 잊지 않는다. 예술 분야를 포함한 도처에서 그는, 밖에서 강요한 어떤 선택이 자아내는 위선을 끝까지 추적한다. 그는 증오와 비웃음을 마다하지 않고, 항상 위협받는 자유의 가치들과 행복의 맛을 다음 세대의 사람들에게 전달해 주는 월경 안내인이다. 진실을 보증하는 진정함, 관용에 자양을 주는 호기심, 발전을 보증하는 불복종, 광신을 물리치는 아이러니, 지드가 그의 작품 속에서 빛을 받게 한 가치들은 바로 이러한 것이다. 그의 작품 속에서 그가 끊임없이 실천하는 대화의 미학은 진실의 복잡성을 향한 그의 열정을 보여 주고, 지적·윤리적 나태함으로 기울어지는 너무나 인간적인 유혹을 물리치게 한다.

2. 『좁은 문』에 대하여

〈어제 저녁, 『좁은 문』의 50여 페이지를 다시 읽다. 이 책을 다시 집어 들 때마다 어떤 형언할 수 없는 감동을 맛본다.〉(『일기』, 1913년 3월) 지드는 이 작품의 주제와 제목을 정하고 집필하는 데 큰 어려움을 느꼈다. 그는 이 주제를 이미 1894년부터 마음에 품고 있었다. 그는 『일기』에 이렇게 쓴다. 〈고뇌에 잠길 가능성: 잘못 찬양했다고 믿는 영혼.〉 그는 여러 가지 제목들을 고려해 본 결과 〈좁은 길〉로 제목을 정했다가 다시 〈좁은 문〉으로 바꾼다. 또 여러 차례에 걸쳐서 이 작품 집필을 포기하고 싶었다고 털어놓는다. 주제가 모호하고 시대착오적이고 무미건조하다고 여겨지는 것이다. 1902년에 발표한 『배덕자』에 대한 여러 가지 비판과 오해로 인하여 크게 실망한 작가는 오랫동안 무력감에 빠져들었다. 그러나 마침내 1905년 『좁은 문』을 쓰기 시작하지만, 그 진척은 놀라울 정도로 느렸다. 그는 퀴베르빌 성에서 오래된 마들렌의 편지들을 가져와 다시 읽으면서, 그녀와 함께 지낸 청소년 시절의 신비적인 분위기를 되살려 보려고 노력한다. 회의와 실망 끝에 집필 중지, 그리고 다시 시작……. 그러나 1908년 10월 15일, 마침내 그는 소설을 탈고했고, 이제 그의 생애의 한 페이지를 넘겼음을 믿고 싶은 듯 그 이튿날 콧수염을 잘랐다. 원고는 이듬해 3회(2월, 3월, 4월)에 걸쳐 『NRF』지에 연재된 다음, 7월 1일자로 메르퀴르 드 프랑스 사에서 자신의 아내 M. A. G.(마들렌 앙드레 지드)에게 바친다는 헌정사와 함께 출판되었다.

작가가 수많은 망설임과 포기와 다시 쓰기의 과정을 거쳐 놀라울 정도로 오랜 시간에 걸쳐 작품을 집필할 수밖에 없었던 까닭은 이 작품의 성격이 잘 설명해 준다. 이 작품은 작가의 개인적 경험의 피 흐르는 생살 속에 새긴 것이나 다름없는 것이다. 그러나 지드는 자신이 몸부림치며 겪은 내면적 위기를 허구의 작품으로 번역하면서도, 그 속에 감추어진 드라마의 열쇠를 보여 주진 않는다. 그 해석은 독자의 몫이기 때문이다.

그는 항상 작품 속에 자신의 삶을 직접적으로 옮겨 놓는 것에는 반대했다. 〈어쩌면 소설 속에서 우리는 진실에 더 가까이 다가갈 수 있을 것〉(『한 알의 밀알이 죽지 않으면』)이기 때문이다. 심지어 그는 이렇게 잘라 말한다. 〈마들렌은 알리사와 혼동될 수 없다. 그녀는 너무 《코르네유적인》, 너무 긴장된 이 젊은 여자에게서 자신의 모습을 알아볼 수 없었다.〉

그렇지만 작가가 인물, 장소, 사건, 편지 등 자신의 실제 삶과 경험에서 많은 자료들을 빌려 온 것은 부정할 수 없다. 자기희생의 경향, 행복에 대한 두려움, 어린아이들에 대한 사랑 등 여러 가지 마들렌의 특징들은 곧 알리사의 특징이기도 하다. 또한 우리는 지드가 여러 통의 마들렌의 편지들을 작품 속에 가감 없이 그대로 삽입해 놓고 있다는 사실을 알고 있다. 그는 자신의 집안 소유지인 퀴베르빌의 정원을 소설 속에 매우 충실하게 묘사하면서 그곳에서 멀지 않은 퐁괴즈마르를 이야기의 배경으로 삼고 있다. 소설 속의 뤼실 뷔콜랭은 마들렌의 어머니인 마틸드 롱도를 모델로 삼아 설정한 인물이다. 목사의 아들이며 화자의 친구인 아벨은 작가의 친구 피에르 루이스와 그의 동서 마르셀 드루앵에게서 힌

트를 얻어 그려 낸 인물로 생각된다. 또 작품 속 쥘리에트의 결혼 에피소드는 마들렌의 동생이며 그의 처제인 잔의 결혼에 대한 기억을 되살려 옮긴 것으로 보인다. 작품 속의 흥미로운 한 인물인 이모 펠리시는 작가 자신의 이모의 모습에서 빌려 온 것으로 보아도 무방하다.

그러나 제롬과 알리사는 앙드레와 마들렌을 단순화, 혹은 과장하여 옮겨 놓은 분신이 아니라, 인간의 보편적 가치를 내면화한 소설 속의 인물들이다. 『배덕자』의 미셸이 위험한 부도덕에 빠져들 듯이, 『좁은 문』의 알리사는 비현실적인 신비주의에 몰입한다. 이런 상호 모순된 묘사는 그것이 제시하는 비전의 대조를 통해서 인간의 모습을 보다 더 입체적, 동적으로 조명한다. 이런 작품을 읽는 독자는 〈불안을 야기하는 것이 바로 내가 맡은 역할이다〉라는 지드의 말을 보다잘 이해할 수 있을 것이다. 작가는 독자가 습관적인 관점에서 깨어날 것을 요구한다. 과연 이 작품은 그 시대에 있어서 가장 예민한 질문들을 제기한다. 왜 희생정신은 쾌락의 추구보다 더 나은 것인가? 육체적 쾌락을 순치시켜 억제하는 것은 그것이 주어진 의무일 때 어떤 점에서 인간 존재를 풍요롭게 하는 것일까? 왜 신은 인간의 행복을 못마땅해하는 것일까? 그러나 지드는 어떤 주장을 담은 테제 소설을 쓰고자하는 것이 아니다. 그는 여러 가지 성격의 인물들을 그려 놓고, 독자가 저마다 자신의 해석을 내리도록 맡긴다.

소설의 제목 〈좁은 문〉은 누가복음에서 빌려 온 것이다. 좁은 문은 어려운 구원의 길이다. 그 말은 구원이 덕을 쌓은 적은 수의 사람들에게만 주어진 것임을 말한다. 이리하여 기독교 신자들에게는 성서의 말씀이 바로 그 제목 속에 담긴 것으로 해석된다. 그것은 자기를 버리고 희생하라는 준엄한 도덕에 바탕을 둔 종교적 가르침을 함축한다.

오늘날엔 그 성서적 함축이 모든 사람들에게 그런 방식으로 제시될 수는 없다. 그 제목을 읽으면, 이 소설의 이야기 속에서 교차하는 수많은 다른 주제들과 마찬가지로 막연하게나마 추방, 감금, 통과, 시험 등의 이미지들이 떠오를 것이다. 그러니까 성서의 의미와는 반대로, 문은 그것이 좁기 때문에 행복을 가져다줄 수가 없어 보인다. 반대로 좁은 문은 통과를 방해하는 위험한 장애물, 치명적인 함정이 될 수 있다. 제목은 분명 상징적이다. 그것은 덕행의 요구인 동시에 생명의 감퇴를 의미한다. 이렇게, 책의 내용을 읽기도 전에 지드는 벌써부터 책의 제목을 통해서 자신의 작품을 윤리적인 토론 쪽으로 유도한다.

『좁은 문』은 서점에 나오는 즉시 큰 성공을 거두었다. 비평가들은 한결같이 찬사를 보냈다. 그러나 정작 작가인 지드는 사람들이 자신의 작품을 잘못 읽었다고 생각했다. 사람들은 지드가 알리사의 영웅적인 고행에 찬성하고, 지상의 행복을 거부하는 그녀의 금욕적 태도를 지지한다고 믿었다. 지드의 친구인 시인 프랑시스 잠처럼 알리사와 마들렌을 동일시하는 것은 작가가 볼 때 심각한 오해였다. 왜냐하면 그의 작품은 그의 천성 속에 잠재하는, 그리하여 그의 인물들 각자에게서 구체적으로 형상화되는, 가능한 여러 가지 경향들에서 자양분을 얻고 있기 때문이다. 수가 많지는 않지만, 그를 강하게 비판하고 비난하는 사람들은 그의 반기독교적 투쟁을 고발했다. 그들은 이 작품이 내포하고 있는 아이러 니컬한 의미, 다시 말해서 비판적인 의미를 알아차리지 못했다. 〈결론을 내리는 작품에 불행이 있으리라.〉 이 공식이야 말로 『좁은 문』의 매력을 가장 잘 가리켜 보인다.

『좁은 문』의 줄거리

『좁은 문』은 앙드레 지드가 『배덕자』를 발표한 뒤 7년이 지난 1909년에 앞의 소설과 균형을 이루도록, 그 작품에 화답하여 발표한 작품이다. 이것은 주인공 제롬과 알리사 뷔콜 랭 사이의 사랑과 고통의 이야기다. 작가 지드는 이 이야기를 위하여 자신의 자전적 사실을 폭넓게 활용했고, 결혼하기 전에 외사촌 누이 마들렌 롱도가 자신에게 보낸 편지들과 내면 일기들을 다수 발췌하여 이야기 서술 사이사이에 삽입했다. 그러나 이 소설은 결코 자전적인 작품이 아니다.

어린 나이에 일찍 아버지가 돌아가시자, 제롬은 어머니와 집안의 오래된 친구인 한 부인의 다정한 보호 아래 자란다. 외숙부인 뷔콜랭의 두 딸들과 어울려 미묘한 친밀감을 느끼며 지내던 그는 그중 언니인 알리사에 대하여 때 이른 사랑을 느끼기 시작한다. 지극히 폐쇄적이고 금욕적이며 청교도 적인, 그러나 다정한 가족적 분위기가 어느 날 관능적인 혼혈아 출신의 외숙모 뷔콜랭 부인의 불륜과 가출로 인하여 큰 충격에 휩싸인다. 특히 큰딸 알리사는 이 사건으로 인하여 크게 마음이 동요되고, 이 순간부터 그녀의 종교적 감정이 특별한 밀도에 달하게 된다. 그녀의 영혼은 점점 더 이 지상 세계와 멀리 떨어진 영적 세계로 도피하는 경향을 보인다. 그녀를 사랑하는 제롬은 그럴수록 그녀를 따라 그 희박해진 영적 세계로 빨려 들어가면서도, 한편으로는 불안하고 초조한 마음의 그늘을 지우지 못한다.

알리사 역시 두 살 아래인 사촌 동생 제롬을 진심으로 깊이 사랑하고 늘 그와 함께 공부하고 독서하며 지내는 동안 마음속으로 깊은 친밀감을 느끼지만, 제롬은 그녀가 자신과의 약혼을 뒤로 미루다가 마침내는 거부한다는 사실을 알고 말도 못한 채 괴로워한다. 여기에 그들의 어린 시절 친구인 아벨이 끼어들어 알리사에게서 분명한 대답을 얻어 내라고 제롬을 부추기는 가운데, 두 사람 사이에는 감당하기 어려운 위기가 닥친다. 아벨은 알리사의 동생인 쥘리에트가 자기를 사랑한다고 상상하지만, 사실상 쥘리에트가 사랑하는 것은 제롬이라는 사실이 밝혀진다. 이를 알게 되자 알리사는 동생을 위하여 제롬에 대한 자신의 사랑을 단념하고 희생하기로 한다. 쥘리에트는 이 난처한 상황에 큰 충격을 받아 발작을 일으킨 끝에 앓아눕는다. 그러나 시간이 지나면서 회복된 쥘리에트는 결국 별다른 매력도 없는 남프랑스의 포도 농사꾼 테시에르의 청혼을 받아들여 결혼하고, 아이들을 낳고 행복한 가정의 어머니가 된다. 그러나 알리사는 여전히 제롬의 사랑을 쉽게 받아들이지 않는다. 그녀는 점점 더 자신만의 폐쇄된 영적 세계로 빠져들면서도, 정신적으로는 여전히 제롬을 몹시 사랑하기 때문에 그의 육체적인 실제는 단념할 수 있다고 믿으려 애쓴다. 그녀는 오로지 이 지상 세계나 육체의 세계와는 멀리 떨어진 하느님 안에서만 진정으로 그를 만날 수 있다고 믿는 것이다.

제롬은 그녀가 스스로를 희생하고 있다는 것을 느끼고 절망하지만, 그 역시 그녀와 같은 생각과 분위기 속에서 성장했기 때문에 알리사를 그 영적인 길에서 끌어내지 못한다. 결국 참담한 내면적 고행과 극기의 고통 속에서 남몰래 몸부림치며 자신을 벼랑 끝으로 몰아간 알리사는 죽음에 이르고 만다. 이야기 사이사이에 삽입된 알리사의 편지들과 그녀가 죽고 난 뒤 유언에 따라 제롬의 손에 전해진 그녀의 내면 일기에 의하여 제롬에 대한 그녀의 사랑과 내적 고뇌가 어느 정도였는지 밝혀진다. 결국 이 이야기는 청교도 윤리와 성스러움에 대한 신비적 집착의 비인간적인 과도함과 환상에 대한 비판이라는 것을 독자는 소설의 끝에 가서 깊이 느낄 수 있을 것이다. 그러나 작가로서의 지드는 어느 한쪽을 비판하거나 편들지 않는다. 그는 근본적으로 그 〈숭고함을 향한 도피〉를 존중하는 동시에 그 비인간적인 잔혹함을 강조한다. 덕성을 추구하는 알리사의 지난한 길을 흔쾌히 따라가지도 못하고 그렇다고 인기 작가가 된 아벨을 따라 세속의 기쁨 속으로 알리사를 이끌어 내지도 못하는 모순과 그 비장한 망설임 속에 제롬의 비극이 전개된다는 사실을 잊어서는 안 된다.

이 소설의 이야기는 많은 부분 작가 자신의 자전적 경험에 바탕을 두고 있다. 작자는 상상의 산물인 이 작품의 모든 소재들을 그 자신의 청소년기와 청년기의 분위기에서 발굴해 내어 더할 수 없이 정교한 필치로, 불편부당한 시선을 견지하며 자신의 주제들을 형상화한다. 그는 일체의 판단을 유보한 채 이야기의 이상적인 가치와 인물들의 인간성을 조명하는 것으로 그친다. 문체는 투명하고 맑다. 이 작품이야말로 지드의 가장 완벽한 문학적 성취라고 평가된다.

등장인물

제롬 팔리시에Jérome Palissier 이야기의 화자. 개신교 신자인 부르주아로, 윤리와 종교의 억압적인 분위기 속에서 어린 시절을 보냈다. 파리 고등 사범 학교를 졸업한 지적 엘리트로서, 그리스의 아테네 학원에서 연구원 생활을 했다. 자신의 추억을 〈아주 간단하게〉 이야기하겠다고 하는 마흔이 가까운 나이에도 여전히 독신이다.

알리사 뷔콜랭Alissa Bucolin 화자 제롬의 두 살 위의 외사촌 누이. 관능적이고 열정적인 천성을 지녔지만, 내면이 복잡하고 교양 있고 신앙심이 깊은 인물. 스물다섯 살부터 죽는 날 까지 일기를 쓴다.

쥘리에트 뷔콜랭Juliette Bucolin 알리사의 여동생. 예쁘고 명랑하며 균형감 있는 성격에, 그녀 역시 사촌 오빠인 제롬을 사랑한다. 그러나 결국 마음에 들지는 않지만 소박한 남프랑스의 포도 농장 주인과 결혼한다.

뤼실 뷔콜랭Lucile Bucoilin 서인도 제도 출신의 혼혈아 고아로, 보티에 목사 부부에게 입양된다. 열여섯 살 때 화자의 외삼촌과 결혼하여 알리사, 쥘리에트, 로베르 등 세 자녀를 둔다. 매력적이고 항상 나른한 태도로 지내는 종잡을 수 없는 성격의 여성으로, 결국 불륜 끝에 집을 나간다.

뷔콜랭 외삼촌 L'oncle Bucolin 제롬의 어머니와 이모 펠리시 플랑티에의 남동생. 뤼실 뷔콜랭의 남편. 외국 은행에 근무하다가 퇴직한다. 생기가 없고 존재감이 강하지 못하지만 고결하고 신앙심이 깊은 인물.

로베르 뷔콜랭 Robert Bucoilin 알리사와 쥘리에트의 남동생으로, 공부에 있어 별로 영민하지 못하다. 결국 쥘리에트 남편의 포도 농장에 가서 동업자로 일한다.

미스 플로라 애시버턴 Miss Flora Ashburton 제롬의 어머니 펠리시에 부인의 옛 가정 교사로, 그녀의 절친한 친구가 되어 여생을 함께 보내는 노처녀.

펠리시 플랑티에 Félicie Plantier 제롬의 어머니와 외삼촌의 언니이며 누나(제롬의 큰 이모)로, 르아브르에 살고 있는 과부. 선량하지만 상황 판단과 행동이 서툴고 주책스러운 인물.

보티에 목사 Le pasteur Vautier 뤼실 뷔콜랭의 양부이며 아벨의 아버지. 복음을 전파하는 성직자로, 성격이 부드럽고 조심성이 많으며 고지식하다.

아벨 보티에 Abel Vautier 보티에 목사의 넷째 아들. 제롬보다 두 살 위로, 어린 시절부터 친구였으며 파리 고등 사범 학교 동창이다. 매력적이고 유쾌하며 다소 시니컬한 인물로,

쥘리에트 뷔콜랭과 결혼하고자 하나 거절당한 뒤 즉시 마음을 접고 소설가가 되어 인기를 끈다.

행동이 전개되는 장소들

파리Paris 제롬은 르아브르의 의사였던 아버지가 사망한 이후, 그의 어머니와 미스 애시버턴과 더불어 파리 뤽상부르 공원 옆의 작은 아파트에 살다가 나중에 혼자가 되자 강베타 거리에 거주한다. 그는 또 학생 시절에는 월름가에 있는 파리 고등 사범 학교의 기숙사에 거처했다. 한편 알리사는 미스 애시버턴의 장례식에 참석하기 위해서 파리에 오고, 결국 이곳의 요양원에서 사망한다.

르아브르 Le Havre 프랑스 북부 노르망디 지방의 이 도시에는 제롬의 이모 펠리시 플랑티에의 집이 〈언덕〉 위에 자리 잡고 있다. 이 집에는 제롬이 거처하는 방이 따로 있다. 또 이 도시의 상업 지구에는 그의 외삼촌 뷔콜랭의 집이 있다. 제롬은 이 집에서 식사를 한다. 그는 바로 이 집에서 외숙모 뷔콜랭 부인의 불륜과 그로 인한 외사촌 누이 알리사의 괴로움을 알게 된다.

퐁괴즈마르Fongueusemare 제롬의 외삼촌 뷔콜랭이 소유한 르아브르 근교의 넓은 소유지와 저택. 여름이면 온 집안 식구들이 이곳에서 지낸다. 알리사가 죽고 난 뒤 그녀의 동생 로베르가 유산으로 물려받았다가 매각한다.

님Nimes 쥘리에트와 그녀의 남편 에두아르 테시에르가 남 프랑스의 이 도시 중심가인 푀셰르 대로에 아름다운 집을 소유하고 있다. 알리사가 사망한 뒤 10여 년이 지난 후 제롬은 이곳을 찾아온다.

에그 비브Aigues Vives 님에서 남서쪽으로 23킬로미터 떨어진 곳에 위치한 테시에르 집안의 소유지. 정원, 농장, 온실, 포도밭, 공원 등으로 구성되어 있다. 알리사는 그의 아버지와 함께 이곳에 찾아와서 한동안 머문다.

「편집자의 노트」에 대하여

이 작품을 번역하면서 역자는 번역 대본으로 1909년 메르퀴르 드 프랑스Mercure de France사가 발행한 원본의 폴리오Folio 문고판(2003)을 사용했다.

역자는 기이하게도 이 작품의 수많은 한국어 번역판 어디에도 번역되어 있지 않은 「편집자의 노트」와 앙드레 지드가 원래 소설의 제8장 머리에 위치시켰다가 인쇄에 들어가기 직전인 마지막 순간에 삭제한 텍스트(폴리오판 184~186쪽)를 번역하여 추가했다.

이 부분은 알리사에 대한 제롬의 얼른 이해하기 어려운 행동을 밝히는 데 있어서 매우 중요하다는 점에서 흥미롭다. 독자들은 이미 제롬이 알리사에 대하여 느꼈던 것과는 감정의 밀도에 있어서 비교도 할 수 없는 것이긴 하지만, 〈다른 사랑들〉을 경험했다는 사실을 알고 있다. (〈그 후 내가 경험한 그 어떤 것도 이보다 더 사랑이라는 이름에 합당하게 여겨지는 것은 없다.〉— 제2장) 그러나 화자는 그 다른 사랑들이 어떤 성질의 것인지 구체적으로 밝히지 않고 있다. 그런데 이제 여기 추가한 부분을 통해서, 독자는 화자가 알리사의 거부하는 태도에 실망한 나머지 그녀를 떠나 멀리 〈새로운 하늘 아래〉로, 즉 〈그리스〉와 〈팔레스타인〉 같은 곳들을 떠돌며 〈가장 어이없는 방탕한 생활 속으로 빠져들었다〉는 사실을 알게 된다.

2019년 9월
김화영

앙드레 지드 연보

1863년 남프랑스 위제스의 개신교 집안 태생으로 파리 법과 대학 교수인 폴 지드Paul Gide와 루앙의 부유한 개신교 집안의 쥘리에트 롱도 Juliette Rondeaux가 루앙 생텔루아 교회에서 결혼.

1869년 출생 11월 22일, 파리 메디시스가 19번지(오늘날의 에드 몽 로스탕 광장 2번지)에서 외아들 앙드레 폴 기욤 지드Andre Paul Guillaume Gide 출생. 어머니의 고향 노르망디와 아버지의 고향 랑그 도크, 이렇게 서로 다른 두 가지 풍토와 환경 사이를 오가며 성장함.

1877년 8세 파리 다사스 거리에 위치한 알자스 학원 입학. 몇 개월 후 〈나쁜 버릇〉 때문에 정학 처분을 받음. 신경증이 나타남. 가정 교사들의 지도로 수학.

1880년 11세 여름 동안 어린 사촌 에밀 비드메르Émile Widmer의 죽음으로 촉발된 첫 〈샤우데른〉(일종의 불안 강박) 발작. 10월 28일 아버지 폴 지드 교수 사망.

1882년 13세 12월 말, 외숙모 마틸드 롱도Mathilde Rondeaux의 불륜과 외사촌 누이 마들렌Madeleine(1867년 2월 7일 루앙 출생)의 고통을 알게 됨. 이를 계기로 마들렌에 대하여 사랑을 느낌.

1887년 18세 10월, 알자스 학원 수사학반에 복학하여 장차 시인이 될 피에르 루이스Pierre Louÿs와 친교.

1888년 19세   앙리 4세 고등학교 졸업반에 다님. 레옹 블룸Léon Blum과 친교. 쇼펜하우어를 읽음.

1889년 20세   대학 입학 자격시험 합격. 소르본 대학에 등록. 내면의 『일기Journal』를 쓰기 시작.

1890년 21세   3월 1일, 외삼촌 에밀 롱도Émile Rondeaux 사망, 그 빈소에서 마들렌과 함께 철야(⟨……이때 우리의 약혼식이 이루어진 느낌이었다⟩). 여름, 『앙드레 왈테르의 수기Les Cahiers d'André Walter』를 쓰기 위하여 안시 호수가로 가서 혼자 지냄. 12월, 몽펠리에의 경제학 교수인 숙부 샤를 지드Chales Gide 댁에 기거하며 폴 발레리Paul Valéry와 친교.

1891년 22세   1월 8일, 마들렌이 결혼을 거부함. 2월 2일, 모리스 바레스Maurice Barrès의 소개로 스테판 말라르메Stéphane Mallarmé를 알게 되면서 지드는 파리 로마가에 있는 시인의 ⟨화요회⟩에 출입. 11월, 파리에서 오스카 와일드Oscar Wilde와 자주 만남. 자비로 『앙드레 왈테르의 수기』 출판. 『나르시스론Traité du Narcisse』 발표.

1892년 23세   봄, 뮌헨 체류. 여름, 앙리 드 레니에Henri de Régnier와 브르타뉴 여행. 11월 15~22일, 낭시에서 군 복무를 시작하나 폐결핵 진단으로 제대. 『앙드레 왈테르의 시Les Poésies d'André Walter』 발표.

1893년 24세   부활절, 어머니와 스페인 세비야 여행. 10월 18일, 화가 폴 알베르 로랑스Paul Albert Laurens와 마르세유를 출발하여 튀니지, 알제리 여행. 폐결핵이 발병하여 치료. 튀니지의 수스에서 첫 동성애 경험. 『사랑의 시도La Tentative Amoureuse』, 『위리앵의 여행Le Voyage d'Urien』 발표.

1894년 25세   1~2월, 알제리의 비스크라에서 로랑스와 지드는 울레드 나일 부족 여성 메리엠과 동침. 봄에 이탈리아를 거쳐 프랑스로 돌아옴. 스위스의 라 브레빈에서 홀로 지내며 『팔뤼드Paludes』 집필.

1895년 26세   1~5월, 다시 알제리 여행(블리다에서 앨프리드 더글러스Alfred Douglas와 함께 온 와일드와 조우). 5월 31일, 어머니 사망. 6월 17일, 마들렌과 약혼. 의사가 그의 동성애 성향은 결혼과 함께 사라질 것이라고 진단함. 10월 7~8일, 퀴베르빌 시청과 에트르타 교회에서 결혼식 올림. 스위스, 이탈리아, 튀니지, 알제리로 신혼여행. 『팔뤼드』 출간.

1896년 27세 5월, 여행에서 돌아와 라로크 베냐르의 시장으로 선출됨.

1897년 28세 3월, 파리 라스파유가 4번지 입주. 방종Vangeon 박사(필명 앙리 게옹·Henri Ghéon)과 친교. 그의 친구로 고등 사범 학교 출신의 철학 교수인 마르셀 드루앵Marcel Drouin이 지드의 외사촌 겸 처제 잔 롱도Jeanne Rondeaux와 결혼. 『지상의 양식Les Nourritures terrestres』, 『문학적·윤리적 제 문제에 대한 고찰Réflexion sur Quelques Points de Littérature et de Morale』 출간.

1898년 29세 마들렌과 이탈리아와 티롤 지방 여행. 로마의 작은 아파트에 아내를 남겨 둔 채 〈아카데믹〉한 사진 모델을 서준다는 소년들과 쾌락에 빠짐.

1899년 30세 봄, 지드 부부가 두 번째로 알제리 여행. 당시 중국 푸체우 주재 영사였던 폴 클로델Paul Claudel과 서신 교환 시작. 『필록테테스Philoctète』, 『사슬 풀린 프르메테우스Le Prométhée mal enchaîné』, 『여행 노트Feuilles de route』, 『엘 하지El Hadj』 발표.

1900년 31세 라로크 성관 매각. 지드 부부는 퀴베르빌 영지만 소유. 마들렌과 다시 알제리 여행. 앙리 게옹이 합류. 『앙젤에게 보내는 편지Lettres à Angèle』 발표.

1901년 32세 『칸다울레스 왕Le Roi Candaule』 발표.

1902년 33세 1월, 『배덕자L'Immoraliste』 발표(3백 부 한정판).

1903년 34세 독일(바이마르), 혼자서 알제리로 출발. 나중에 마들렌이 합류. 『프레텍스트Prétextes』, 『사울Saül』 발표.

1905년 36세 프랑스에 돌아온 클로델이 지드를 개종시키려고 노력하나 허사. 프랑시스 잠Francis Jammes은 개종. 『좁은 문*La Porte étroite*』 집필 시작.

1906년 37세 파리 근교 오퇴유에 신축한 빌라 몽모랑시로 이사. 『아민타스*Amyntas*』 발표.

1907년 38세 모리스 드니Maurice Denis와 베를린 여행. 『탕아 돌아오다*Le Retour de l'Enfant prodigue*』발표.

1908년 39세 11월 15일, 마르셀 드루앵, 자크 코포Jacques Copeau, 앙리 게옹, 앙드레 뤼테르스André Ruyters, 장 쉴룅베르제Jean Schlumberger와 함께 외젠 몽포르Eugène Montfort의 지원을 받아 『라 누벨 르뷔 프랑세즈*La Nouvelle Revue française*』(『NRF』)지 창간 1호 발행. 지드는 말라르메 비판이 실린 그 내용에 불복, 새로운 편집진이 구성됨. 10월 15일 『좁은 문』 탈고.

1909년 40세 2월 1일, 위의 잡지가 지드와 쉴룅베르제의 재정 출자로 제1호 재창간. 『좁은 문』의 원고 3분의 1이 연재되기 시작하고, 24세의 젊은 작가 쥘 로맹Jules Romains에 대한 지드의 글이 실림. 이후 지드의 노력으로 이 새로운 문예지에는 차츰 장 지로두Jean Giraudoux, 자크 리비에르Jacques Rivière, 생존 페르스Saint-John Perse, 발레리 라르보Valéry Larbaud, 쥘 르나르Jules Renard, 앙리 드 레니에, 프랑시스 비엘레그리팽Francis Viélé-Griffin, 프랑시스 잠, 폴 발레리 등이 기고하기 시작.

1910년 41세 『오스카 와일드*Oscar Wilde*』 발표.

1911년 42세 『NRF』가 가스통 갈리마르Gaston Gallimard를 대표로 하는 출판사를 설립. 『샤를루이 필리프*Charles-Louis Philippe*』, 『이자벨*Isabelle*』, 『신(新)프레텍스트*Nouveaux Prétextes*』 발표.

1912년 43세 게옹과 이탈리아(피렌체와 피사) 여행(〈……열흘 동안의 말로 표현할 수 없는 비상한 생활〉). 12월, 혼자서 영국 체류.

1913년 ⁴⁴세 10월, 비외 콜롱비에 극장 개관(극장장 자크 코포). 로제 마르텡 뒤 가르Roger Martin du Gard를 만나 남은 생애 동안 〈가장 친한 친구〉가 됨.

1914년 ⁴⁵세 4~5월, 게옹과 이탈리아, 그리스, 터키 여행. 10월, 제1차 세계 대전 발발로 1년 반이 넘도록 난민 구제 사업인 〈프랑스-벨기에의 집〉에 전력 투구. 『교황청의 지하도Les Caves du Vatican』 출간.

1916년 ⁴⁷세 5월, 게옹이 지드에게 보낸 편지를 개봉해 본 마들렌이 남편의 숨겨진 과거와 행동에 충격을 받아 20년간의 결혼 생활이 위기를 맞음. 12월, 베르아랭Émile Verhaeren의 장례식에서 돌아오는 열차 안에서 엘리자베트 반 뤼셀베르그Élisabeth van Rysselberghe 부인에게 그녀와의 사이에 아이를 갖고 싶다고 실토. 집안의 오랜 친구 알레그레 목사의 아들인 17세의 미소년 마르크 알레그레Marc Allégret와 동성애 관계 시작. 종교적 위기.

1917년 ⁴⁸세 8월, 마르크와 스위스 체류. 『새로운 양식Les Nouvelles Nourritures』 집필 시작.

1918년 ⁴⁹세 6월 18일, 마르크와 4개월 예정으로 영국 체류. 돌아왔을 때, 퀴베르빌성에서 마들렌이 그가 소년 시절부터 그녀에게 보낸 모든 편지들을 소각했음을 알고 큰 충격을 받음. 〈그녀가 우리들의 아이를 죽인 것처럼 고통스럽다. 아마도 그보다 더 아름다운 편지는 없을 것이다.〉

1919년 ⁵⁰세 『전원 교향곡La Symphonie pastorale』 출간. 『위폐 제조자들Les Faux-Monnayeurs』 집필 시작.

1922년 ⁵³세 2~3월, 비외 콜롱비에 극장에서 도스토옙스키에 관한 여섯 번의 강연. 여름, 반 뤼셀베르게 집안 사람들과 코트다쥐르 여행.

1923년 ⁵⁴세 4월 18일, 안시에서 지드와 엘리자베트 반 뤼셀베르그 사이의 딸 카트린Catherine 출생. 지드는 아내 사망 후인 1938년 카트린을 자신의 호적에 입적. 이탈리아, 모로코 여행.

1924년 55세 『좁은 문』 발표 이후 그 인기에 자신을 얻어, 정성을 쏟은 남색에 관한 책 『코리동*Corydon*』 보급판 출간. 보수주의자들의 공격 시작.

1925년 56세 7월 14일, 자신의 장서 일부와 오퇴유 빌라를 매각. 『위폐 제조자들』을 탈고한 다음 마르크와 콩고와 차드 여행.

1926년 57세 5월, 프랑스로 돌아와 콩고 현지에서 목격한 개발 회사들의 수탈 행위와 식민지 체제에 분격하여 프랑스 식민 정책을 고발하는 토론, 강연, 기고 등 활약. 『위폐 제조자들』, 『한 알의 밀알이 죽지 않으면*Si le Grain ne Meurt*』 발표.

1927년 58세 파리의 바노가 1번지, 반 뤼셀베르그 부인과 같은 층의 아파트로 이사. 아내 마들렌은 거의 노르망디의 퀴베르빌 저택을 떠나지 않고 칩거. 『콩고 기행*Voyage au Congo*』 발표.

1928년 59세 『차드에서 돌아오다*Le Retour du Tchad*』 발표.

1929년 60세 1월, 알제 여행. 샤를 뒤 보Charles Du Bos가 『앙드레 지드와의 대화*Dialogue avec André Gide*』 출간. 『여자들의 학교*L'École des Femmes*』, 『몽테뉴론*Essai sur Montaigne*』 발표.

1930년 61세 독일, 튀니지 여행. 『로베르*Robert*』, 『푸아티에의 감금자들*La Séquestrée de Poitiers*』, 『르뒤로 사건*L'Affaire Redureau*』 발표.

1931년 62세 『오이디푸스*Œdipe*』 발표.

1932년 63세 소련의 정치·사회적 노력에 점점 더 많은 관심을 기울이고, 『NRF』지에 공산주의에 대한 자신의 점증하는 공감을 표현한 『일기』의 내용들을 기고함. 『NRF』에서 그의 전집이 간행되기 시작하나, 1939년 전쟁 발발로 15권에서 멈춤.

1934년 65세 앙드레 말로André Malraux와 함께 베를린으로 가서 투옥된 디미트로프Georgi Dimitrov와 공산당원들의 석방을 괴벨스Paul Joseph Goebbels에게 요구. 2월 6일 반파시스트 작가 협회에 가입.

7~8월, 중부 유럽 여행.

1935년 [66세] 1월 23일, 파리에서 〈앙드레 지드와 우리 시대〉에 대한 공개 토론회가 열림. 3~4월, 네덜란드 공산주의 작가 예프 라스트와 스페인, 모로코 여행. 6월, 말로와 더불어 문화의 수호를 위한 국제 작가 회의 주재. 『새로운 양식』 출판.

1936년 [67세] 6월 17일, 정부 초청으로 여러 친구 문인들과 소련을 방문, 8월 21일 세바스토폴에서 외젠 다비Eugène Dabit의 의문의 돌연사로 서둘러 귀국. 12월, 스페인에 대한 불간섭 정책에 항의하는 지식인 선언에 서명. 『주느비에브Geneviève』, 『소련에서 돌아오다Retour de l'U. R.S.S.』 발표.

1937년 [68세] 『〈소련에서 돌아오다〉의 수정판Retouches à mon Retour de l'U.R.S.S.』 발표와 더불어 공산주의와 결별 선언.

1938년 [69세] 1~3월 프랑스령 서아프리카 여행. 4월 17일 부활절 일요일, 마들렌 사망. 〈나는 그녀를 잃고 나자 나의 존재 이유가 다했다는 것을 깨달았으므로 내가 왜 사는지 더 이상 알 수가 없었다.〉

1939년 [70세] 그리스, 이집트, 세네갈 여행. 전쟁 발발 직후 그라스 부근의 카브리스에 있는 메이리시 부인 댁에 체류. 생존 작가로서는 처음으로 『일기 1889~1939 Journal 1889-1939』가 플레이아드 총서에 발간됨.

1940년 [71세] 전쟁 동안 〈드골 장군의 선언에 전적으로 지지〉를 표명하고 카브리스, 니스에 체류. 드리외 라 로셸Drieu La Rochelle이 주관하는 『NRF』지에 『일기』의 일부를 발표.

1941년 [72세] 독일에 협력하는 드리외 라 로셸의 『NRF』지와 결별 선언.

1942년 [73세] 5월 4일, 튀니지로 가서 테오 레몽 드 장틸Théo Reymond de Gentile 집에 기거.

1943년 [74세] 5월 27일, 알제로 가서 4개월 동안 친구 집에 체류. 친구

외르공Jacques Heurgon 집에서 드골Charles de Gaulle 장군과 식사.

1944년 75세 서아프리카 여행 후 4월에 알제로 돌아옴.

1945년 76세 2월 8일, 카트린의 딸이자 지드의 손녀 이자벨Isabelle 출생. 5월 6일, 프랑스로 돌아옴. 12월부터 4개월 동안 이탈리아, 이집트, 레바논 등지를 여행.

1946년 77세 4월 16일, 베이루트에서 강연(〈문학적 추억과 현재의 문제〉). 『테세우스*Thésée*』 발표. 장 들라누아Jean Delannoy가 『전원 교향곡』을 영화화함. 8월, 딸 카트린이 젊은 작가 장 랑베르Jean Lambert와 결혼.

1947년 78세 6월 5일, 옥스퍼드 대학에서 명예 박사 학위를 받음. 11월 13일, 노벨 문학상 수상. 장루이 바로Jean-Louis Barrault와 함께 카프카의 『소송』을 각색.

1948년 79세 『프랑시스 잠과의 서한집*Correspondance avec Francis Jammes*』 출간. 『교황청의 지하도』를 소극(笑劇)으로 각색함.

1949년 80세 『프랑스 시 사화집*Anthologie de la Poésie française*』, 『폴 클로델과의 서한집*Correspondance avec Paul Claudel*』 출간.

1950년 81세 마르크 알레그레가 자신의 영화 「앙드레 지드와 함께 Avec André Gide」 제작. 12월 13일, 『교황청의 지하도』가 코메디 프랑세즈에서 초연됨. 『일기 1942~1949*Journal 1942-1949*』, 『샤를 뒤 보와의 서한집*Correspondance avec Charles Du Bos*』 출간.

1951년 82세 1월, 모로코 여행 계획. 2월 19일, 바노가 1번지 자택에서 폐렴으로 사망. 2월 22일, 마들렌 가족의 요청으로 목사의 주재하에 퀴베르빌 자택 묘지에 묻힘으로써 지드의 지인들을 놀라게 함. 11월, 독일 점령 기간 동안 폐간되었다가 복간된 『NRF』지가 지드 추모 특집을 실음.

1952년 『아멘 혹은 게임은 끝났다*Ainsi Soit-il ou Les Jeux Sont Faits*』 출간. 5월, 로마 가톨릭 교회가 지드의 전 작품을 금서로 규정.

열린책들 세계문학 243 좁은 문

옮긴이 김화영 1942년 경북 영주에서 태어나 서울대 불어불문학과와 같은 과 대학원을 졸업하고, 프랑스 프로방스 대학교에서 알베르 카뮈 연구로 문학 박사 학위를 받았다. 고려대학교에서 30여 년간 학생들을 가르쳤으며, 1999년 최고의 불문학 번역가로 선정된 바 있다. 현재 고려대학교 명예 교수이다. 저서로는 『행복의 충격』, 『김화영의 번역수첩』, 『여름의 묘약』, 『시간의 파도로 지은 성』, 『문학 상상력의 연구 ─ 알베르 카뮈의 문학세계』, 『프랑스 문학 산책』, 『바람을 담는 집』, 『발자크와 플로베르』, 『김화영의 알제리 기행』 외 다수가 있으며, 역서로는 『알베르 카뮈 전집(전20권)』, 『지상의 양식』, 『마담 보바리』, 『섬』, 『지중해의 영감』, 『새들은 페루에 가서 죽다』, 『어린 왕자』, 『어두운 상점들의 거리』, 『팔월의 일요일들』, 『방드르디, 태평양의 끝』, 『짧은 글긴 침묵』, 『뒷모습』, 『예찬』, 『내 생애의 아이들』, 『걷기예찬』 외 다수가 있다.

지은이 앙드레 지드 **옮긴이** 김화영 **발행인** 홍예빈·홍유진
발행처 주식회사 열린책들 **주소** 경기도 파주시 문발로 253 파주출판도시
전화 031-955-4000 **팩스** 031-955-4004 **홈페이지** www.openbooks.co.kr
Copyright (C) 주식회사 열린책들, 2019, *Printed in Korea.*
ISBN 978-89-329-1243-1 04860 **ISBN** 978-89-329-1499-2 (세트)
발행일 2019년 10월 25일 세계문학판 1쇄 2024년 8월 10일 세계문학판 5쇄

이 도서의 국립중앙도서관 출판예정도서목록(CIP)은 서지정보유통지원시스템 홈페이지(http://seoji.nl.go.kr)와 국가자료공동목록시스템(http://www.nl.go.kr/kolisnet)에서 이용하실 수 있습니다.(CIP제어번호:CIP2019040140)

열린책들 세계문학
Open Books World Literature